スイーツレシピで謎解きを

推理が言えない少女と保健室の眠り姫

友井　羊

Sweets recipes for mystery lovers

Contents

本文デザイン／ AFTERGLOW
イラストレーション／ふすい

Sweets recipes for mystery lovers

スイーツレシピで謎解きを

推理が言えない少女と保健室の眠り姫

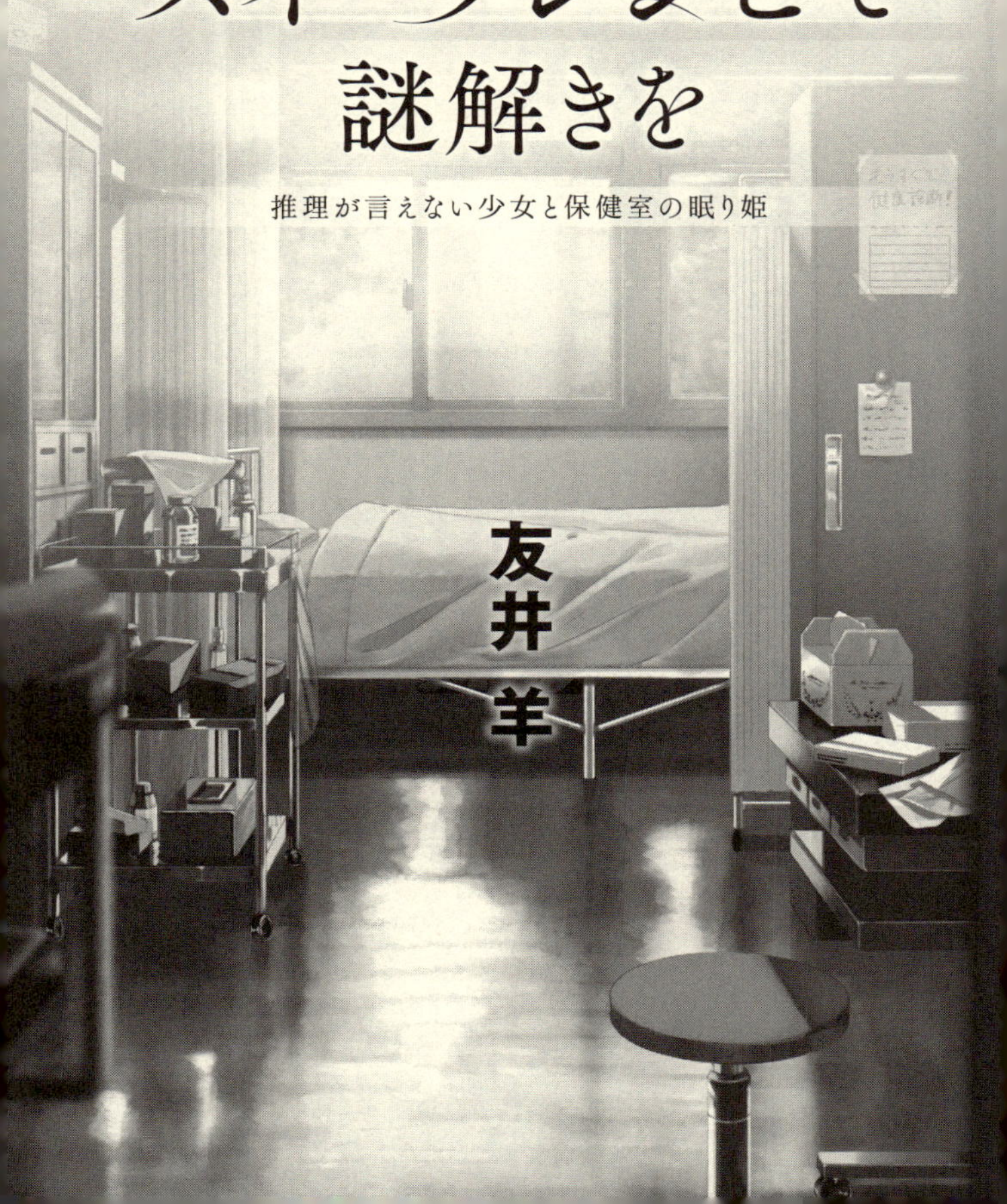

友井羊

第1話

チョコレートが出てこない

1

どもーり、という単語が耳に入り心の中でおびえるけど、どうやら私のことではないらしくてホッとする。この過敏な性格をなんとかしたいと思いつつ、目を向けると天野《あまの》真雪《まさゆき》くんが男子の前で演説をしていた。一時限目と、二時限目の間の休み時間の出来事だ。

早朝に降った雨のせいで湿度が高かった。教室は暖房が利いていて、温められた窓に水滴が生まれている。

「DOMORIというのはイタリアにあるチョコレートの会社で、原材料にカカオマスときび砂糖しか使っていない。これは画期的なことなんだよ」

真雪くんの声はよく通る。言葉がはっきり聞き取れ、喧噪《けんそう》のなかでも自然と注目を集めた。近くにいる男子が苦笑を浮かべているけど、気にせずに話し続ける。

「ここのメーカーは単一のカカオ豆でチョコを作ることで有名なんだ。品種によって風味が驚くほどに違うんだよ。特に稀少《きしょう》なクリオロ種の味わいは最高なんだ」

洋菓子のことになると、真雪くんはちょっとおかしくなる。

普段は人当たりもよく、活発な男子たちの中心にいる。整った顔立ちと清潔感のある雰囲気は女子に人気で、誠実な性格は先生の受けもいい。今は一年生だけど、生徒会長に選ばれるのは彼のような人なのだろう。教室のすみっこにいる私とは別の世界を生きている。

だけど趣味であるお菓子作りに関しては、譲れないこだわりがあるらしい。

今は十二月のはじめだから、半年前のことだ。真雪くんは当然ながら女子にモテる。そのため甘いものが好きだと聞きつけた女子が、フォンダンショコラをプレゼントした。しかし、そこで講義がはじまったのだ。

いわく、これは出来損ないだとか、火を通し直さなくてはいけない、とか。

フォンダンショコラとはチョコレートケーキの一種だ。なかに溶けたチョコが入っていて、割るとトロリと溢《あふ》れてくる。私も好きなケーキだ。

世間には完全に火を通さない生焼けの状態で、なかをとろとろにするレシピがあるしい。だけど半生の小麦粉を食べることになり、おなかの弱い人にはよくないのだそうだ。

「ちゃんと作らないと食材に失礼だ。チョコは細心の注意を払わないといけない。特に熱には気をつけないとダメだよ。君には今度、本当に美味《おい》しいフォンダンショコラを食べさせてあげないとね」

五分ほど注意が続いたあたりで女の子は泣き出して、走り去ってしまった。夕方に、真雪くんが女子の集団に囲まれて平謝りをさせられている場面を目撃したのだけど、それ以来甘いものを贈ろうとする子はいなくなった。

ゼリーにマカロン、マロンケーキなどなど、真雪くんは毎週のようにお菓子を作っては、色々な人に配っていた。腕はプロと比べても負けていないと思う。

「沢村《さわむら》さんも食べる？」

近くを通るとき、真雪くんはこんな私にも声をかけてくれる。私は顔も性格も地味で、クラスでも目立たない。この高校に通いはじめて九ヶ月経《た》つけれど、友達だっていない。多分、菓奈《かな》という名前のおかげで認識をしてもらっているのだと思う。

「あ、あ、あの、あり、ありが、ありがとう」

言葉はいつだって、うまく口から出てきてくれない。ちゃんとお礼が言いたいと、いつも思っている。でも吃音《きつおん》がある私には、そんな簡単なことさえ難しかった。

昼休み前の四時限目に調理実習が行われた。それぞれが用意した食材は、朝のホームルーム前に家庭科室の冷蔵庫に入れられる。私は日直だったため、早めに来て家庭科室の鍵を開ける係だった。男子の日直もいたけど、不良っぽかったので声をかけることはあきらめた。

　空気の冷え切った早朝に職員室で手続きをして、しびれが残った手で鍵を開ける。登校してきたみんなが続々と家庭科室に入ってくる。部屋のなかで待っていると、真雪くんが家庭科準備室から出てくるのが見えた。何をしていたのか気になるけれど、話しかけることはもちろんできない。

　鍵を返して教室に戻ると、担任の先生がすでに来ていた。

「何をしていた」

　家庭科室の鍵を返してきました。

　カ行の多い文章が苦手だった。喉の奥で破裂させるこの音は、他の行に比べて私には特に言いにくい。発言が遅れると、教室中の視線が集まる。眩暈《めまい》のするような緊張がやってきて、言葉はますます奥に引っ込んでいく。

「沢村さんは家庭科室の鍵を返してましたよ」

　代わりに説明をしてくれたのは真雪くんだった。先生はすぐに納得して、止まっていた教室の時間も動きはじめる。私は小走りで席に向かい、途中で真雪くんに頭を下げた。

　ありがとう。

　声を出したつもりだけど、多分小さすぎて届いてない。真雪くんは軽く手を振っただけだ。どれだけ助かったのか、きっとわかってない。それでも、かまわないけれど。

調理実習は問題なく行われた。麻婆豆腐《マーボーどうふ》や卵スープは、白飯と一緒にお昼ご飯になる。授業の終わりに施錠するので、鍵はポケットに入れておいた。

片付けが終わり、クラスメイトが家庭科室から出て行く。椅子に座っていると、真雪くんがまた家庭科準備室に入っていった。

荷物を動かす音が聞こえた。家庭科室には誰もいなくて、このままだとふたりきりになる。お礼を言うチャンスかもしれない。そう考えていたら、真雪くんがドアから出てきた。困ったような顔をしていて、声をかける間もなく駆け足で家庭科室から出て行った。

何か起きたのかな。準備室をのぞきこむと、空気がひんやりしていて吐く息が白くなった。うちの学校はエアコンが完備されていて、教室や使用する特別教室に冷暖房が入る。しかし準備室には暖房が入らないのだ。

準備室はほこりっぽくて、散らかっていた。本棚は古そうな本がいっぱいで、段ボールが無数に積まれている。真雪くんが何をしていたのかは全くわからなかった。

朝と同様に職員室に鍵を返却する。昼食は済ませたから、昼休みを長く満喫できる。読書にいそしむために教室へ戻ると、クラスのみんなからの視線を浴びた。

「沢村が盗んだの？」

バスケットボール部の柏崎《かしわざき》さんの口調は険しかった。背が高くて、さらさらのショートカットの女子生徒だ。正義感が強くて、不真面目な男子と口論していたこともある。それ以外は一年生でレギュラー候補ということしか知らない。

なにかあったの？　突然言われてもわからないから、ちゃんと説明して。

本当ならこう返すのが正解なのだろう。でも私はちゃんと発声できない。文字に起こすとこんな感じだ。

「な、なにが、なにが、ああ、あの。と、とと、突然言わ」

「何をそんなに焦っているのよ。もっとゆっくり喋《しゃべ》りなさい」

しかも途中で遮られる始末だ。大変みじめである。私はじっと説明に耳を傾けて、状況を把握しようと努めた。

真雪くんは今日、チョコを学校に持ってきた。朝の時点で、チョコを家庭科準備室に置いたらしい。しかし調理実習後に確認してみたらなくなっていたそうなのだ。

疑惑の根拠は鍵だった。家庭科室の鍵は日直の私が管理していた。真雪くんが家庭科準備室に入ったことはクラスの人しか知らない。だから私に容疑の目が向けられたのだ。

「わた、わ、わた……」

私は盗んでない。喉まで出ているけど、言葉が引っかかってしまう。どうしてこんな簡単なことが言えないのだろう。

中学校のとき、国語の授業で教科書を読み上げるように言われたことがある。

席から立ち、小説の一文を読もうとした。しかしなぜか突然言葉が全く出なくなった。私が黙ったままでいると、先生が不思議そうな顔をする。教室の空気が次第にざわついていった。

早く読まなくちゃ。そう思うにつれて、喉はギュッと縮んでいく。教室から逃げ出したかった。でもそんなことできるはずない。当時は吃音症という言葉を知らなかったから、説明もできなかった。

「す、すみません。風邪《かぜ》で喉の調子がわるくて、こ、声が」

先生への言い訳は何とか言葉にできた。

風邪なんて引いていなかった。でも嘘《うそ》をつく以外に、乗り切る方法を思いつかなかった。言い方が滑稽《こっけい》だったのか、クラスに小さな笑いが起こる。

その日はずっと、喉が痛い演技をしたまま喋らないで過ごした。言葉が詰まることはおかしいことなのだと、胸に刻まれた。

「何をしてるの？」

教室に真雪くんが入ってくる。今まで不在だったことに気づいていなかった。

近くにいた女子に事情を聞いて、真雪くんは目を丸くした。私と柏崎さんとのあいだに割って入る。

「証拠もなく疑うのはよくないよ」

「でも、さっきから反論しないしさ」

「みんなで取り囲むから驚いてるんだよ。ねえ、沢村さん。盗んでいないなら、うなずくだけでいいよ」

うながされるままに、首を縦に大きく動かす。

「ほらね。家庭科準備室に置いた僕も不用意だったんだ。何しろ教室は暖房が利いているからね。チョコは繊細な生き物だから、注意しなくちゃいけないんだ」

真雪くんの口調が変わって、周囲の反応が苦笑いになる。これから講義がはじまるのを察したのだ。こうなったら真雪くんは止まらない。

「気温が高いと、チョコの油分が溶け出してしまうんだ。ひどいものになると表面で白く固まってしまう。とてもデリケートなんだ。それに」

「たしかに、みんなで疑ったのはわるかったわよ」

演説する真雪くんをさえぎって、柏崎さんが不満そうに言った。被害者である真雪くんがかばったせいで、追及する勢いが殺《そ》がれてしまったようだ。私を取り囲んでいた人たちが散らばっていく。

「ごめんね。沢村さん」

去り際、科学部の一之瀬《いちのせ》さんにあやまられる。教室でも中心にいる流行《はや》りに敏感な女の子だ。だいじょうぶと返事をしようとしたけど、とっさに出てきてくれない。

「だ、だいじょうぶ、だよ……」

言えたときには一之瀬さんは背中を向けていた。頭の後ろにあるピンクのバナナクリップが目に入る。真雪くんはすぐに、周りが話を聞いていないことに気づく。そしてしょんぼりと肩を落とした。

「またやってしまった。でもみんな、もっと製菓に興味を持つべきだ」

「あ、あの天野く、あ、ありがとう、たすか、助かったよ」

「僕のほうこそ、迷惑をかけちゃったね」

「あ、あの状況なら、し、しかっ、……しょうがないよ」

しかたない、と言えそうになかったのでとっさに言い換える。

ふと真雪くんには、会話の苦手な知り合いがいるのではと思った。私が返事に窮しているときに、うなずきで答えるよう促してくれた。あの対応をしてくれなければ、無実を主張できなかった。

「でも、僕のチョコはどこに行ったんだろう。あまり暖かいところには置かないでほしいんだけどなあ」

重そうな足取りで教室を出ようとする。きっとチョコを捜しに行くのだろう。恩返しをしなくちゃいけない。ずっと胸にあった想いのせいか、とんでもないことを口走っていた。

「あのっ、チョ、チョ、えっと、今から捜すんだよね。私も、てつ、手伝うよ！」

私なんかが協力したところで、役に立てるわけがない。それなのに真雪くんの返事は明るかった。

「本当に？　ありがとう。助かるよ！」

真雪くんが不機嫌なところを見たことがない。暗い顔をするのは、持ってきたケーキの出来に不満があるときくらいだ。そういうときだって食べた人は絶賛している。どうしてこんなに陽気でいられるのか不思議だった。

2

教室から出ていくとき、二人の女子ににらまれた。柏崎さんと一之瀬さんだ。よく考えれば容疑は晴れていないのだ。犯人探しは自分のためにも必要なのかもしれない。

まずは家庭科室へ向かうことになった。隣を歩くと、百五十五センチの私は真雪くんの肩くらいしかない。真雪くんは歩幅を合わせて、ゆっくり歩いてくれた。

準備室に入るための入り口は、廊下からと家庭科室からの二つあった。家庭科室と準備室を繋《つな》ぐ戸には鍵がかかっていない。家庭科室と準備室の鍵は同じ鍵束についていた。

「さっき気づいたんだけど、一箇所だけ開いてるんだよね」

真雪くんがサッシに足をかけて飛び上がる。天井付近にある窓に手をかけると、簡単に開いた。どうやら壊れているようだ。

「み、密室ってわけじゃないんだ。でも、あ、あそこから入るのは、む、無理だね」

「そうだね。一応、事務員さん報告しておこうかな」

家庭科室に入るには、職員室で鍵を借りる必要がある。手続きの方法は簡単だ。事務員さんに声をかけて、カウンターにある貸出名簿に名前を書く。事務員さんは別の作業をしているので、あまりこちらに顔を向けない。そして鍵置き場から鍵を持って行けばいいのだが、真雪くんはもう貸出名簿を確認していた。

「家庭科室の鍵を借りていたのは、ひとりだけだった。調理部の佐伯橋《さえきばし》先輩で、何度か話したことがあるよ」

私が糾弾《きゅうだん》されているとき教室にいなかったのは、職員室に行っていたためらしい。鍵を返却していた私とは行き違いになったのだ。

佐伯橋先輩は一時限目の後に鍵を借りていた。今から話を聞くのだろうか。見知らぬ人の前に立つことにためらいを感じたけれど、真雪くんは違う方向に歩みを進めた。

「やっぱりまずは報告だよなあ」

到着した先は保健室だった。戸を開けると、養護の先生はいなかった。真雪くんは白色のカーテンの前に立つ。その先にはベッドがあるはずだ。

「開けるよ」

「はぁい」

間延びした返事があって、真雪くんがカーテンを開ける。その先の光景に一瞬、現実感を失った。

まず、黒色の長い髪の毛が真っ先に目に入った。艶《つや》やかなストレートヘアで、おそらく腰まである。わずかに首を傾けるだけで、さらさらと流れた。

保健室には眠り姫がいる。クラスの女子が話しているのを小耳に挟んだことがあった。二年生だけど、教室にはほとんど顔を出さないらしい。

彫りの深い顔立ちはお姫さまと形容するのが相応《ふさわ》しく、中東のおとぎ話を思わせた。眠そうな目は長いまつげに覆われていて、蛍光灯の光が影を落としている。お姫さまは制服姿で、気怠《けだる》そうに頭を押さえていた。

「真雪、どうしたのよ」

「ひめちゃん。あのチョコ、盗まれちゃった」

「えー、なによそれ」

お姫さまが不満そうな声を上げる。呼び捨てと、ちゃん付け。ふたりの距離の近さが感じられ、場違いな自分は逃げ出したくなった。

「ところで、後ろにいる暗い子は誰よ」

私に顔を向けて眉をひそめる。だが気のせいだろうか、お姫さまの瞳に怯《おび》えのようなものを感じた。

「クラスメイトの沢村菓奈さんだよ。チョコを捜すのに協力してくれてるんだ」

「はじ、はじめまして。天野くんのクラスメイトで、沢村か、菓奈です」

お姫さまの顔に余裕が戻り、挑発的な笑みを浮かべた。

「篠田悠姫子《しのだゆきこ》よ。わたしのチョコのために、がんばってね」

「え……？」

自信がありありと表れた表情を、とても似合っていると思った。

「あれはわたしが受け取る予定だったの」

素直に、なるほどと思った。真雪くんの最高級のチョコは、この綺麗《きれい》なお姫さまのために作られたのだ。これ以上相応しい相手はいない。

「少し語弊があるなあ」

真雪くんがつぶやいているけれど、きっと照れているのだろう。

「ところで何でこの地味な子が手伝うの」

「証拠もないのに、みんなからチョコを盗んだ犯人扱いをされてね。僕のせいで迷惑をかけたのに、手伝うと言ってくれたんだ」

本当の動機は日頃の心配りへのお礼なのだけど、真雪くんが気づくわけがない。

「あなた、クラス中から疑われたの？」

悠姫子さんが目を見開いた。大きな瞳を、羨ましいと思った。小声で、はいと答えると、悠姫子さんは急にうつむく。口の中でもごもご何かを言っているが、私以上に小さい声でよく聞き取れない。

「ひめちゃんは『ひどいわね。気にしないほうがいい』と言ってるよ。天邪鬼《あまじゃく》で照れ屋さんだから、親切な言葉が苦手なんだ」

どうやら心配してくれたらしい。にこやかに言う真雪くんの顔に、悠姫子さんは枕を直撃させた。顔は真っ赤になっていたけど、咳払《せきばら》いひとつで澄ました表情に戻った。

「そういえば調理実習のとき、鍵をかけてたのはあなただったわね。鍵を持っていたせいで疑われたわけか」

なぜわかるのだろう。ふと保健室の窓から外を見る。ちょうど中庭を挟んだ向かいに校舎があり、二階が家庭科室だった。

「窓から、か、家庭科室を、み、見ていたのですか？」

「意外に鋭いわね。チョコをあそこに置くと聞いていたから、プリントをしながら、たまに目を配っていたの。結局盗まれたわけだけど」

話を聞くと、ずっと注意をしていたわけではなく、ちゃんと見張っていたのは休み時間だけのようだ。保健室から見上げると角度の関係で顔しか見えないため、手にチョコを持っていたかどうかはわからないそうだ。

貸出名簿の通り、一時限目の後に女子生徒が入っていった。外見の特徴から二年の佐伯橋先輩で間違いないようだ。

さらにもうひとり、二時限目の後に家庭科室に現れた人物がいたらしい。

「朝と四時限目にも見たから、多分真雪と同じクラスよ。ピンクの髪留めをよく覚えているわ。あれ、ちょっとほしいな」

ピンク色の髪留めには覚えがある。今日、クラスでつけていたのはひとりだけ。科学部の一之瀬聡美《さとみ》さんだ。

まずは先輩のところへ話を聞きに行くことになった。

廊下から真雪くんが声をかけると、佐伯橋先輩は笑顔を見せた。ベリーショートの髪は遠くからでもよくわかる。家庭科室に入った理由は、前日の部活で置き忘れたペンケースを取るためだったらしい。チョコが盗まれたことを説明すると、先輩は途端に機嫌を悪くした。

「私が盗んだって言いたいの？」

盗むわけない、疑うこと自体がおかしい、と声を荒らげられ、私たちは平謝りで退散せざるを得なかった。どうやら非常に沸点の低い性格のようだ。

「後でお菓子を持って行ってお詫《わ》びをしなきゃ」

申し訳なさそうにつぶやく真雪くんは、本当に傷ついているようだった。そこでチャイムが鳴り、昼休みが終わりを告げた。

次に質問するべきなのは一之瀬さんだけど、ためらいがあった。佐伯橋先輩みたいに怒らせてしまうのが不安だったのだ。クラスメイトなので今後の関係もある。それに目撃証言はあるけれど、一之瀬さんは家庭科室の鍵を借りていないのだ。

放課後、科学室まで様子を見に行く。一之瀬さんは部活中のようで、実験用の冷蔵庫に試験管を入れていた。

部屋の様子をのぞいてから、真雪くんが顔をひっこめる。

「やりづらいなあ。チョコが戻れば責めるつもりはないけど、犯人だと疑われたら佐伯橋先輩みたいな反応も当然だと思うし」

疑われるのはそれだけで辛《つら》いことだ。私だってみんなに取り囲まれたとき、本当に悲しかった。

結局言い出せないまま、学校を後にする。校門前でお別れして、真雪くんの遠ざかる背中を見送った。

実を言うと、あることに思い当たっていた。

それは鍵を借りるときの不備だ。鍵置き場は職員室側からは死角になっていて、さらに事務員さんは別の仕事をしている。つまり貸出名簿に書いた教室以外の鍵を持っていくことは不可能ではないのだ。

貸出名簿に一之瀬さんの名前があるのかは知らないが、確認すればすぐにわかるだろう。もし他の鍵を借りていれば、一緒に家庭科室の鍵束を持っていくチャンスがある。つまり一之瀬さんも家庭科準備室に入れたのだ。

だけど言い出せなかった。もしも真雪くんにこの事実を告げれば、一之瀬さんに話を聞くことになる。そうしたら佐伯橋先輩みたいに怒り出すかもしれない。下手をしたら、鍵を借りる方法を説明させられる。敵意を向けられた状態で喋るなんて、想像しただけで背筋が寒くなった。

真雪くんの助けになりたいと思った。だけど私は逃げた。うまく喋ることもできないのに、恩返しなんて無理だったのだ。

どうして私は、こんなふうなのだろう。

吃音の原因は医学的に解明されていない。色々なタイプがあり、いつ症状が出るかは人によって異なっていた。

文字を読むのが苦手な人もいれば、日常で吃音が出るのに、緊張するとスムーズに言葉が出る人だっている。

改善する方法も確立されていない。同じ治療法でも治る人と治らない人がいる。大人になって突然症状が出る人もいれば、自然と治まっていく場合もある。治療を受けても、普通に話せるようになる保証はない。そう考えると、一歩を踏み出す勇気は消えていく。逃げたまま世界のすみっこで、口をつぐんで静かに過ごせればいい。私はこれからもずっと、そう考えていくのだろう。

翌日、事件は思わぬ展開を見せる。風のある朝で、乾いた砂とともに枯れ葉が宙を舞っていた。不安を感じながら登校する。盗難の疑惑からいじめに発展することを恐れたのだ。

だけど通学路で会った柏崎さんと一之瀬さんから普通に挨拶《あいさつ》された。何とか返事をする。私に関心がないのだろう。影が薄くて本当によかった。

一時限目がはじまる前、別のクラスの男子がやってきた。包装された箱を手にしていて、目にした真雪くんが声を上げる。それは失《な》くなったはずのチョコだった。何とチョコは、家庭科準備室で発見されたというのだ。

3

チョコの箱は窓際に積まれた段ボールの隙間《すきま》に落ちていたらしい。

「捜したはずなんだけどな……」

場所を説明された真雪くんは、困惑の表情でつぶやいた。発見したのは隣のクラスの男子だ。昨日の私たちと同じように調理実習があったため、早朝に材料を置きに行った。チョコの盗難の話は、昨日の放課後の時点で隣のクラスまで伝わっていた。気になった生徒のひとりが準備室を捜してみると、あっさり見つかったというのだ。

箱には木の葉の形になったもの、ナッツがあしらわれたものなど、様々なチョコが入っていた。枯れ草や土を思わせる色合いで統一されていて、冬の農村の庭みたいな雰囲気を漂わせていた。

しかし葉っぱは折れているし、ナッツも取れている。さらにチョコの表面には白色の粉みたいなものが付着していた。

「ブルームだ。これじゃ食べてもらうのは無理だな」

真雪くんが一口食べて、残念そうにつぶやいた。意味はよくわからないけれど、味が劣化しているのだろう。

「ずっと準備室にあったってこと?」

クラスの誰かの発言のせいで、ざわめきが広がっていった。真雪くんが顔を上げて、教室中に響く声で言った。

「騒がせてごめん。僕の捜し漏れだったみたいだ。お詫びに今度お菓子を作ってくるよ」

真雪くんが丁寧に頭を下げる。教室は緩んだ空気に包まれた。

「人騒がせだなあ」「天野ってたまに抜けてるところがあるよな」「でも解決してよかったね」「お菓子がもらえるなんてラッキーだったかも」

真雪くんのお詫びの品に、みんなの期待が膨らむ。誰もがこの騒動は終わりだと思ったようだ。

でも私は納得していなかった。捜し漏れなんて絶対におかしい。昨日、真雪くんはちゃんと家庭科準備室を捜したと言っていた。真雪くんは私を信じてくれた。だから私も、昨日の真雪くんを信じたかった。

そのことをみんなに伝えたかった。だけど叫びは喉で止まって、決して外に出てくれない。真雪くんが私の前までやってくる。そして深く頭を下げた。

「僕の失敗で沢村さんが疑われた。本当にごめん」

「ち、ちが、あま、天野くんのチョ、チョ、チョッ……」

チョコレートという単語が、どうしても出てこない。それでも想いを伝えたくて、必死に首を横に振る。わるくないって、言わなくちゃ。真雪くんに恩返しをしなくちゃ。焦りが強くなればなるだけ、言葉は詰まっていく。

家庭科準備室にチョコを置くなんて簡単だ。天井近くの窓は開いていたのだから、部屋のなかに放り投げればいい。チョコが割れたのも、ナッツが取れたのもそのせいに違いない。昨日の放課後か今日の早朝なら、誰でも実行可能なのだ。でもそんな簡単な説明さえ、私の口はまともに言葉にしてくれない。

真雪くんが離れていく。想いが爆発しそうになって、手を伸ばした。

「沢村さん？」

真雪くんが手にしていたチョコをつかんだだけで、それ以上何もできなかった。

「あの、な、な、何の用でしょう」

昼休み、私は保健室にいた。担任の先生に、養護の先生から保健室に来るよう伝言を預かったと言われたのだ。姫君はジャージ姿で寝そべっている。小豆色《あずきいろ》の体操服なのに妙な気品と色気があった。当の養護の先生はいなかった。

「聞きたいことがあるの」

用事があったのは悠姫子さんだったようだ。ベッドの脇に、綺麗に包装された箱が置いてある。紛失騒動のあったチョコとは箱の大きさが違っていたが、包み紙に覚えがあった。

「天野くんが作ったのですか？」

「昨晩作ったものを、休み時間に持ってきたの。チョコが戻るとは、あいつも思っていなかったみたい」

暖房の利いた部屋にあるということは、温度を気にしないでいいお菓子なのだろう。冷やしたほうがいいなら、保健室にも冷蔵庫がある。

「無理に笑顔を作っていたけど、あいつは沈んでたわ。何があったの？」

真剣なまなざしで問いかけてくる。本当に通じ合っているのだなあ、とため息が漏れそうになった。今朝起きたことを包み隠さず伝える。何度もつっかえたけど、悠姫子さんはさえぎらずに聞いてくれた。

「チョコがダメになったのね。それなら落ち込むのも無理ないか」

「あの……」

「なに？」

喋るのは怖いけど、どうしても聞きたいことがあった。

「ど、どうして天野くんは、あんなにすんなりと、自分がわるいと、みと、認めたのでしょう。犯人がわかっていて、かっ、かばっているの、でしょうか」

捜し漏れでないことは、本人が最もわかっているはずだ。悠姫子さんは目を細めてから、肩をすくめた。

「真雪に犯人当てなんて無理よ。成績こそ悪くないけど、基本的にあほだから。でも、誰かをかばってるというのは正解ね。犯人が周囲から非難されるくらいなら、あいつは我慢する」

味の落ちたチョコを口に含んだとき、真雪くんはひどく落胆していた。あのときの残念そうな顔を思い出すと、胸が苦しくなる。

「そんなの、あ、あんまりです。犯人は、謝るべきです」

「今さら見つけられないでしょう。証拠なんて見つかりっこないわ」

「それなら、わた、私が」

犯人に謝罪をさせたかった。できれば犯人を探し出したかった。

「あなたが、どうにかしてくれるの？」

「それは……」

まともに会話もできない私には、きっと無理だ。

自分の無力さが大嫌いだった。みんなのように話ができれば、きっと色々な情報を集められる。そうすれば犯人までたどり着けるかもしれない。

「だって、あまっ、天野くんは……」

なぜこんなに臆病なのだろう。

吃音だからといって、堂々としていればいいのだ。気にしない人だって多くいる。有名人のなかには個性として受け入れて、公表している人だっている。

でも私はそんなふうに強くなれない。言葉が途切れたときの、相手の怪訝《けげん》そうな顔が怖かった。なんで普通に喋らないの、とか、落ち着きなさい、とか言われるのが吐きそうになるほど辛かった。伝わらなくて、何度も言い直す羽目になることがどうしようもなく悔しかった。

「あ、天野くんは、あんなにも、かな、悲しんでた」

それでもなぜか、言葉が止まらなかった。

「犯人の、こ、ことが、すご、すごく腹立たしくて。だ、だからちゃんと、あやまらせて、それで、それで……」

途切れとぎれで、つたなくて、きっと悠姫子さんは困っているだろう。申し訳なさでうつむいていると、頭に手のひらが載せられた。とても細い指で、柔らかく撫《な》でてくれる。

「真雪のために怒ってくれてありがとう。でも無理しなくていい。あなたは、あなたにできることをすればいいの」

顔を上げると、悠姫子さんの頰が真っ赤だった。目が合うとすぐにそっぽを向いて、ベッドに横たわる。白いカバーのかかった毛布を頭までかぶった。

「どんなに苦しいことがあっても、あいつは甘いものを食べていれば前を向いていけるの。バカだからね」

私のしたいことは、真雪くんを笑顔にすることだ。無理をせずに、できることをすればいい。そうなると、やれることはひとつしかない。

甘いものを作って、食べてもらうのだ。

書店でレシピ本を手に入れ、材料を買いそろえた。お菓子作りは経験がない。金曜の夜に台所を占拠して挑戦する。

「めんどくさい！」

最初はトリュフチョコを作ろうとしたのだけれど、夜中に叫ぶほどにうまくいかない。最初はチョコが固まらなかった。いい加減に計量したせいで、生クリームが多すぎたらしい。次は温度調節を間違えたようで、チョコがぽろぽろと崩れてしまう。分離というらしく、もちろん味も最悪だ。

あきらめそうになるが、気を取り直してチョコを細かくする。クーベルチュールというチョコレートを、細かく刻んで湯煎で溶かすのだ。かたまりは凶器のように固く、刻むというより削るというほうが近かった。包丁の背に添えた指が赤くなるが、この地道な作業を真雪くんもやっているのだと思うとやる気が出てきた。

チョコはまな板の上にコピー用紙を敷いて削る。そのほうが粉状のチョコをボウルに入れやすいのだ。ある程度溜まったのでボウルに流し込む。

「ぎゃあ」

空気が乾燥していて、熱心に包丁を動かす私の全身には静電気が満ちていたらしい。

細かくなったチョコが帯電して宙を舞い、私に向かってぶわっと襲いかかった。テーブルや床にもチョコの粉末が落ちてしまう。お小遣いで買った貴重なチョコが、ほこりと交ざってしまった。

掃除をしながら、たった半日で甘い物作りを投げ出したくなる。本当にこんなことに意味があるのだろうか。台所でうずくまって、目を閉じる。初心者のチョコなど渡しても、きっと喜んでもらえないのに。

「でも、他にないから」

両頬を叩《たた》いて気を取り直す。真雪くんを笑顔にさせる方法がこれ以外にないことは、私自身が一番わかっていた。

何度かの失敗を繰り返して、まともなガナッシュ作りに成功する。あとは丸めて冷やせばほぼ完成だ。お父さん秘蔵のラム酒を効かせた大人の味になった。

問題は仕上げだ。ココアパウダーをまぶす簡単な方法と、テンパリングをしたチョコでコーティングする方法があった。

このテンパリングがくせものだった。チョコに含まれるカカオバターの結晶を安定させる作業で、ほんの数度の違いで口溶けのわるいチョコになってしまう。説明を見るだけでも大変そうだが、失敗して元々だ。挑戦することにした。

一時間後、私は頭を抱えていた。

「うまくいかないよう」

何度やっても失敗だった。艶がないし、白い模様ができてしまう。味も口溶けも明らかにわるかった。

レシピ本を熟読して、なぜ失敗したのかを調べる。チョコに含まれるカカオバターは二十八度から溶けはじめ、三十度を超えると分離する。それが冷えると固まり、表面が白くなる。これがファットブルームだ。真雪くんがチョコの置き場所として暖房の利いた教室を避けたのは、ブルームを防ぐためだったのだ。

同じページにある他の文章が目に入る。表面に粉が浮くシュガーブルームの解説が書いてあった。どうやらブルームには二種類あるようだ。シュガーブルームの原因は水にあるらしい。

「湯煎のときの水が入ってもダメなのか。……あれ?」

あることに気づいた私は、テンパリングと並行して、実験をやってみることにした。土曜から日曜にかけて何度もチャレンジし、ついにトリュフを完成させる。見た目はよくないけど、味は満足いくものになった。

だけど心は重かった。同時に行っていた実験が、予想通りの結果を示したのだ。

「……どうしよう。チョコを盗んだ犯人、わかっちゃった」

4

放課後、誰もいない夕暮れの教室の戸が開く。無視されるか心配だったけど、ちゃんと来てくれた。女子同士で伝言の手紙を渡すなんて中学一年生以来になる。

「あんな手紙を渡して、なんのつもり？」

「きゅ、急に呼び出してごめ、ごめんなさい」

「用件を言いなさいよ」

大きく深呼吸をしてから、つばを飲み込む。喉がひどく渇いていた。これからクラスメイトの罪を暴く。向こうも緊張しているのか、顔が強張《こわば》っていた。

「チョ、チョ、えっと、真雪くんのお菓子を盗んだのは、い、一之瀬さんだよね」

「何よそれ」

警戒に満ちた声だった。私は用意していた台詞《せりふ》を一気に吐き出す。会話がまともにできない私には、覚えたことをそのまま喋るしかなかった。

あの日、保健室の眠り姫がピンクの髪留めを目撃していたこと。鍵を借りるときの不備。一之瀬さんが二時限目の後に科学室の鍵を借りていたことも、貸出名簿で今日確認しておいた。

途中までほとんどつっかえずに言えて、ひと息つく。あらかじめ言葉を準備、練習しておく方法は私に適しているようだ。

「その、そ、それからね」

自宅で夜遅くまで繰り返した甲斐《かい》があった。自分にしては上出来だと、浅はかにも満足感を覚えた。その直後だった。

「ふざけんな」

喋るのに必死で、相手の様子をうかがう余裕がなかった。一之瀬さんの顔を見て私はいっぺんに青くなる。怒りをこめて、にらんでいたのだ。

「黙って聞いてれば、言いたいことを言ってくれるね」

「そ、その……」

もちろん、素直に罪を認めるなんて考えていたわけじゃない。反論を想定して練習もしていた。だけど全て吹き飛んでしまった。

「状況証拠ばかりじゃない。眠り姫の証言も私だって言い切れるの？　ちゃんとした証拠もないのに決めつけんじゃないわよ！」

「それは、そ、そそ、その……」

やはり、無理だったのだ。言葉はまだ用意してあるのに、ちょっと大きな声を出されたくらいで何も言えなくなってしまう。

震える手で、用意していた箱を机から取り出す。なかには盗難に遭ったチョコが入っていた。

あのとき私は、真雪くんが持つ箱をつかんだ。

「これ、ほしいの？」

真雪くんの問いかけに、力強くうなずいた。

「味がわるくなってるよ」

めいっぱい首を横に振ると、真雪くんは微笑《ほほえ》みを浮かべたまま手を離した。こうしてチョコは私のものとなった。それからずっと食べないまま、部屋のすみに置いていたのだ。

「何黙ってるの。証拠があるならとっとと出しなさい」

早く言わなくちゃ。だけど言葉が出てこない。

なぜこんなことをしているのだろう。今すぐ逃げ出したかった。適当な言い訳をして、この場を済ませられればどんなに楽だろう。

箱を開けると、チョコが目に入った。折れた葉っぱのチョコの表面に、白い粉のようなものが浮いている。真雪くんのチョコを台無しにしたブルームだ。

ひとかけら、口に放り込む。甘さと苦みが舌に広がった。味が落ちているといっていたけど、充分美味しく感じられた。

チョコの甘さは、私の緊張を少しだけほぐしてくれた。

「これの、ひょ、表面に白いこ、こ、白いものがあるよね。これ、これはシュガーブルームというの」

「だから何よ」

言葉をつっかえても構わない。生まれてはじめてそう思えた。どんなに見苦しくても、それより大事なことがある。何度言葉が出なくなっても、私は喋らなくちゃいけない。

「シュガー、ブル、ブルームは、表面に水滴がつくと、とう、糖分が溶け出す。それが、け、結晶になって起きる」

吃音が出るのはやっぱり辛い。おかしいと思われてるんじゃないかって、気になって仕方がない。笑われた過去が頭をよぎり、足が震え出す。

それでも私は、あやまってほしかった。

「か、家庭科準備室に一晩放置しても、今の時期なら問題ない。だ、だけど冷蔵庫で冷やされたものを出したら、きゅう、急激な温度変化で、表面にわずかに、すい、水滴がつくの」

一之瀬さんの顔色がはっきり変わっていた。冷蔵庫に出し入れすることでシュガーブルームができることは、家での実験で何度も確認してあった。

「が、学校にある冷蔵庫は少ない。か、か、家庭科室はみんなの目があるし、あの日は、しょ、食材でいっぱいだった。職員室や、しゅくちょ、宿直室、用務員室にもあるけど、生徒は自由に使えない」

「保健室にもあるわよ。そうなると犯人は眠り姫になるわ」

「あれは元々、ゆき、お姫さまに渡される予定だったの。盗む意味がない。そうなると残る冷蔵庫は、かが、科学室にしかない」

一之瀬さんは盗んだチョコを、科学室の実験用冷蔵庫に入れたのだ。冷蔵庫から取り出されたチョコには、温度変化によって水滴がついた。部活中の科学室は暖房が入っていたから、なおさらつきやすかったはずだ。

チョコが発見された日、私は登校する一之瀬さんと通学路で会った。家庭科準備室に戻したのは、前日の放課後だろう。真雪くんの報告を受け、事務員さんがチョコが発見された日の早朝に壊れた窓の修理をしていたことも確認済だ。

「あの日の放課後、かが、科学室の鍵を、かり、借りていたのは調べてあるよ。一之瀬さんしか、か、考えられないの」

話はこれで終わりだった。つっかえながらも、全て言えた。これでとぼけられたら、私には為《な》す術《すべ》がない。

一之瀬さんは唇を噛《か》んだ後、小さくため息をついた。

「本当にお菓子って面倒ね。化学の実験より厄介な気がしてきた。もう絶対に手を出さない」

罪を認めてくれたようだった。安堵《あんど》を感じた直後、疑問が芽生えた。

「なんで、こ、こんなことしたの？」

チョコを盗んだ理由は何なのだろう。真雪くんが恨まれるとは考えられなかったが、一之瀬さんは苦笑いを浮かべた。

「前にフォンダンショコラをあげたときに、泣かされたことがあってさ。天野くんが家庭科準備室にチョコを置いたのに気づいて、仕返しをしようと思ったの」

「あれって、い、一之瀬さんだったんだ」

友達がいない私は、六月の時点でクラスメイトの顔も名前もよく覚えていなかった。人前で泣かされたのなら、恨む気持ちも少しだけ理解できてしまう。

チョコを冷やしたのも、そのときのことがあったかららしい。熱に気をつけようと言われたのが耳に残っていて、科学室の冷蔵庫に入れたのだそうだ。

チョコをダメにするつもりはなかった。むしろちゃんと保存しようと考えていたのだ。本当は、すぐに返すつもりだったそうだ。

「天野くんにあやまるわ」

一之瀬さんは神妙な面持ちで、真雪くんにスマートフォンでメールを送信した。すぐに返事があり、駅前のケーキ屋にいることがわかった。

5

ガラス張りの店内に入ると、焦げたバターの香りがした。真雪くんはイートインスペースに座っていた。席には空の皿があって、汚れ具合から最低でもケーキ二品を完食したことがうかがえた。

「チョコを盗んだのは私よ。ごめんなさい。私がわるかった」

一之瀬さんが自ら事情を説明して、深々と頭を下げる。泣かされたときのことも正直に話していた。

しばらくの沈黙が続いた。心配になってくる。真雪くんは犯人探しなど望んでいなかった。私が勝手に怒って糾弾しただけなのだ。

ふいに真雪くんが立ち上がった。ケーキの並んだガラスのショーケースに向かい、店員さんに何か話してから席に戻る。ほどなくして店員さんが皿を三つ用意した。

円柱状という変わった形のチョコレートケーキだった。湯気がたっていて、温かいことがわかった。真雪くんがフォークをいれると、なかからトロリと溶岩みたいにチョコが溢れてきた。

「美味しいフォンダンショコラを食べさせるって約束したよね。冷めないうちに食べて」

「……あのときのこと、覚えてたんだ」

私たちは勧められるままにケーキを口に入れた。

溶けたチョコは少し熱いくらいで、しっとりとしたチョコ味の生地に絡んだ。熱せられたせいか生クリームの香りを強く感じる。ナッツのさくさくした歯ざわりもアクセントになっていた。フランボワーズのソースの甘酸っぱさが、濃厚さを引き立てている。

こんなに美味しいケーキ、はじめて食べた。私は自然と笑顔になっていた。一之瀬さんの表情も緩んでいて、真雪くんは笑みを浮かべて言った。

「甘いものを食べると笑顔になる。それでいいんじゃないかな」

「でも、それじゃけじめがつかない」

一之瀬さんが私へと視線を向ける。理由がわからなくて、困惑するばかりだった。その後に飛び出した言葉に、耳を疑った。

「正直に言うと、さっきまで軽い気持ちでいたの。だけど沢村さんは本当に一生懸命だった。言葉に詰まっても話し続ける姿を見て、罪の重さを実感したんだ。沢村さんの必死さに報いるためにも、私はちゃんと罰を受けるべきだと思う」

私はただ、話をしただけだ。

普通の人ならすらすら言えることなのに、倍の時間を費やした。何度も言い直したから、わかりにくかったに違いなくて、申し訳なく思った。それでも伝えなくちゃって、想いをぶつけただけだ。

情けないと思っていた。みじめで、笑いの対象で、格好わるいと思っていた。その姿を、一之瀬さんは評価してくれた。こんなことがあると思ってなくて、私は茫然《ぼうぜん》とする。

真雪くんは困った顔をした後、とびっきりの名案を思いついたみたいに瞳を輝かせた。

「それじゃ罰として、ここの焼き菓子をおごってもらってもいいかな」

「まだ食べる気なの？」

一之瀬さんが目を丸くする。私たちが来る前にすでに何個か胃に収めていて、フォンダンショコラも食べている。それなのにさらに焼き菓子まで注文する気なのだ。

「え、ダメかな……」

心底残念そうな表情に、一之瀬さんが噴き出す。私もつられて笑うしかなかった。真雪くんは真剣な顔で返事を待っている。

悠姫子さんは言っていた。真雪くんはどんなに苦しいことがあっても、甘いものを食べていれば前を向いていけると。

これまでどんなときに、甘いものを食べてきたのだろう。すごく知りたいと思った。けれど、教えてもらうだけの関係を築けていない今では、質問しようとしても言葉は詰まってしまうだろう。

手作りのトリュフチョコはバッグに入れてある。こんな美味しいチョコケーキを前にして、出す気力はすっかり萎《しぼ》みかけていた。

それでも、食べてほしいと思った。きっと満足はしてもらえないけれど、真雪くんに私の作ったチョコを渡したかった。それくらいの勇気なら、何とか出せそうだ。

「あ、ああ、あのっ」

真雪くんが私のほうを向く。最大の問題は、チョコレートという言葉が出てくるかどうかだ。根拠はないけれど、きっと大丈夫な気がした。私は小さく、息を吸い込んだ。

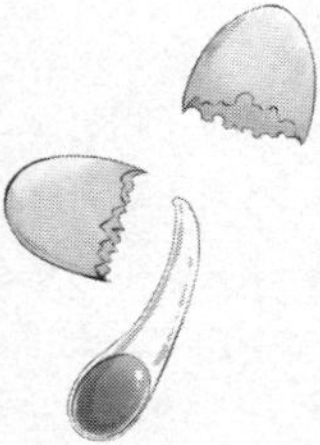

第2話 カトルカールが見つからない

1

再会を喜ぶクラスメイトたちの声が教室に満ちている。三学期の始業式が終わり、あとは帰るだけだ。十日と少しだけしか離れていないのに、冬休みをはさむと不思議と教室の空気をなつかしく感じた。

高校指定のコートに袖を通し、通学カバンを手に取る。教室を出ようとしたところで、ふいに一之瀬さんに呼び止められた。

「菓奈ちゃん、ちょっといいかな」

戸惑っていると、一之瀬さんは真雪くんにも声をかけた。

「あ、天野くんも待って」

「何?」

真雪くんがにこにこ顔で近づいてくる。肩からバッグを下げ、手に茶色のダッフルコートを持っていた。私たちの通う高校では指定のコートがあるけれど、派手すぎなければ自由に選んでよかった。雨《あま》かっぱみたいなグレーの指定コートを着る生徒は少数派だ。

一之瀬さんは私たちに交互に視線を向けた。

「二人に人探しを頼みたいんだ」

「人探し？」

「そうなの。知り合いからお願いされてさ」

一之瀬さんは肩までの髪を内巻にブローしていて、唇には艶やかなリップクリームを塗っていた。メイクが禁止されているなかで、めいっぱいのおしゃれをしている。無造作に髪をまとめただけの私とは大違いだ。

「え、ええと、な、な、なんで私に？」

社交的で顔が広い真雪くんなら役に立つはずだ。でもなぜ私に声をかけたのかがわからない。足を引っ張る自信があった。

「だってこの前、すごい推理を披露してくれたし」

「そ、そそ、それは……」

一ヶ月前のことを言っているのだろう。罪を暴いたことになるから、私としては少しだけ気まずかった。

でも一之瀬さんはあれ以来、教室で私に話しかけてくれるようになった。呼び名もいつの間にか菓奈ちゃんに変わっている。

「うちの制服を着ていた、『ゆう』って名前の女子ってことしか手がかりがないんだ。

あとは、その子が可愛《かわい》いってことくらいかな。私だけじゃ厳しいから手伝ってほしくて。報酬としてケーキをおごるから、時間があるなら引き受けてもらえない？」

「いいよ」

ケーキに釣られたのかわからないけど、真雪くんが即答する。真雪くんの洋菓子好きは有名だ。作るケーキはプロ級のクオリティだし、食べることにも目がない。そのくせ運動部でもないのに、スマートで締まった体つきをしていた。多分、生まれつきそういう体質なのだと思われる。

私は返事に迷う。人探しの行程を想像する。きっと多くの人に声をかけ、質問なんかもしなくちゃいけないはずだ。しかも可愛い女の子なら、派手めのグループが対象になるかもしれない。考えただけで眩暈《めまい》がしそうだった。

二人が返事を待っている。早く言わなくちゃと勝手に焦りながら口を開く。

「あ、あの、ご、ご、ごめ、ごめんなさい。実はちょ、ちょっと、用があって」

用事は本当にある。でも断るほどのことでもなかった。

「そうなんだ。残念だけど、仕方ないね」

一之瀬さんはがっかりした様子だ。胸に小さな痛みが走る。

私は嘘《うそ》をついた。でもこれでよかったんだ。紙袋を抱え、逃げるように教室を出る。

下校する生徒たちの隙間をぬうように早足で歩いた。

吃音症《きつおんしょう》のせいで、私は人と関わるのが怖くなった。高校に入ってからは友達を作らず、ほとんど誰とも喋《しゃべ》らない日々が続いた。

でも先月のチョコレート紛失事件をきっかけに、交流してくれる人ができた。お話しするのは楽しい。真雪くんや一之瀬さんに感謝していた。できれば協力したかった。でも人とまともに話せない私がいても、きっと邪魔になるだけだ。

始業式だけど、お姫さまが登校しているのはメールで確認してあった。私は携帯電話を持っていないけど、家族共用パソコンの私専用のメールアドレスでやりとりをしていた。

保健室の戸を開けると、空気がちょうどよく暖まっていた。消毒液や薬品の入り交じった、清潔そうなにおいがする。養護の先生はいなくて、ベッドは白色のカーテンで覆われていた。

「あ、あの、悠姫子さん、いますか？」

私はカ行が特に苦手なため、ゆっこさん、という発音に近くなる。

「はぁい」

間延びした返事があって、断りを入れてからカーテンを開く。

お姫さまが、制服姿で寝そべっていた。

彫りの深い顔立ちと白い肌は、腰まである艶やかな黒髪と相まって中東のお姫さまみたいだった。気怠《けだる》そうな表情は妙に色っぽく、正視してはいけないような気分にさせられる。

悠姫子さんがあくびをしながら体を伸ばした。

「もう下校時間なんだ。始業式の日は早いわね」

悠姫子さんの声は、か細いのによく通る。きっとそういう声質なのだろう。声が通る人を、羨ましく思う。私はいつも普通に喋るだけで一生懸命だ。言葉を出すことに全力を注ぐせいで、声が小さくなる。だからせっかく喋れたとしても、相手に届かないことが多かった。

「あの、た、頼まれていたものです」

ベッド脇のパイプ椅子に座り、抱えていた紙袋を差し出す。なかには私が作ったお菓子が入っていた。

悠姫子さんとの出会いも、先月のチョコ紛失事件がきっかけだった。

そのときにお世話になったこともあって、解決後に手作りのトリュフチョコを渡した。口にした悠姫子さんは「いまいちね」と言った。でもなぜかまたお菓子を作って持ってくるよう要求してきたのだ。

悠姫子さんは本当のお姫さまみたいで、偉そうな振る舞いをしてもよく似合う。お願いをされると断れない。わがままなお姫さまに命令される臣下みたいなものだ。それ以来、何度か洋菓子を渡していた。

悠姫子さんが紙袋を受け取る。細長くて白い指で中身を出した。

「今日はガトーショコラか。焼き菓子ははじめてね」

「あ、え、えっと、はい」

父がもらった年末のボーナスが予想より多かったらしく、母が大きめのオーブンを買ったのだ。前からほしいと言っていたものだ。

悠姫子さんがカットされたガトーショコラを口に入れた。手作りの洋菓子を食べてもらう瞬間は緊張する。悠姫子さんがゆっくり頬を動かした。

「冬休みを挟んだから上達したかと思ったけど、やっぱりまだまだね」

お行儀悪く口にお菓子を入れたまま、当たり前の感想を言う。

私が曖昧《あいまい》に笑っていると、悠姫子さんはあごを小さく上げた。

「あんまり悔しそうじゃないわね」

「ゆ、悠姫子さんは天野くんの手づ、づ、作りのスイーツを、いつも、た、食べてますから。私のじゃ満足できないのは、と、当然です」

「ふうん」

悠姫子さんの反応はひどくつまらなさそうだった。返事が不服だったのだろうか。

音を立てて、保健室の戸が開いた。振り向くと真雪くんがいた。驚いた私は悠姫子さんからガトーショコラの紙袋を奪い、かけぶとんの下に隠した。

「ちょっと菓奈、何するのよ。あら、真雪じゃない。今日は何の用事?」

保健室に入ってきてすぐ、真雪くんが私に気づく。

「沢村さんだ。用事ってひめちゃんと会うことだったんだね」

真雪くんと悠姫子さんは、互いを呼び捨てやちゃん付けで呼び合う仲だ。私が保健室にいると真雪くんが来ることも多い。そのたびに私は、二人の間に流れる親密な空気の邪魔にならないよう努めていた。

「あれ、ガトーショコラの匂いがする」

「ききき、気のせいだよ!」

なぜ匂いだけで種類までわかるのだ。

「まあいいか。実はひめちゃんに話があってさ。冬休みの最初のころに、河田町《かわだちょう》にあるパンの吉田《よしだ》の前を通っていないよね」

店名に覚えがあった。人気のパン屋さんだ。河田町は帰宅途中に通過する。だけど方角が違うため、パンの吉田に行ったことはなかった。

「冬休みはずっと家にいたわ。あんたも知ってるでしょう」

「そうだよね。一応確認したかったんだ」

一之瀬さんは『ゆう』という名前の、可愛い少女を探していると話していた。悠姫子さんの名前から彼女である可能性を考えたのだろう。ただ、悠姫子さんは可愛いというよりも美人といった表現のほうが似合う気がした。

「それじゃ僕は行くね」

真雪くんが保健室を出る。戸の閉まる音がしてから、悠姫子さんが私に顔を向けた。

「あれ、何だったの？」

「え、えっと、じ、じ、実は……」

真雪くんがクラスメイトから人探しを依頼されていることを説明する。すると悠姫子さんは興味なさそうに、「ふぅん」と鼻にかかったような声を出した。

それから思い出したように、いたずらっぽい笑みを浮かべた。かけぶとんの下からガトーショコラの入った紙袋を取り出す。

「ずいぶんと焦ってたわね。真雪にお菓子を食べられるのがそんなに怖い？」

図星だった。元々私は、真雪くんに喜んでもらうためにお菓子作りをはじめた。だけどまだ食べてもらったことがない。

一度だけ、トリュフチョコを渡そうと思ったことがある。寸前まで行ったのだけれど、その瞬間に真雪くんのスマホが鳴った。タイミングを逃したことで勇気は萎《しぼ》み、渡せずじまいになってしまった。結局トリュフチョコは悠姫子さんの胃に収まった。

「次のお菓子のリクエストがあるの」

沈んでいる私など意に介さず、悠姫子さんはベッドの上で横になる。

「あ、あああの、オーブンをか、買、あの、手に入ったので、焼き菓子が、作れます」

クッキーにマドレーヌにアップルパイ。オーブンを買ったおかげで、作れるお菓子の幅が広がった。しかし飛び出してきた言葉に、私は目を丸くする。

「それならカトルカールがいいな」

「えっ。あの、な、なんですか、それ」

聞いたことのない名前だった。どこの国のお菓子かさえわからない。日本語ではないことは確かだし、英語でもないと思われた。

「真雪が得意なのに、最近あんまり作ってくれなくて。あたしと真雪の仲なのに、この頃リクエストを聞き入れてくれないんだよね。だから菓奈にお願いできるかな」

「え、えっと、すみません。む、無理です」

あたしと真雪の仲という言葉が気になりつつ、反射的に断っていた。

どんなレシピか知らないけれど、名前からして私のような初心者が手を出せるような品ではないに決まっている。真雪くんが得意というのも一気にハードルが上がる。悠姫子さんが唇を尖《とが》らせた。

「仕方ないわね。それならパウンドケーキでいいわ。これならできるでしょ。来週あたりによろしくね」

「わ、わかりました。多分、平気です」

パウンドケーキなら、オーブンと一緒に買ったレシピ本に掲載されていた。

「さて、わたしはちょっと眠るわ」

悠姫子さんはベッドで丸まり、そのまま目を閉じた。

暖房の利いた保健室を出ると、一月の凍えた空気が肌に突き刺さる。白いため息はすぐに消え、私は校門に向けて歩き出した。


自宅で早速パウンドケーキの練習をしようと思ったけれど、母がオーブンでローストチキンを作っていたので無理だった。勉強をはじめたが、英単語は頭に入ってくれない。数学の公式や化学の法則はすぐに覚えられるのに、我ながら不思議に思う。

問題集を閉じ、小さく伸びをする。自分の部屋を見渡す。古びたタンスに漫画ばかりの本棚、ポスターの一枚も貼《は》っていない地味な部屋だった。

本棚から一冊の少女漫画を取り出し、ベッドに腰かける。ずっと集めている漫画だ。冬休みがはじまる直前に新刊が発売され、何度も読み返していた。

内容は地味な女子高生の主人公が、学内で一番人気の男子から言い寄られる王道ラブストーリーだ。

相手役の男子は俺様系のキャラクターで苦手だけど、主人公の幼馴染《おさなな じ》みの男の子が私は好きだった。いつも笑顔なところが少しだけ真雪くんに似ているのだ。主人公の名前が悠子《ゆうこ》なので、幼馴染みだけが親しみを込めてその子をゆうと呼んでいた。

ヒロインと最終的に結ばれるのは、きっと俺様系の男子だろう。だけど何かの間違いで、幼馴染みとのハッピーエンドにならないかとひそかに祈っていた。

「……ん？」

心に引っかかりを覚える。何かを思い出しそうになった。でも、正体がわからない。もやもやを抱えたまま、私は一冊を読み終えた。

続いてお菓子のレシピ本を手に取る。オーブンを使う洋菓子のレシピを紹介したムックだった。ページを開くと、焼き菓子の写真が目に飛び込んでくる。クッキーやマドレーヌなど、どれも美味《おい》しそうだ。

悠姫子さんはどのお菓子が好きなのだろう。わがままばっかりだし、真実か嘘かわからない冗談を言ってくる。悠姫子さんは本当に自由な人だ。

振り回されてばかりだけど、悠姫子さんの前だと吃音は比較的治まってくれる。

吃音症の原因は、医学的によくわかっていない。ただ、緊張が大きく影響する人は多いようだ。私の場合は初対面の相手との会話や、早く発言をしなくちゃいけないという切羽詰まった状況で出やすくなる。

でもなかには、緊張した状態のほうが滑らかに喋れる人もいるらしい。驚くことにリラックスしている場合のほうが吃音が悪化するそうなのだ。

緊張が先か吃音が先か、人によって異なるようだ。私の場合はどちらも当てはまる。緊張した状態では吃音が出やすいし、吃音が出ることによって緊張してしまうこともある。両方が同時に進み、結局は喋ること自体が難しくなる。

悠姫子さんの前だと、私はあまり緊張しない。同年代や年上が苦手で、年下の前だと吃音が治まりやすい私には不思議な現象だった。

ただ実は悠姫子さんに対しては年上という感じがしていない。本人の前では、絶対に言えないけれど。

2

明くる日、私は日直だった。仕事は学級日誌と黒板消し、そして授業の前に「起立」「礼」「着席」と号令をかけることだ。中学時代、順番が回ってきたときに何度か仮病で休んだことがある。

理由は「起立」と言わなければいけないことが嫌だったからだ。私はカ行の発音が特に苦手なのだ。授業開始前、中学生の私は必死に声を出そうとした。だけどなかなか言葉は出てこなくて、教室にざわめきが生まれる。「今日の日直は誰だ」という先生の言葉が心に刺さったのを覚えている。

でも高校に入ってからは一度も休んでいない。私は目を閉じ、深呼吸をする。

「き、起立」

本日何度目かの号令に成功する。前日、自宅で反復練習を繰り返した。こんなことで悩むなんて、我ながら中学時代から進歩していないと思う。

その後もスムーズに言葉を出せた。毎回一仕事終えた気分になり、授業に集中できなかった。

真雪くんたちは休み時間に学校中を駆け回っていた。ゆうという子を探しているのだろう。一之瀬さんがクラスの女子から「真雪くんと何をしているの」と詰め寄られる一幕もありつつ、一日はあっという間に過ぎていった。

「葉奈ちゃん、やっぱり助けて」

放課後になり、私は再び一之瀬さんから声をかけられた。隣には真雪くんもいた。

「例の子、全然見つからない。小さな手がかりも、あっという間に尽きちゃった」

一之瀬さんがため息をつく。二人は昨日の放課後と今日で情報収集を進めた。だけど目的の女子は見つからなかったそうだ。

真雪くんたちはまず全校生徒の名簿を確認した。ゆうという呼び名が当てはまる女子は十一名だったそうだ。

終業式より後に制服を着ていたとなると、進学コース向けに開かれる補講が考えられた。我が校では進学希望者のために長期休業中にも授業を行っているのだ。かくいう私も冬休みの補講に参加していた。他には吹奏楽部などの文化系の部活の場合もあるだろう。体育系の部活動の部員は基本的にジャージで登校している。

聞き込みの結果、ゆうという名前で年末の冬休みに登校したのは六人だった。だけど優、悠奈、夕子、佑香、裕香、結乃という女子たちは、全員が探し人ではなかった。

真雪くんは器用にも、にこにこしたまま参ったという表情だ。

「由美子さんとか、結城という苗字《みようじ》の女子も含めるとキリがなくてね」

「一応、男子も調べたの」

女性でなければ男性という可能性も考えたらしい。女子の制服を着るのが好きで、しかも似合う男子生徒という条件で探したという。

でもゆうと呼ばれそうな男子生徒は体重が九十キロや、身長が百九十センチ以上だったりしたそうだ。女子の制服を着ていても性別を見間違えることはありえない。女装癖のある人だったら我が校の生徒とは限らないし、偽名を使うと思うけれど、指摘するのはやめておいた。

一之瀬さんから頭を下げられる。

「話を聞いてもらえるだけでいいんだ。菜奈ちゃんなら何かに気づくかもしれないし」

「あ、あの」

隣では真雪くんが心配そうな眼差《まなざ》しを浮かべていた。手を強く握ると、切り忘れていた爪が皮膚に食い込んだ。

「は、は、は、話を、き、き、き、聞くだけなら」

何とか発した言葉は震えていて、いつものように吃音が出てしまう。

「ありがとう！」

一之瀬さんが顔を綻《ほころ》ばせる。笑顔になってもらえるのは嬉《うれ》しかった。でも内心は期待に応えられないのではという不安でいっぱいだった。

冬休み最終日にあたる一昨日、一之瀬さんは宿題に追われていた。気分転換のため昼過ぎに散歩に出かけたところ、菅平《すがだいら》トメさんという八十歳くらいのおばあさんに出くわした。

一之瀬さんは近所のお年寄りに人気があるそうだ。明るくて話がうまいし、科学部に在籍している真面目なところも受けがいいらしい。一之瀬さんはトメさんとベンチに座って話し込み、年末に起きた出来事を聞かされた。

一之瀬さんの知り合いとは、おばあさんだったのだ。

旦那さんに先立たれたトメさんは一人暮らしで、隣の市に娘夫婦が住んでいる。その娘さんから年末に、注文していた品を雑貨屋で受け取ってほしいと頼まれたそうだ。

「名前はよく覚えてないけど、お正月に使う縁起物だと話してたねえ」

トメさんは一之瀬さんに、そう説明したそうだ。

注文した品が届く予定日に、娘一家は海外旅行に出ていた。しかし年始の帰国したあたりではお店が連休に入ってしまうのだ。

トメさんは快諾し、年末に雑貨屋へ赴いた。日付は終業式の翌々日になる。約束の品を受け取り、ついでに買い物を済ませた。公園で休憩を取りつつ帰宅すると、頼まれた品がないことに気づく。

縁起物は小さな箱に入っていた。バッグに入れていたのだが、いつの間にか落としてしまったらしい。

トメさんは真っ青になり、来た道を戻った。地面を探しながら歩いていると、親切にも箱を拾ってくれた少女と出会う。

その子は灰色の地味なコートを着ていた。胸には一之瀬さんが通う高校の校章が縫いつけられてあった。トメさんの印象は「感じの良い、可愛い女の子」だったそうだ。

トメさんは少女から箱を受け取り、何度も頭を下げてお礼を言った。しかし少女ははにかんだ笑顔を浮かべるばかりだったという。

足早に立ち去ろうとしたため、呼び止めて名前を訊《たず》ねた。少女が足を止めて口を開く。しかし耳の遠いトメさんは苗字を聞き逃してしまう。何とか下の名前である「ゆう」だけは聞き取れた。少女はそのまま忙《せわ》しなく立ち去ったという。

落とした品は無事で、年明けに帰国した娘一家に渡すことができた。

トメさんは穏やかな笑みを浮かべ、一之瀬さんに頼んだそうだ。

「あの子がいなければ、娘たちに申し訳が立たなかったわ。ぜひお礼がしたいの」

一之瀬さんは願いを聞き入れたけど、単独で探すのは難しいと考えた。そこで協力者として行動力のある真雪くんと、私に声をかけたのだった。

話を聞き終えた私は、背中にびっしり汗をかいていた。教室の暖房の温度は変わっていない。動揺を必死に隠しながら口を開いた。

「え、えっと、それは、ぱ、ぱぱ、パンの吉田の前での、で、出来事なんだよね」

すがるような気持ちで質問する。真雪くんは思い出したように手を一回叩《たた》いた。

「そういえば僕が昨日、ひめちゃんに聞いていたよね。でも実は勘違いだったんだ」

「え……」

ゆうと出会った場所について、トメさんは一之瀬さんにアップルパイの美味しい店だと説明していた。耳が遠いこと以外にも物忘れが悩みで、店の名前を忘れていたのだ。

一之瀬さんは手を横に振った。

「伝言ミスだったんだ。お孫さんのためにいつも、河田町にある店でアップルパイを買うんだって。トメさんはその日も営業していたと話していたの」

一之瀬さんは真雪くんに、トメさんの話をそのまま伝えた。すると真雪くんは真っ先にパンの吉田を連想したらしい。

「パンの吉田はアップルパイが絶品なんだ。パン屋だと侮っていたら痛い目を見るよ。伝統的なアメリカ家庭の製法を忠実に守った素朴な味わいの逸品なんだ。日本では煮たりんごを使うことが多いけど、あそこでは生のりんごで焼き上げる。しゃきしゃきした食感が嬉しいよね。さらにシナモンも効いていて……」

延々と語りはじめる。真雪くんがこれだけ熱弁を揮《ふる》うのだから、間違いなく美味しいはずだ。今度買ってみようと思った。

アップルパイへの思いをひとしきり語ってから、真雪くんは肩を落とした。

「昨日の放課後、一之瀬さんとパンの吉田に話を聞きに行ったんだ。そしたら店主はクリスマス明けから体調を崩して休業していて、再開したのはちょうど昨日だったんだ」

驚いた一之瀬さんは早速トメさんに事情を訊ねた。すると、ある事実が判明した。

「実際の場所は同じ河田町にあるパティスリー・ポワソンだったんだ」

やっぱり、そうだ。店名を聞いて、私は観念する。真雪くんが続けた。

「でもフランス菓子の店だからアップルパイじゃなくて、ショソン・オ・ポムなんだけどね。形は馬蹄型《ばていがた》だし、シナモンを使ってない。りんごをカルヴァドスでフランベした香りもする。あれは断じてアップルパイじゃない」

「そんな区別、トメさんにはつかないって」

一之瀬さんのつっこみに、真雪くんが口を尖らせる。

「そもそもあそこのは、そこまで美味しくないし……」

顔を逸《そ》らしているから、早とちりという自覚はあったようだ。二人のやりとりを、私はうつむきながら聞いていた。

本当は一之瀬さんの知り合いがおばあさんだと聞いた時点で真相に気づいていた。認めたくなくて、違うと思い込もうとしていたのだ。だけど現場がパティスリー・ポワソンの前である以上、疑う余地はなくなった。

「沢村さん、どうしたの？」

真雪くんが私の異変に気づく。きっとひどい表情をしているに違いない。可能なら事実を伏せたかった。でも、逃げることはできない。覚悟を決めて顔を上げる。

「あ、あの、実は……」

トメさんの自宅は小さな平屋で、庭にはたくさんの鉢植えが置かれてあった。手入れが行き届いていて、春には満開の花が咲くことが想像できた。

チャイムを鳴らしてしばらくすると、玄関の戸が開いた。ほのかに甘い香りがする。黄色い花のついた枝が、花瓶に生けられていた。

真相に気づいた翌日の放課後、私は一之瀬さんと連れだってトメさんの家を訪れた。

「トメおばあちゃん。ゆうちゃんを連れてきたよ」

一之瀬さんが笑いをこらえている。私は居たたまれない気持ちになる。

「探してきてくれたのね。ありがとう、さとちゃん」

顔を明るくしたトメさんは、小柄で品の良いおばあさんだった。髪は絹糸のような白色で、丁寧に手入れされている。肌は艶やかで、体型は控えめに言って、ふっくらしていた。

「ようやく会えたね、ゆうちゃん。ちゃんとお礼ができなくて心残りだったの」

トメさんが私に向けて、深々と礼をする。頭を下げるその姿を私は知っていた。トメさんがずっと探していた『ゆう』は、私こと沢村菓奈だったのだ。

3

トメさんと出会ったのは、冬休みに入ってすぐの昼下がりだった。午前中に行われた補講を受けて帰宅する途中で、服装はブレザーと学校指定の地味なコート姿だった。

私は道端にぽつんと置かれた箱を発見した。洋風の装飾が施された白い包装紙でつつまれ、レースのリボンが可愛らしく結んであった。

箱を目にした私は対応に悩んだ。交番に届けるのが正解だろう。でもおまわりさんと会話をするのが怖かった。警察の人は体も声も大きくて、理由もないのに体が強張《こわば》ってしまうのだ。でも無視するのも良心が痛む。葛藤の末に拾い上げたけれど、まだ迷っていた。

おばあさんから声をかけられたのは、そのときのことだ。

「ああ、よかった！」

おばあさんは箱に視線を向け、安堵《あんど》の表情を浮かべている。落とし主だと思った。無言で箱を渡すと、おばあさんはこちらが恐縮するくらい何度もお礼をしてくれた。

無視に心が傾きかけていた私には居心地の悪い状況だ。会釈だけして立ち去ろうとしたけれど、おばあさんに声をかけられてしまった。

「本当にありがとう。お名前を教えてもらっていいかしら」

どうするべきか焦った。返事をせずに去ったら、嫌な思いをさせてしまう。だから何とか返事をした。苗字は言うことができたけれど、問題はその後である。名前は最も苦手なカ行からはじまるのだ。

だから私は、すぐに言えそうな別の名前を口にした。焦りのあまり記憶が曖昧だが、思い返すと読んだばかりの漫画の登場人物から拝借したようだ。それが『ゆう』だったのだ。

私と一之瀬さん、トメさんは居間のこたつで温まっていた。石油ストーブに火が灯《とも》り、ヤカンが湯気を出している。

仏壇にある白黒写真では、トメさん以上にでっぷりした体型のおじいさんが笑っていた。棚の上にはカラー写真が立ててある。トメさんと女の子がツーショットで写っていた。孫と一緒に撮ったのだと思われた。

トメさんが笑うと、目尻の皺《しわ》がいっそう深くなった。

「ゆうちゃんは、さとちゃんのお友達だったのね。世間は狭いのねえ」

「私もびっくりしてます。ね、ゆうちゃん」

一之瀬さんは面白がって、私の呼び名を訂正しなかった。

「え、えっと、そ、そうだね」

相槌《あいづち》を打ちながら、湯飲みを口に運ぶ。しばらく前に緑茶は底をついていた。

私が最初に気づけなかった理由はいくつかある。可愛い子という情報もその一つだ。耳に入れた瞬間から私という可能性は完璧に消え去った。多分トメさんにとって、幼い子どもや小動物に向ける可愛いという意味だったのだろう。

　今思えば小さな違和感はあった。悠姫子さんは可愛いというより綺麗《きれい》と表現したほうがふさわしい。でも真雪くんは悠姫子さんにも声をかけていた。トメさんくらいの年齢なら、悠姫子さんを可愛いと表現してもおかしくないと考えたのだろう。

「本当に助かったわ。あなたがいなければ娘たちに申し訳が立たなかった」

「あ、あの」

　喋るのは怖かったけれど、別の疑問がつい口から漏れる。

「なあに？」

「その、お、お正月の、え、え、縁起物だったんですよね」

　一之瀬さんの話では、トメさんはお正月の縁起物を落としたということだった。だが説明によれば娘夫婦が帰国したのは正月明けだ。その時期に正月の縁起物を受け取るのは少し遅い気がした。

　それに私が拾った箱は洋風の装飾で包装されていた。お正月の縁起物と聞くと独楽《こま》や羽子板、凧《たこ》など和風の品を連想する。

「そうそう」

　トメさんが大きく口を開け、何度もうなずいた。

「最近物忘れがひどいのが悩みなのよ。でもこの前思い出したわ。娘から頼まれて受け取ったのは、フェーヴというものだったの」

「フェーヴ？」

私は一之瀬さんと顔を見合わせる。一之瀬さんが早速、手持ちのスマホで検索をはじめた。トメさんは「便利ねえ」と感心した様子だ。

キリスト教圏において一月六日はエピファニー、公現祭と呼ばれる祝日で、ガレット・デ・ロワと呼ばれるアーモンドクリームの入ったパイ生地のお菓子を食べるらしい。ガレットは円形の平たいお菓子の総称で、ロワは王様という意味だそうだ。真雪くんの好きそうなうんちくだ。

ガレット・デ・ロワにはフェーヴと呼ばれる陶器の人形が入れられる。切り分けたピースに入っていた人が当たりで、王様として祝福を受けるというおめでたいお菓子らしい。

「へええ、おしゃれな習慣ですね」

一之瀬さんはおおげさなくらい何度もうなずいた。

「娘の旦那さんがフランスで暮らしていたことがあるの。毎年楽しみにしているそうよ。私もそのガレット何とかが好きなのだけどねえ」

トメさんが急に表情を曇らせる。一之瀬さんが事情を聞くと、ガレット・デ・ロワのお裾分けが今年はなかったそうなのだ。

トメさんのふくよかな体型は主に甘味によって培われたらしい。旦那さんも甘いもの好きだったそうだ。心筋梗塞で亡くなったため、原因が太りすぎにあると娘さんは信じていた。そのせいでトメさんがお菓子を食べることを快く思わないというのだ。

「本当は自分でも作って食べたいのだけど、娘がいい顔をしなくて」

「お体を心配しているんですよ。いい娘さんじゃないですか」

「そうかしらねえ」

一之瀬さんのフォローが嬉しかったのだろうか。トメさんの表情がやわらいだ。

ふいに、沈黙が訪れる。古びたかけ時計の針の音が大きく感じられた。そういう瞬間が来るたび、自分のせいのような気がしてしまう。私だけがほとんど喋っていない。もしも簡単に言葉を発することができれば、沈黙を埋めることができるのに。

「そ、その」

自意識過剰だとわかっている。でも静けさを前にすると、居たたまれない気持ちになるのだ。二人の視線が私に集まる。

「え、えっと、トメさんは、おか、お菓子作りがお好きなんですね」

自分としてはよく言えたほうだ。トメさんは笑顔でうなずいた。

「昔からよく作っていたわ。今風のものは作れないけどね」

ショートケーキやバタークリームケーキ、シュークリームなど、古き良き洋菓子店で出るようなケーキが得意らしい。

　トメさんが湯飲みを包み込むように手に取った。

「この前、孫にアップルパイを作ったのだけれど、反応がよくなくて。やっぱり若い子には合わないのかねえ」

　トメさんは先月、お孫さんからお菓子作りを頼まれた。写真の女の子だろう。お孫さんは小学五年生だという。

　トメさんの娘さんは、お孫さんが甘いものを食べるのも控えさせていた。ガレット・デ・ロワのようにイベントでしか出してもらえないそうなのだ。だがお孫さんは祖母に似て、甘いものが大好物だった。そこでトメさんを頼ってきたのだ。

　お孫さんは食べたい洋菓子があると言い、レシピを用意していた。トメさんは可愛い孫を想って手順通りに作った。だが完成品を渡したところ、一瞬落胆した表情を浮かべたというのだ。

「がっかりなんて、気のせいじゃないんですか？」

「そんなことないわ。渡した瞬間のくもった顔が忘れられなくて。……味は美味しいと言ってくれたけど」

　トメさんが脇にあった巾着袋から携帯電話を取りだした。旧型の折りたたみ式だ。ゆっくりボタンを操作し、画面を見せてくれる。アップルパイの画像が表示されていた。

りんごは黄金色で、表面が艶やかだ。

一之瀬さんが興味深そうに顔を写真に近づけた。

「でもこれ、すっごく美味しそうですよ」

りんごが剝《む》き出しなことに気づく。アップルパイは格子状のパイ生地をリンゴの上に載せることが多い。でも覆わないパイもたまに見かけるので、決して珍しくはないのだろう。

「何がいけなかったのか全くわからなくて。これに限らず、最近料理の腕が落ちたようなの。味覚も変わった気がするし、年は取りたくないねえ」

トメさんが肩を落とす。すると一之瀬さんが突然、私を指さした。

「いい人材がいますよ。この子、お菓子に詳しいんです」

「ええっ！」

突然の指名に思わず声を上げる。一之瀬さんは先日のチョコレート事件について、自分の関与を巧妙に隠しながら説明する。トメさんは感心しながら耳を傾けていた。話を聞き終え、目を輝かせる。

「お願いできるかしら。ちゃんと作り直して、孫の喜ぶ顔を見たいの」

「え、ええと、その、いや、わ、わ、私なんて、その……」

「この前みたいにすればできるって」

一之瀬さんが肩を叩く。トメさんは期待を込めた眼差しを向けてくる。

本当は拒否したかった。前回はたまたま解けただけだ。でもトメさんには一度嘘をついている。後ろめたさがあって、断るのは難しかった。

「わ、私には、む、む」

私には無理だけど、知り合いのお菓子に詳しい人に聞いてみる。

言いたい文章は、頭にはっきり浮かんでいる。それなのに言葉として出てこない。それが吃音症だった。

「む、む、えっと、その」

「焦らなくていいのよ」

トメさんが優しい口調で私の言葉をさえぎった。

「初対面で緊張しているのかしら。でも最近、耳が聞こえにくくてね。落ち着いて、ゆっくり話してもらえるとありがたいわ」

緊張は、それほどしていなかった。

トメさんに悪気がないのは承知している。聞き取りにくいという事実を素直に告げただけだ。

でもそう言われて、私はどうすればいいのだろう。落ち着いても言葉が出るかわからない。黙り込んだら無視したことになる。

中学時代、担任教師に吃音症だと申告したことがある。五十代の男性だった。先生なのだから吃音症のことを知っているはずだ。そう思っていたが、男性教諭は私に言った。

「緊張すれば誰でも声は出にくくなるもんだ。俺も会議なんかではよく、何度もつっかえる。そういうときは深呼吸して、落ち着けばいいんだぞ」

先生は吃音症のことを、緊張で言葉が出にくくなるのと同じだと思っていた。緊張で頭が真っ白になり、言葉が浮かばないことはある。私にも経験があった。

でも吃音は違う。喋りたい言葉があっても、声に出せなくなるのだ。

違うんです、という否定は出てこなかった。先生だから理解してもらえると思い込んでいた。でも私の単なる希望的観測だった。私はそれ以上の説明をあきらめた。

丁寧に説明しなかった私も、わるいのかもしれない。でも私にとって、それが何よりも大変なことなのだ。

吃音についてちゃんと把握している人は珍しい。知らないことがわるいことだとは決して思わない。私自身、他人の吃音の症状について勉強できているとは言えない。世の中にあるたくさんの障害についても全然知らない。

トメさんに向けて、私は最も言葉として出しやすい返事で済ませることにした。

「……し、調べ、ます」

「ありがとう、ゆうちゃん。そう言ってくれると心強いわ」

微笑《ほほえ》みを浮かべるトメさんは、私をゆうだと思い込んでいる。訂正なんて、できそうになかった。

お菓子を作りたい気分だった。帰宅した私は、悠姫子さんに頼まれていたパウンドケーキ作りに取りかかる。

パウンドケーキとはバターケーキの一種だ。小麦粉、バター、砂糖、卵をそれぞれ一ポンドずつ等分に使って作ることから、「pound cake」＝パウンドケーキと呼ばれているらしい。要するに、四つの材料を混ぜ合わせて焼くお菓子だ。

粉をふるいながら、一人での作業は本当に気楽だと考える。大学へ進学しても社会に出ても、誰とも会話をせずに生活できたらどれだけ楽だろう。そんなの無理だけど。

レシピ通りに材料を混ぜ合わせ、帰り道で購入したパウンド型に詰める。パウンド型とは四角い形をした焼き型で、パウンドケーキを作っている実感がわいてくる。中心まで火が通るように、生地の中央をへこませる。一心に作業を進めると、余計なことを思い出さないで済んだ。

予熱したオーブンに生地を入れる。十分経《た》ってから取り出すと、生地が平らになっていた。水に濡らしたナイフで切れ目を入れる。この作業のおかげで生焼けを防いだり、真ん中に割れ目の入ったパウンドケーキらしい見た目になるようだ。

再びオーブンに入れる。焼き上がるまでの時間、リビングで家族共用のパソコンの電源を入れる。

「あっ」

真雪くんからメールが届いていた。どきどきしながら開く。

内容は今日のトメさん宅での件についてだ。一之瀬さんが連絡をしたらしい。真雪くんは協力を申し出てくれた。感謝で目頭が熱くなる。真雪くんの知識ならすぐに真相を見抜けるはずだ。

感謝の返信を打ち込む。何度も読み返し、失礼な言い回しや誤字がないかを確認する。送信ボタンを押すときはいつも緊張してしまう。深呼吸してからカーソルを合わせ、マウスをクリックした。

時計を見ると、焼き上がりの時間になっていた。メールを書くだけで四十分以上費やしていたらしい。

完成したパウンドケーキは、それなりの味に仕上がった。膨らみ方が足りない気もするけれど、焼き上がってすぐのバターの香りが全てを帳消しにしてくれた。冷まして生地が落ち着けば完成だ。カットと包装は明日行うことにした。

眠る準備を整え、ふとんに潜り込む。ひんやりしていた毛布が体温で温まっていく。悠姫子さんはパウンドケーキを気に入ってくれるだろうか。不安と期待の入り交じった感情を抱きながら、私は目を閉じた。

朝から空気が乾燥していた。風が吹くと、乾いた校庭が砂煙を巻き上げる。

放課後、保健室の戸を開けると真雪くんがすでにいた。ベッドに寝そべる悠姫子さんは小豆色《あずきいろ》のジャージにグレーのパーカーという格好だ。

「あ、あ、ありがとう」

あらためて、協力へのお礼を告げる。真雪くんは笑顔で首を横に振った。

「気にしないで。ところで落とし物はフェーヴだったんだね」

「そ、そ、そうみたい」

お正月の縁起物の勘違いについて、真雪くんが興味を抱くと思った。だから昨日のメールに書いておいたのだ。悠姫子さんはうつぶせで、手の甲にあごを載せている。

「フェーヴって可愛いわよね。色々なデザインがあるし」

「海外だけじゃなく、国内にもコレクターがいるみたいだよ」

トメさんの説明では、受け取ったフェーヴはフランスで作られたアンティークの一点物だったそうだ。輸入雑貨店の店主に頼んでいたらしく、値段もそれなりに高かったようだ。

「ガレット・デ・ロワって前に作ったわよね。美味しかったからまた焼いてよ」

「時期はもう過ぎてるから気乗りしないなあ。あ、そうだ。ガレット・デ・ロワにそっくりなピティヴィエというお菓子があるよ。厳密には異なる洋菓子だけど、『公現祭に食べる、フェーヴ入りのピティヴィエがガレット・デ・ロワ』と考える人もいるみたいなんだ」

「じゃあそれでいいわ」

「あ、あの、こ、こ、これなんですが」

気の合う二人の会話に交ざるのは抵抗があった。でもいつまでも続きそうだったので、私はバッグから一枚の紙を取り出した。

「例のアップルパイのルセットだね」

真雪くんはレシピをフランス風にルセットと表現する。昨日、トメさんから預かっていたのだ。紙を受け取り、一目見た真雪くんが声を上げる。

「これはアップルパイじゃなくて、タルト・タタンだよ」

「た、たた、タタン？」

プリントには分量と手順しか書かれていない。用紙いっぱいに印刷されているから、料理名や画像などの情報を削って一枚に収めたのだろう。

悠姫子さんがベッドの上から上半身と腕を伸ばす。危うく落ちそうになりながら、真雪くんからレシピを奪った。

「あら、本当。アップルパイじゃないわね」

「ゆ、悠姫子さんも、ご、ご、ご存じなんですね」

「タルト・タタンはりんごを使ったフランスの洋菓子で、作り方に特徴があるんだ」

真雪くんの講義がはじまる。もう誰にも止められない。

普通のアップルパイはパイ生地の上にりんごを載せ、さらに生地をかぶせる。一方でタルト・タタンは型にりんごを敷き詰め、その上からタルト生地を載せる。つまりりんごを下にして焼き上げるのだ。食べるときは皿の上でひっくり返して型から外すらしい。

「発祥は諸説あるけど、十九世紀後半のフランスで、タタン姉妹が考案したというエピソードが有名だね。元々普通のアップルパイをホテルで出していたのだけど、ある日生地を敷き忘れ、りんごとバター、砂糖だけ焼いてしまったそうなんだ。仕方なく途中で上からタルト生地をかぶせて焼いたら、砂糖とりんごが美味しそうなキャラメル状になっていたというんだ。失敗から偶然生まれたわけだね。それ以来、タタン姉妹が経営していたホテル・タタンの名物料理になり、世界中に広まったんだ」

話を一旦切ってから、真雪くんが口元に手を当てた。

「ルセットはお孫さんが用意したんだよね。それなら、がっかりしたのも仕方ないか」

「ど、ど、どういうこと？」

真雪くんはスマホを操作し、ディスプレイを見せてくれた。飴色《あめいろ》のタルトが表示されている。焦茶色のりんごは、見た目からも濃厚さが伝わってきた。

「キャラメリゼされたりんごがタルト・タタンの最大の魅力なんだ。でもトメさんが作ったタルトは黄金色だった」

画面を指でなぞると、トメさんの携帯電話にあった写真が表示される。一之瀬さんのスマホに転送され、真雪くんの手元に渡ったものだ。

 お孫さんはタルト・タタンの存在を知り、祖母にお願いした。飴色のりんごを期待したのだろう。でも完成品は見た目が大きく異なっていた。肝心なのは味だけれど、落胆が顔に出ても無理はなかった。

真雪くんが紙に目を通しながら首を傾《かし》げる。

「でも、ルセット通りに作ったんだよね。それならどうして黄金色になるんだろう。オーブンの火力か、ソテーする時間か、それともりんごの種類かな……」

製菓に詳しい真雪くんでも決め手がすぐに思い当たらないらしい。

「もう少し考えてみるよ」

心当たりをいくつかまとめるつもりらしい。それから真雪くんはそわそわと帰り支度を整えはじめた。

「ごめん、今日はちょっと用事があってさ」

駅前の製菓用品店で新春セールをやるらしい。蜂蜜のような風味を持ったフランスの赤砂糖であるカソナードや、クーベルチュールと呼ばれる製菓で使うチョコの固まりなどが激安価格で販売されるという。私も店をのぞいたことがあるが、高級な輸入食材がたくさん並んでいたのを覚えている。

保健室を出る間際、申し訳なさそうに真雪くんが言った。

「トメさんの悩み、解決してあげられたらいいね」

とっさに返事ができず、私は首を縦に動かす。真雪くんが戸を開けると、外の空気が入り込んだ。鼻先に冷たさを感じる。閉まるとすぐに部屋は暖かさを取り戻した。ため息が自然に漏れる。そこで悠姫子さんが、私の顔を見つめていることに気づく。大きく輝く瞳は黒糖のような色合いだ。

「あ、あの、えっと」

なぜ凝視してくるのだろう。理由がわからなかった。真正面から見返せない。考えを巡らせ、バッグのなかに手を入れる。悠姫子さんに紙袋を差し出した。

「や、約束の、パウンド、け、ケーキです」

「ありがと」

悠姫子さんが受け取り、中身を手のひらに載せた。カットしてから透明の袋で小分けにしたパウンドケーキだ。表面はこんがり焼かれ、カット面は黄色がかったスポンジ色だった。ところどころに穴があるのは失敗のせいで、昨日よりも少し萎んだ気がする。

まだ見てくる。これではなかったのだろうか。顔を逸らすこともできず、私は悠姫子さんの首元に視線を置く。白く滑らかな肌だった。ふいに悠姫子さんの喉が動いた。

「トメさんの頼みを調べること、どう思ってるの？」

「え……」

顔を上げると、悠姫子さんはパウンドケーキをビニールから取り出した。指でつまんで、蛍光灯の明かりにかざす。

「誰も信じてくれないんだけど、ケーキって作り手の心が強く反映されるの」

「こ、こ、心、ですか？」

窓の外から、野球のボールを打つ金属バットの高い音が聞こえた。

「自信がある人の味はしっかりしている。でも自信過剰だとくどくなる。マスコミによく出る店は華やかだけど、調子に乗った途端に芯のない味になる。真雪に話しても関係ないって言われたけどね。味はレシピと腕で全部決まるんだって」

本当に作り手の心が表れるのか、よくわからない。真雪くんの作る洋菓子は完璧で隙のない味だ。それが真雪くんらしいかと問われると、いまいちピンとこない。

悠姫子さんがパウンドケーキを一口かじった。

「菓奈のケーキはやっぱり面白い」

美味しいや不味《まず》いじゃなくて、面白い。ケーキの感想でこんな表現をされるとは思っていなかった。悠姫子さんが目を閉じた。

「今回はちょっと荒々しいわね。でも最初のトリュフは優しく丁寧だった。この前のガトーショコラは几帳面《きちょうめん》な味だった。何度か食べれば作り手の癖はだいたいわかる。でも菓奈の作るお菓子は、毎回印象が変わるの」

「あ、あの。それは」

「きっとこれが菓奈の心なのね。言葉にできないだけで、胸の内側にはたくさんの感情があふれている。それが多分、お菓子に表れているの」

突然の言葉に茫然《ぼうぜん》とする。

吃音になって、気持ちを口にすることができなくなった。そのうち何かを感じても、はじめから表に出すことをあきらめるようになった。すると不思議なことに、心自体が何かが起きても波立たないように変化していった。

でもそれは自分で気づけなくなっただけなのかもしれない。その心を悠姫子さんが感じ取ってくれた。こんなことはじめてで、どんな顔をすればいいかわからない。

悠姫子さんがもう一度、パウンドケーキを口に入れた。ゆっくり嚙《か》んで、飲み込む。先ほどと同じ、真《ま》っ直《す》ぐな瞳を私に向ける。

「何を思っているのか話してみなさい。ううん、違うな。あたしが聞きたいの。菓奈の気持ちを、知りたい」

私は大きく息を吸い込んだ。でも吐き出そうとした瞬間、突然喉で止まってしまう。

「あ、あ、あの、あ、ああ……」

どうしてだろう。いつも以上に、言葉が出なかった。でも私は焦らない。悠姫子さんが待ってくれることを知っているからだ。

「い、一之瀬さんと、と、と、トメさんは、私に、謎を、と、と、解いてほしいと、い、言いました。そ、それが、す、すごく、こ、こ、こわ、……恐ろしいんです」

二人は私が真相を突き止めることを期待している。

中学生のとき、教育委員会が主催する数学のコンクールに参加させられたことがある。全国模試の点数で選ばれたのだけれど、コンクール本番でも上位の成績を取ってしまった。そのせいで私は全校集会で表彰されることになった。

賞状を受け取るだけなら問題なかった。しかし校長先生が、全校生徒の前で一言述べるように求めてきた。担任の先生も、私のことを自慢の生徒だと言っていた。

絶対に無理だと思った。でも断れるような空気じゃなかった。緊張で夜も眠れず、朝から憂鬱《ゆううつ》で食事が喉を通らなかった。

本番がやってきた。全校集会で私の名前が呼ばれる。膝を震わせながら何とか立ち上がる。心臓の鼓動がひどく大きく、耳鳴りがした。クラスの列を離れ、先生が並ぶ体育館の端まで歩く。記憶があるのはそこまでだ。貧血で倒れ、私は保健室に運ばれた。

目が覚めたとき、心底ホッとした。でも同時に罪悪感が胸に満ちる。私は生徒代表としての役割を果たせなかった。校長先生や担任の先生の期待を裏切ってしまったのだ。大勢の前で発言することは誰にとっても大変かもしれない。だけどみんな一度くらいは経験して、そして何とか通過できる程度の出来事だ。私はそれができなかった。

それ以来私は、他人から期待されることがひどく怖くなった。

「き、き、期待され、こ、こ、応えられないのが、本当に、つ、辛《つら》くて。だ、だ、だから本当なら、はじめから引き、ひ、引き受けたく、なかったんです」

言いたいことは全部吐き出した。

静寂が続いたと思うと、悠姫子さんがため息をついた。

「菓奈って後ろ向きなのに、結構自己評価が高いわよね」

悠姫子さんがベッドの上で座り直す。腰まである黒髪がさらさらと流れた。

「期待に応えられないのが辛いってことはつまり、できるのが当然だと思っているわけでしょう」

自己評価が高いという自覚はない。むしろ低いと思っていたくらいだ。ただ、期待されたら応えるのが当たり前だと思っていた。

「だ、だけど、わ、私に、で、で、できるって、思ったから、き、き、期待を、してくれたんです」

悠姫子さんが優雅に肩を竦《すく》める。

「そんなの相手の都合よ。まずは成功する前提を捨てなさい。失敗が普通だと考えるの。勝手に期待したほうがわるい。そう考えれば、失敗なんて痛くも痒《かゆ》くもないわ」

できなくても仕方ない。だめだったら、だめでいい。今のままの自分でいいなんて、考えもしなかった。

私は悠姫子さんに深く頭を下げる。

「あ、あ、ありがとう、ご、ご、ございます」

悠姫子さんが顔を逸らし、二切れめのパウンドケーキをかじった。

「このパウンドケーキ、ちょっと重いわね。味自体は及第点だから、もう少し軽くなるように作り直してきて」

「はい」

私は力強くうなずいた。期待に応えられないのは、やっぱり怖い。でもほんの少しだけ、心が軽くなった気がした。

4

帰宅した私は早速パウンドケーキ作りに取りかかる。タルト・タタンのことは作り終えてから考えることにした。

作業をはじめる前に、パウンドケーキが膨らむ仕組みについて調べた。するとバターのクリーミング性という性質を利用していることがわかった。

レシピにはバターと砂糖を白っぽくなるまですり混ぜると書いてある。ここでバターに充分な気泡を混ぜ込ませることが重要なようだ。昨日作ったときもやったが、意味がわからず漫然と進めていた。

固形の油脂を泡立て器などで攪拌《かくはん》するとき、なかに大量の空気を混ぜ込ませることができる。この性質をクリーミング性と呼ぶそうだ。

バターはクリーミング性に優れている。そのため焼き上げたときに、バターに含まれたたくさんの空気が生地をふっくらさせてくれるのだ。

製菓の理論を調べることに私は夢中になった。レシピには必ず科学的な裏付けがあり、結果は合理的に説明できるのだ。

しばらくレシピとにらめっこする。そして今回はベーキングパウダーを使うことに決めた。クリーミング性を活用して膨らませる方法は繊細な温度管理が必須らしいのだ。初心者なのだから肩の力を抜き、簡単な方法を試みることにした。

キッチンの引き出しを探すと、ベーキングパウダーの箱を見つけた。母が買っておいたものだろう。白い粉末の入ったビニールの小袋を取り出す。あとは前回同様に四つの材料を、今度はベーキングパウダーを加えて混ぜ合わせた。型に生地を入れ、オーブンを点火する。

焼き上がるまでの時間にパソコンをチェックすると、真雪くんからメールが届いていた。タルト・タタンが飴色にならなかった理由の候補が連ねてある。だけど最後の一文は「自分で書いていてピンとこない」だった。

数十分後、私はオーブンの扉を開けた。その瞬間、私は声を出していた。

「なにこれ」

前回と違う、形容しがたいにおいが漂ってくる。不安を覚えながら取り出し、パウンドケーキを型から外した。前回よりふわふわに膨らんでいる。でも焼き色が濃くなり、さらに生地全体の黄色味が強いようだった。

端を切り取って口に含む。かすかな苦みが感じられた。まずいというほどではないけれど気になってしまう。

お菓子作りは化学実験に近い。理由が必ずあるはずだ。前回と異なる要因はベーキングパウダーしかない。でもベーキングパウダーを使用するレシピを調べても、目の前のような結果になるとは書いていなかった。

ベーキングパウダーが劣化していたのだろうか。私は箱を手に取った。するとなかから、使ったのとは違うサイズのビニールの小袋がいくつも出てきた。

なんだこれ。不思議に思った私は母に訊ねた。すると驚くべき答えが返ってきた。

母は以前、ベーキングパウダーを購入した。だけどお菓子をあまり作らないため使用せず、引き出しに入れっぱなしにしていた。

母は同時期に重曹も買っていた。こちらは山菜の灰汁《あく》抜きや魚介類の下ごしらえなどで頻繁に使っていたらしい。箱で買った重曹はすぐに減り、残り一袋になった。そこで母は重曹の箱を捨て、小袋をベーキングパウダーの箱に入れたのだ。

すっかり忘れていたと、母は反省の色を見せずに謝罪した。怒る気は起きなかった。新事実を知っただけで私は満足していた。

重曹について調べる。正式名称は炭酸水素ナトリウムで、加熱すると分解して二酸化炭素を発生する。そのガスが生地を大きく膨らませるのだ。

だが重曹は熱で完全に分解しない。炭酸ナトリウムという物質が残るのだ。これが独特の臭いや苦みの元になるらしい。また炭酸ナトリウムは小麦粉の成分と反応し、生地を黄色く発色させる。その影響で焼き色も濃くなる。だから仕上がりが大きく変わったのだ。

ベーキングパウダーは、重曹に他の成分を加えたものだ。

添加された成分は重曹の分解を促進させ、効率的に二酸化炭素を発生させる。さらに炭酸ナトリウムではなく中性塩が残るため、味や臭いにも影響しないそうだ。

「お菓子作りって、すごい」

他にもアンモニアガスを発生させる膨張剤などもあるらしい。調べながら、製菓の奥深さに心奪われていた。同じ膨張剤なのに、取り違えたことで化学反応が変わる。その結果、味も見た目も異なるお菓子が生まれるのだ。

「もしかして」

閃《ひらめ》きがあった。急いでパソコンを立ち上げ、検索サイトを表示させる。ほしい情報はすぐに発見できた。

トメさんの状況と照らし合わせれば、多分正解だと思われた。私は真雪くんにメールを送るため、文章をキーボードで打つことにした。

「多分、謎は解けたと思う」

打った文章を口に出して、間違いがないか確認する。タルト・タタンの色が変わらなかった理由が、私にはわかってしまったらしい。

真雪くんが保健室の戸を開ける。窓の外に下校する生徒が見えた。冬の放課後は日が落ちるのが早く、外は薄暗い。養護の先生は今日も不在だった。

保健室に足を踏み入れる。薬品や消毒液のにおいがする。最近、この空気に包まれると気持ちが安らぐようになった。

真雪くんがベッドを囲うカーテンを開ける。悠姫子さんは横になっていた。

「沢村さんがトメさんの件を解決したよ」

「あら、そうなのね」

悠姫子さんが気怠そうに上体を起こした。あくびをしてから、小首を傾げて私を見る。説明を待っているのだろう。私はゆっくり深呼吸をした。

「原因は、ダイエット、か、か、甘味料だったんです」

「ダイエット甘味料？」

真雪くんがスマホを悠姫子さんに見せた。画面に表示されているのはカロリーゼロをうたうダイエット用の甘味料だ。パッケージに大きく数字の0が印刷されている。

タルト・タタンの魅力である焦茶色の焼き色は、砂糖とりんごに含まれる糖分に熱が加わることで生じるカラメル化と、メイラード反応によって引き起こされる。

カラメル化は糖を高熱で加熱した際、褐色に変色して独特の苦みや香りが生じる反応だ。べっこう飴やキャラメルによって広く知られている。

メイラード反応は加熱や長期貯蔵によって、糖類とアミノ酸が結合することで発生する。ステーキの火入れやカカオ豆の焙煎《ばいせん》、醤油《しょうゆ》や味噌《みそ》の熟成で色が濃くなり、独特の芳香が生まれるのもメイラード反応のおかげだ。料理には欠かせない化学反応なのだ。

「……その何とか反応が、どう関係するの？」

悠姫子さんが眉間に皺を寄せる。喋りすぎたかもしれない。私としては化学反応の説明は楽しくてしかたない。でも理科的な単語が苦手な人もいるはずだ。

「あ、あの、す、す、すみません。だ、ダイエット、か、甘味料につ、使われる、じ、人工甘味料の一部は、その、か、か、カラメル化やメイラード反応が、お、おこ、おこ、起こりにくいんです」

スーパーやドラッグストアの砂糖のコーナーには多くの人工甘味料が並んでいる。お菓子売り場でもダイエット甘味料が使用された製品が数多く販売されている。成分表を見れば、エリスリトールやキシリトール、マルチトールといった文字を発見できるはずだ。

人工甘味料の大半は一般的な砂糖の成分であるショ糖より甘みは抑えめで、カロリーがゼロ、または極めて低くなっている。他にも虫歯の原因にならなかったり、メイラード反応が起こらないなどの性質を持っていた。

「トメさんの、む、む、娘さんは、トメさんの、自宅にある砂糖を、だ、ダイエット、か、か、甘味料に、すり、すりかっ、すり替えていたの、です」

娘さんは母親の肥満体型を気にしていた。摂取カロリーを抑えたかったのだろう。トメさんの旦那さんが心筋梗塞で亡くなられたことも心配を後押ししたのだと思われた。

トメさんは砂糖と思い込んでお菓子作りに使っていた。だが実際は人工甘味料だったのだ。そのためタルト・タタンが飴色に変化しなかった。

人工甘味料は一般的な砂糖の成分であるショ糖とは味が異なる。トメさんは味覚が変わったと話していた。加齢のせいだと考えていたようだが、原因は甘味料のすり替えだったのだろう。

全部取り替えたわけではなく、何割かが人工甘味料に入れ換えられていたのだと私は推測している。だから味の変化に気づかなかった。それでもショ糖に較《くら》べればメイラード反応は起こりにくい。

一之瀬さんには昨日説明して、トメさんの自宅で確認してもらっていた。私の推測は当たっていた。娘さんの行動に対してトメさんはあきれていたが、どこか嬉しそうだったらしい。心配してくれる人がいるのは喜ばしいことだ。

すり替えについて、私は重曹とベーキングパウダーの取り違えをきっかけに思いついた。トメさんの娘さんが母親の体重を気にしていることを思い出し、砂糖を疑ったのだ。

「普段使わないから、人工甘味料は思いつかなかったよ」

真雪くんが意気消沈している。真雪くんは製菓の材料にも気を配っている。人工甘味料をわざわざ使うことはないから、思い当たらなかったのだろう。

「同じ、か、か、甘味料なのに、種類があったり、同じ、ぼ、膨張剤なのに、せ、性質が、ち、ちが、違ったりして、お、お菓子作りって、む、む、難しいですけど、楽しいです」

真雪くんはいつもの微笑みに戻った。

「今回は色々な間違いが重なって、話がややこしくなったんだね。砂糖かと思ったら人工甘味料だった。ショソン・オ・ポムだと思ったらアップルパイだった。アップルパイだと思ったらタルト・タタンだった」

ベーキングパウダーだと思ったら重曹だった。お正月の縁起物だと思ったらフェーヴだった。

悠姫子さんがいたずらっ子みたいな顔になる。

「ゆうっていう可愛い女の子だと思ったら菓奈だった。カトルカールという聞き慣れないお菓子だと思っていたらパウンドケーキだった、とかね」

「えっ。か、か、か、かとる?」

意味がわからず、私は硬直する。真雪くんが不思議そうに首を傾げる。

「今回の件にカトルカールって関係していたっけ。まあいいや。カトルカールの意味は、フランス語で四分の四。バターと小麦粉、砂糖と卵を四分の一ずつ混ぜて作るバターケーキなんだ。つまりパウンドケーキと同じものになるね。フランス語か英語の違いだけだよ。それ以外に区別する方法としてはパウンドケーキは四角い型で焼き上げて、カトルカールは円形の型を使う場合が多いってことくらいかな」

開いた口がふさがらない。私は悠姫子さんに顔を向ける。

「ど、どうして、そんな、こ、ことを」

悠姫子さんが手招きする。ベッドに近づくと、悠姫子さんが私の耳元に唇を近づけた。

「だって真雪くんに聞こえないような小声でささやく。

真雪くんに関係することだと、顔色がころころ変わるのが楽しくて」

カトルカールを作るように言ったのは、からかっただけなのだ。

悠姫子さんは、真雪くんの得意なお菓子だと話していた。その説明のせいで私のなかのハードルが一気に上がり、カトルカール作りを無条件で断った。でもその気持ちが表情に出ている自覚はなかった。

茫然とする私に構わず、悠姫子さんは真雪くんに声をかける。

「最近作ってもらってないし、せっかくだからカトルカールを作ってよ」

「本当にひめちゃんは要求が多いなあ」

「別にいいじゃない。あたしとあんたの仲でしょ」

「甥《おい》っ子《こ》にわがまま言ってるだけだと思うけど」

「えっ」

真雪くんの言葉が頭の中で反響する。カトルカールで私をからかったとき、悠姫子さんは「あたしと真雪の仲」と話していた。嘘はついていない。勘違いをさせる言い回しは悠姫子さんのいたずらだったのだろう。

驚きのあまり、私は大声を出していた。

「ゆ、ゆ、悠姫子さんって、まさ、天野くんの、お、お、おばさんだったんですか」

「あれ、話してなかったっけ」

「その呼び方をするんじゃない！」

悠姫子さんが枕を投げつけてくる。避けることができず、私は顔面で受け止めた。

「ひめちゃん、何してるんだよ。沢村さん、平気？」

真雪くんが顔をのぞき込んでくる。悠姫子さんが言うみたいに、私は感情が表に出やすいのだろうか。今どんな表情をしているのかを考えると、顔の温度が急上昇してきたのだった。

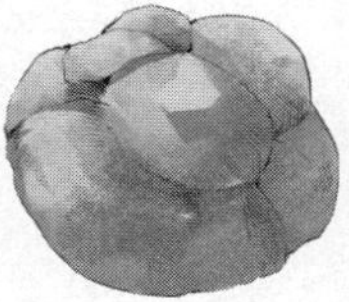

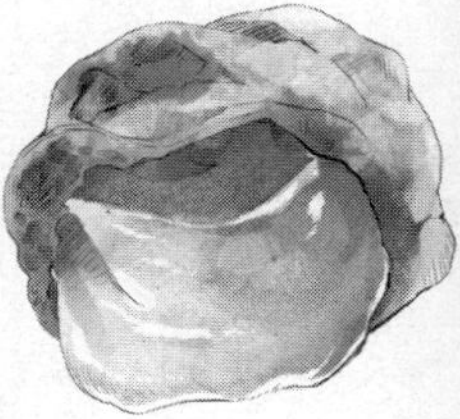

第3話
シュークリームが膨らまない

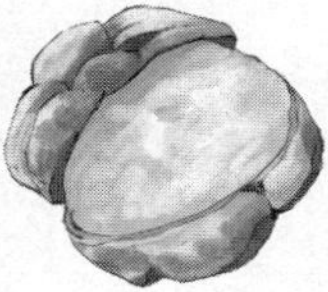

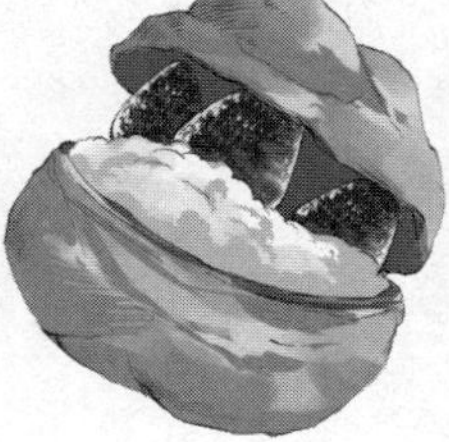

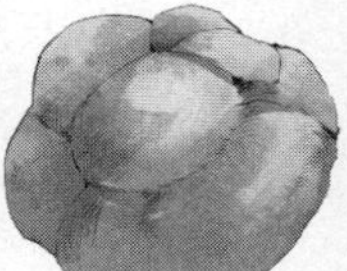

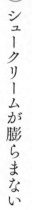

1

暗くなった放課後の教室で、私は一人の生徒と向かい合っている。三月頭の室内は、息が白くなるほど寒かった。突き刺すような視線でにらまれ、逃げ出したい気持ちでいっぱいになる。

でも、小さな深呼吸で臆病な心を押し込める。この状況を生み出したのは私の意志なのだから。

「なんで、あんなことをしたの？」

問題の発端はシュークリームが膨らまなかったことにある。あれは数日前の放課後、いつものように、保健室の眠り姫にお菓子を献上していたときのことだった——

悠姫子さんが貝殻形の焼き菓子をかじる。保健室のベッドで寝そべる姿は、中東のおとぎ話に出てくるお姫さまを思わせる。ベッド脇ではクラスメイトの真雪くんが、にこにこしながら焼き菓子を食べていた。

「あの、きょ、きょ、今日のマドレーヌは、ど、どうでしょう」

いつものように吃音《きつおん》が出てしまう。なんでこんな風にしか喋《しゃべ》れないのだろう。言葉が詰まるたびに、私は悲しい気持ちになる。

「菓奈にしてはよくできてるけど、ちょっとパサついているかな」

「これだけ美味《おい》しいんだから、褒めてあげればいいのに。素直じゃないなあ」

「あ、あ、ありが、ありがとう」

真雪くんが褒めてくれて、心がふわふわする。保健室に顔を出して数ヶ月、最近は真雪くんにも手作り洋菓子を食べてもらうようになっていた。

でも直後に真雪くんから「型に塗るバターと小麦粉はもっと丁寧に」とか「生地を寝かせる時間が少なかったね」などの指摘を受け、小さじ半分ほどの自信は吹き飛んだ。

お菓子のことになると、悠姫子さんよりずっと厳しいのだ。

「この前食べたマドレーヌがしっとりしていて美味しかったから、つい比べたくなったのよ。父がもらってきたデパ地下の量産品なんだけどさ」

「ああいうのは、食感を保つための添加物が入ってるからね。わるくないけど、僕はシェフの目が行き届いてる個人店のほうが好きだなあ」

社交的な性格と整った容姿で男女を問わず人気のある、洋菓子マニアの天野真雪くん。

保健室でいつも眠っている『保健室の眠り姫』こと篠田悠姫子さん。学校の有名人であるふたりとは、ここ数ヶ月で起きたいくつかの事件がきっかけで交流がはじまった。

「あ、そうだ。沢村さんは、明日の放課後に予定は入ってる？」

「へっ？」

思考が停止する。放課後の予定を聞かれるなんてはじめてだ。どういうことだろう。

「明日の放課後、調理部で講師をするんだ。沢村さんも一緒にお菓子を作らない？」

一瞬でも勘違いした私が馬鹿だった。ベッドの上で悠姫子さんが、背中を向けながら肩を震わせている。『真雪のことになると菓奈は顔色がすぐに変わる』と、悠姫子さんに先月言われたばかりだった。

「で、でも、えっと、な、なんで、わた、私が？」

率直な疑問だった。製菓に関してプロ級の腕前をほこる真雪くんなら、講師として役に立つだろう。だけど私なんて邪魔になるだけだ。

「調理部の佐伯橋先輩と話をしたのを覚えているかな。講師役を頼まれたんだけど、あのとき不機嫌になったことのお詫《わ》びとして沢村さんを招待したいと言っているんだ。作るのはシュークリームだよ」

十二月に起きた、私が真雪くんや悠姫子さんとお話をするきっかけになった事件のことだ。聞き込みをした際に、怒鳴られたことは今でもはっきり思い出せる。

「え、えと……」

調理部に知り合いはいなかった。そもそも学校に顔馴染《かおなじ》みなんてほとんどいない。だからこそ真雪くんは誘ってくれたのだと思う。私は吃音を気にして、人と関わることを避けてきた。そして、このままじゃいけないこともわかっている。

「め、迷惑じゃないなら、さ、さ、参加したい」

不安だけど、一歩踏み出そうと思った。真雪くんの気遣いに応えたかった。

「わかった。伝えておくよ。きっと喜ぶと思う」

「私にもシュークリームを食べさせなさいよ」

真雪くんと悠姫子さん。ふたりと過ごす時間が幸せで、自然と笑顔になる。

見知らぬ人たちの集まりに参加することは、やっぱり怖い。

でも人との関わりは、きっと楽しさも運んでくれる。私が抱いたそんな希望は、すぐに萎《しぼ》むことになる。


翌日の放課後、私は家庭科室の戸の前で立ち止まっていた。入る勇気を出せないでいると、背後から佐伯橋先輩に声をかけられた。

「沢村ちゃん、来てくれてありがとう。あのときはごめんね。ずっと悪いなって思ってたんだ。さあ、入って。今日は楽しんでいってよ！」

三ヶ月ぶりの対面だが、特徴的なベリーショートは一目で判別できた。いきおいよく戸を開け、私は部屋に引きずり込まれる。調理部員たちの視線が集中する。真雪くんはすでに来ていて、女の子たちに囲まれていた。

「みんなー、この子が今日のゲストだよ」

はきはきと喋ってくる佐伯橋先輩の顔が非常に近い。他人との距離を狭めても平気な人のようで、私はうなずくことしかできない。されるがままになって教室の中央まで連れて行かれる。

佐伯橋先輩が早口で調理部の説明をしてくれる。二年生が四人、一年生が三人、計七人の調理部員は全員女子だった。今日は顧問の先生は部活動に参加していないようだ。部員たちはどこか浮き足立っているように感じられた。期末試験が終わったのが昨日で、三学期の行事は卒業式を残すだけだ。解放感に浸っているのだろう。

全員の紹介が済んでから、私はお辞儀をする。

「えと、沢村といいます。よろしくおね、お願いします」

自宅で何度も練習したので、一回吃音が出るだけで自己紹介をすることができた。私としては大満足である。ただ言葉をつっかえたとき、数人の女子の表情が変わったことに気づく。

「それじゃ、はじめるか。沢村さんは一年だよね。今日は学年別で班分けするよー」

実は部長だった佐伯橋先輩が手を叩《たた》く。私が足踏みしていると、茶髪の女の子が手招きをしていた。近づくとにっこりと笑みを浮かべ、レシピの印刷されたプリントを渡してくれた。

「今日はよろしく」

「よ、よろしくです」

肩くらいの髪にふわふわとしたパーマをかけていて、うっすらとメイクをしている。自己紹介をされたので名前は覚えている。小田原香澄《おだわらかすみ》さんだ。

隣にはふっくらした体型で、百五十五センチの私より背の低い女の子がいた。

「こんにちは、沢村さんだよね。前から話してみたかったんだ」

間延びした喋り方をしている丸顔の子は、宇藤鞠子《うどうまりこ》さんだったはずだ。

「え、えと、私と、話を？」

「うん。沢村さんって、けっこう有名なんだよ」

「えっ……」

私が有名なんて、ありえない。どういう理由なのか、わるい想像ばかりが頭を巡る。理由を聞きたいが、言葉が出てこない。

真雪くんが教室中に響く声で講義の開始を告げた。

「天野です。今日も特別講師を務めさせていただきますね。よろしくお願いします。作るのは事前に話した通り、シュークリームです。それでは簡単な説明から入りますね。シュー生地の作り方はちょっとだけ特殊で、オーブンで焼き上げる前に一度鍋の中で火を通します」

　真雪くんは一からシュークリーム作りを丁寧に説明してくれる。私はプリントに目を通しながら、講義に耳を傾けた。

　シュークリームの生地作りは少々変わっている。真雪くんの説明通り、焼き上げる前に一度熱を加えるのだ。熱を入れることで生地に粘りが生まれる。そのためオーブンで焼くときに内部の水蒸気を逃さなくなるそうだ。ドーム状に膨らむのはそのせいらしい。

　真雪くんの話に熱がこもってくる。

「注意してほしいのがグルテンというタンパク質です。うどんのコシの素《もと》なのですが、これができるとシュー生地の膨らみがわるくなります。ルセット通り作れば大丈夫ですけどね。次に……」

「専門的な話をされてもわかんないからさー。さっさと作らせろよー」

　佐伯橋先輩が大きな声で容赦なくさえぎる。真雪くんは残念そうにしているが、私以外の全員が苦笑いを浮かべている状況だった。

「わかりました。それじゃみんな、ルセット通りにお願いします」

　その一言で、実習がはじまった。

2

「真雪くんが連れてくるくらいだから、お菓子作りが得意なんだよね。沢村さんの腕前、見せてほしいな」

「あの厳しい真雪くんにお菓子を食べてもらってるって噂《うわさ》だけど、ほんと？」

小田原さんと宇藤さんが立て続けに言った。

「え、えっと、うん。一応、た、たべ、食べてもらってる」

口調に嫌なものを感じたが、ただの被害妄想として頭から追い出す。

「それなら生地作りは沢村さんに任せたほうが、絶対に美味しいシュークリームができるよね」

「あ、それいい考え。私たちは雑用をするからさ。期待してるよ」

ふたりの会話のテンポは軽やかで、私が発言をする隙間がなかった。

「で、でも……」

みんなでやらないと部活動の意味がないよ。そう言おうとしても、最初の言葉が出てこない。その間に小田原さんか宇藤さんのどちらかが発言してしまう。

私にとって、いつものことだった。喋ろうとしたときには、話題はすでに次のものに移っている。下手に口を挟むと会話のテンポを崩してしまう。邪魔をするくらいなら、私は黙っていたほうがいい。

「え、えと、うん。わか、わかった」

そう答える以外に道はなかった。シュークリームは作ったことないけれど、何となく自信はあった。これまでのお菓子作りの経験と、真雪くんのレシピがあれば失敗はしないはずだ。プリントを熟読しようとすると、宇藤さんが声を上げた。

「あ、しまった。お菓子食べるなら、あれ飲まなくちゃあ」

「またサプリ？　ああいうのって体に悪いんだからね」

「えー、そんなことないのになあ」

宇藤さんがバッグからピルケースを取り出す。開けると、色とりどりの錠剤やカプセルが詰まっていた。小田原さんはあきれ顔で、私に話しかけてくる。

「鞠子って好き嫌いが激しいから、サプリで栄養を補ってるんだよ」

「これ、脂肪の吸収を抑えてくれるんだよ。香澄も飲みなって」

「私はパス。親父《おやじ》の会社の商品でうんざりしてるから」

「ほんと、こだわるよねえ。ねえ、沢村さんはサプリとか平気？」

「え、えと」

突然話しかけられて、私は固まってしまう。返事をしようとすると、やっぱり先に宇藤さんが話しはじめる。

「香澄のパパが食品会社に勤めてるせいで、オーガニック食品ばっかり食べるの。サプリもアウトなんだよ。あたしのお気に入りのサプリのメーカーは、天然由来の成分しか使ってないんだけどなあ」

宇藤さんが会社名を口にする。誰でも知っている大きな食品メーカーだ。真相はわからないけれど、添加物をたくさん使うことで有名だった。

「香澄ったら、いつまで反抗期を続けるの？」

「そんなんじゃないって。散々押しつけられたら、誰だって嫌になるから」

私は小さく手を挙げる。

「あの、普段は飲まないけど、か、か、風邪《かぜ》になったらビタミンCは、の、飲むよ」

緊張しながらも、何とか返事をすることができた。

「そうなんだあ。ビタミンCのカプセルもあるから、ほしかったら言ってね」

親切に話しかけてくれることが嬉《うれ》しかった。楽しい実習になればいいと、期待が芽生える。私からも話題を提供しなくちゃと思い、言葉を探しているところで佐伯橋先輩からのお叱りが飛んできた。

「喋ってないで手を動かせ！」

「はーい」

宇藤さんはサプリのケースを近くの棚の上に置いた。お菓子作りをしていれば、ふたりとお話をする機会はいくらでもあるはずだ。まずは作業に集中しようと思い、私は調理道具や材料の確認をはじめる。

そのとき小さなささやきが耳に入る。小田原さんと宇藤さんの声だった。

「あの話し方、まじウケるよねえ」

「もっと落ち着けばいいのに」

血の気が引く。片手鍋をつかんだまま動けなくなる。思えば最初に私が挨拶をしたとき、表情を変えたのもこのふたりだった。

言葉をつっかえるのは一般的に滑稽《こっけい》だとされている。テレビ番組で『台詞《せりふ》をかむ』のは笑いの定番だ。

顔が熱くなってくる。これからの作業で必ず声を発するだろう。そのたびに私は笑われるのだ。今すぐこの場所から逃げ出したくなる。

そのとき、優しい声が耳に飛び込んできた。

「わからないところはある？」

「あっ、天野くん。今日は来てくれてありがとう」

様子を見に来た真雪くんに対し、小田原さんの声のトーンが上がった。

「それでね、ここがわかんないんだけどお」

　宇藤さんが腕を組みそうなくらい近づいて、プリントを片手に質問をはじめる。私へ向けたささやきとは全く違う、甘えた声音だった。真雪くんは手慣れたもので、適度に距離を取りながら的確なアドバイスをしている。

「疑問があったらいつでも声をかけてね」

　ふたりの質問に答え終わった後、真雪くんがテーブルの上のバターに首を傾《かし》げた。

「調理部が用意したのと違うね」

　それは私が持参したバターだった。

「え、えと、うん。わた、私は手ぶらでいいって、いわ、言われてたけど、バターぐらいは自分で、よ、用意しようと思って……」

「えらいなあ。バターは高価だからね」

　どれだけ吃音が出ても、真雪くんの態度は変わらない。

「態度はああだけど、ひめちゃんも楽しみにしているはずだよ」

　不思議なことに真雪くんの笑顔は、気持ちを落ち着かせる効果を持っていた。

　悠姫子さんや真雪くんに美味しいお菓子を食べてもらえたら、きっとすごく嬉しい。笑われることはやっぱり怖い。でもそれに負けたくないと思えるくらい、ふたりに喜んでもらえることが大事に思える。

「わ、わかった。がん、がんばるよ。そ、それじゃあ、はじめよっか」

私の呼びかけに、宇藤さんと小田原さんも動きはじめる。どうやら真雪くんがいる前なら仕事熱心のようだ。真雪くんはにこにこしたまま、別の班に呼ばれていった。

下準備をお願いすると、小田原さんが卵を割りはじめた。宇藤さんが小麦粉をふるってくれる。材料を受け取って、私は生地作りを進める。その間に、カスタードクリームの下準備もふたりに頼むことにした。

仕事をお願いするとき、やっぱり何度も言葉に詰まった。だけどそんなことより、お菓子作りを優先させる。

真雪くんのレシピ通りに進めれば問題ない。お菓子作りの経験値もたまっている。そのおかげで迷いが減り、スムーズに作業を進めることに楽しささえ感じた。

絞った生地をオーブンに入れる。温度もきちんと計り、あとは生地が焼き上がるのを待つだけだった。

製菓作業は化学実験に似ている。手順や環境がレシピ通りなら、同じ結果を再現できる。つまり失敗したのなら、必ずどこかで間違いがあったことになる。

熱せられたオーブンをガラス越しに眺めながら、自分の目を疑う。

シュー生地が、ちゃんと膨らまなかったのだ。

「どうして……」

オーブンから出したシュー皮はドーム形ではなく、おまんじゅうのように平べったく焼き上がっていた。真横に切断すると、空洞は一応出来ている。しかし調理部の先輩方や真雪くんが作ったシュー皮に比べると、膨らみ方が弱いのは明らかだった。

「少し失敗しちゃったね。でもクリームは充分入るよ」

真雪くんがフォローをしてくれたけど、ショックは消えない。

「もうちょっと膨らまないと、シュークリームって感じが出ないかな」

佐伯橋先輩が率直な感想を口にする。平たくて丸い形を見たら、誰もが同じ感想を抱くだろう。私は無言でカスタードクリームを絞る。クリームは問題なく出来上がっていた。仕上げに粉糖をかけると、短いエクレアみたいな物体が完成した。

「それでは、いただきましょう」

佐伯橋先輩のかけ声を受け、全員で試食をすることになった。テーブルに完成したシュークリームが並べられ、部員たちが自由に手を伸ばした。私はまず自分で作ったシュークリームを食べることにした。

カスタードは問題なく、ぽってりとした食感が舌にからまる。卵黄のコクとミルクの風味、バニラエッセンスの香りがたまらない。

でも膨らみきらなかったシュー皮は口当たりが重かった。さらに奇妙な味が舌に残るような気がした。

「あれ、この酸味は何だろう」

真雪くんも私たちの班のシュークリームを口にしていた。私が感じたのも同じ酸っぱさだ。他にも何人か気づいた人もいたようだけど、佐伯橋先輩が「え、全然わかんない」と発言したことでうやむやになった。

真雪くんや他の班のシュークリームは人気で、全てなくなった。だけど私の班は数個余ったので、私がその場で全部食べた。残したくなかったのだ。

後片付けも終わり、解散となった。一人きりになりたかった私は、忘れ物があるふりをして教室へ走る。だけど途中で進路を変えてトイレへ行き、個室で深く息を吐いた。

外は真っ暗で、古くなった蛍光灯の薄明かりが個室を照らしている。食べ過ぎで、胃がもたれていた。

シュー生地が膨らまないなんて大した失敗じゃない。でもせっかく真雪くんが教えてくれたのに、その通りにできなかったことが申し訳なかった。何より、初心者のくせに根拠のない自信を抱いたことが恥ずかしかった。

もう一度大きなため息をつくと、誰かがトイレに入ってきた。

「失敗するとかマジ笑えるよねえ」

「何しに来たんだっつーの」

背筋が冷たくなる。声に聞き覚えがあった。小田原さんと宇藤さんだ。彼女たちも帰宅せず、校舎内に残っていたのだ。ふたりの声は不快そうで、同時に愉快そうでもあった。

「つーか、なんであんなのが真雪くんと仲いいわけ？　変な喋り方してんのにさあ」

「真雪くん優しいから、憐《あわ》れんで一緒にいてやってんじゃない？」

「だったらあたしたちも、あの喋り方すればいいのかなあ。こ、こ、こ、こ、こんにちは。う、うど、うど、宇藤です」

「きゃはは、すげえウケる。でもそんな風に喋ってたら、恥ずかしくて学校来れないって」

「だよねー」

ふたりの声が消えるまで、なるべく息を止めた。私がいることに気づかれたくなかった。話し声が消えてからも、膝が震えて動けない。それから十五分以上、私は個室から出られなかった。

翌朝は空が灰色だった。風が冷たく、肌を切るように乾いている。教室に入った私に真雪くんが声をかけてくれた。

「おはよう、沢村さん。昨日は残念だったね。よかったらまた調理部に参加しようよ」

笑顔が輝いている。どうして私なんかがこんな素敵な男の子と会話できるのだろう。

改めて考えると不思議なことだ。

もう調理部には行かない。

そう言いたくて息を吸い込む。だけど最初の単語である「も」が喉の途中で止まってしまう。また、吃音だ。どうしてこんなものがあるんだろう。深呼吸をして、再び挑戦する。でもやっぱり出てこない。

急に黙り込んだ私を、真雪くんは優しい眼差《まなざ》しで待ってくれる。絶対にからかったりしないとわかっているのに、言葉は詰まったままだ。

「……ご、ご、ごめん」

ひどくかすれた一言だけが、ようやく出てきた。

「そっか、わかったよ」

真雪くんは理由を聞かなかった。他の生徒からの挨拶に返事をして、クラスメイトの輪に入っていく。私は自分の席に座り、机に突っ伏す。

期末試験の答案が続々と戻ってくる。結果はいつも通りだった。数学や化学などの理数系は想定通り、かなりの点数が取れた。

一方で国語や英語などの文系科目は発表された平均点くらいだ。友達がいない分、私は予習復習に時間を費やせる。だから成績に問題はなかった。

クラスのみんなは互いの点数を見せ合い、悲鳴を上げたり自慢したりしている。私にそんな相手はいない。教室のざわめきを遠くに感じた。

昼休み、保健室に向かう。当初の予定では余ったシュークリームを分けてもらい、悠姫子さんに渡すはずだった。しかし失敗作を全部私が食べたため、悠姫子さんの分はなくなった。部屋に入って、ベッドを隠すカーテンの前で声をかける。

「あ、開けますね」

悠姫子さんは制服姿で、気怠《けだる》そうにベッドに横たわっていた。私の顔を見て、眉間に皺《しわ》を寄せる。

「この世の終わりみたいな顔してるわね」

「す、す、すみません。実は……」

失敗したことを説明し、渡せないことを謝る。

「だから、シューク、く、クリームはないんです」

代わりの洋菓子を作って持ってくることも考えていた。でも昨日はずっと気持ちが沈んで、帰宅してから何も手につかなかった。口を尖《とが》らせた悠姫子さんが髪の毛をかきあげる。さらさらと一本一本がなめらかに流れていく。

「やだ」

「えっ？」

「シュークリーム食べたい。楽しみにしてたのに！」

にぎりこぶしを枕に何度も叩きつけ、駄々をこねはじめる。子どものような振る舞いで、対応に困ってしまう。わがままを言う姿は本物のお姫さまみたいで似合っていた。

「えっと、で、でも……」

「というか一度失敗したくらいであきらめんな。もう一回作り直しなさい。それを明日持ってくること。いいわね」

悠姫子さんが指を突きつけてくる。どれだけシュークリームが食べたかったのだろう。食べたいならお店で買うか、真雪くんに頼めばいいのに。

「えっと、……はい」

だけど悠姫子さんに逆らえるわけもなく、私は素直にうなずいたのだった。

本音を言うと、再挑戦したくなかった。私はプリント通りに作業を進めた。初心者なのに自信過剰かもしれないが、レシピを正確に再現した自信があった。

それなのに失敗した。どうすれば改善するのか見当もつかない。もう一度作っても、昨日と同じ結果を繰り返すだけだ。

でも悠姫子さんが望むなら試すほかない。書店でレシピ本を購入し、材料を揃《そろ》える。家に帰ってからインターネットの情報を大量に印刷した。

書籍やネットの作り方に目を通す。でも真雪くんのレシピが基本に忠実だと判明しただけだった。やはり失敗した理由がわからない。

残された道は同じように作るしかない。キッチンに材料を揃え、シュークリーム作りを開始する。

真雪くんも言っていた通り、シュー皮は独特な生地だ。水とバター、砂糖の入った鍋を熱して、沸騰したところに小麦粉を投入する。へらを使ってかき混ぜ、まとまったら火から下ろす。そこに溶いた卵を入れ、さらにかき混ぜていく。

何より驚いたのが生地の反応だ。沸騰した鍋の中身に小麦粉を入れてかき混ぜると、最初はべたべたしているのに、ある瞬間から生地がつるんとまとまりだすのだ。

同じような現象は、続けて卵液を加えた場合でも起きる。最初は分離していたのが、混ぜ続けると急にひとつになるのだ。きっと何らかの化学的な反応が、鍋の中で起きているに違いなかった。

絞り袋に生地を入れ、少量を絞り出す。生地作りの手順も温度も、焼き上げる時間も失敗した前回のレシピと同じだった。オーブンの違いはあるけれど、結果は同じになるはずだった。

焼き上がりが気になって、オーブンの前でじっと様子をうかがう。

「どうして……？」

変化はすぐにはじまり、我が目を疑う。オーブンの中のシュー生地がしっかりと膨らみはじめたのだ。先輩たちが作ったのと同じくらい丸々としている。

すぐオーブンから出したくなるが、ぐっとこらえる。生地が焼き固まる前に出すと、自らの重さで萎んでしまうらしいのだ。

ガラス越しに熱を肌に感じながら、疑問でいっぱいになる。なぜ同じ手順を踏んだのに、今回は成功したのだろう。

あの日の出来事を回想していく。その中で私は、皮に感じた酸味を思い出した。あの味の正体は何だったのだろう。酸味のあるものなんて、家庭科室にあっただろうか。

「……もしかして」

そこでふと、一つの可能性に思い当たる。あれを入れたら生地はどうなるのだろう。ネット検索をしてみると、すぐに考えた通りの情報が手に入った。

近所の薬局まで走る。目的の品はすぐに買えた。自宅に戻って実験を試みると、想像通りの結果が得られた。

「そういうことだったんだ」

シュー生地が膨らまなかった理由に、私は気づいてしまう。でもその事実は私の心を暗く沈ませるだけだった。

3

朝早く、悠姫子さんはすでにベッドに横たわっていた。エアコンはまだ部屋を充分に暖めておらず、制服姿の悠姫子さんは真っ白なダウンジャケットを羽織っている。

「しゅ、シュークリーム、です」

手渡した箱を開けると、悠姫子さんは満足そうにうなずいた。

「ちゃんと膨らんでいるじゃない」

皮の上半分を切り取って、そこからクリームを詰めてある。悠姫子さんは上に載せられた皮のふたを手にとって、クリームをすくうようにして口に入れた。

「まあまあね。でも火を通しすぎて、ちょっと焦げた味があるわ」

「ご、ごめ、ごめんなさい」

悠姫子さんの指摘はもっともだった。萎むのが怖くて、焼き固める時間をレシピよりも長く取ってしまったのだ。でも味にはそれなりに満足してもらえたみたいだ。

「……そ、それじゃ教室に、戻ります」

きびすを返して保健室を出ようとすると、背後から引っ張られる。振り返ると悠姫子さんがベッドの上から手を伸ばし、私の制服の上着をつかんでいた。

「ちょっと待ちなさい」

「あ、あ、あの、なんでしょう」

悠姫子さんが不満そうに唇をとがらせていた。

「腹に何か溜《た》め込んでいるでしょう。全部吐き出しなさい。言っておくけど私のためだからね。その顔が気になって、シュークリームがまずくなる」

一昨日から抱えている暗い気持ちは、胸の奥に残ったままだ。

小さく深呼吸をしてから、ベッドのそばにある丸椅子に腰かける。時計を見ると、ホームルームまではまだ時間があった。部屋は徐々に暖かくなってきて、悠姫子さんがジャケットを脱いだ。

悠姫子さんはいつだって、私の心をすくいとってくれる。

シュー生地が膨らまなかった原因も、それを実行した人も、ほとんど特定できている。でも私にはその件を糾弾《きゅうだん》する勇気が持てなかった。

チョコレート事件は、真雪くんが被害者という強い動機があった。だからこそ犯人と対峙《たいじ》できた。今回、最も損をしたのは私だ。相手の行いは非難すべきことだけど、私が憤りを抑えれば済む問題だった。

でもそれだと、辛《つら》い気持ちは私のなかに残り続ける。

「じ、実は……」

調理実習での失敗から昨日の成功、膨らまなかった原因の推理、やった人の目星などを伝える。言葉はどんどんあふれてきた。何度もつっかえて、話を中断してしまう。だけど悠姫子さんは口を挟むことなく、聞き続けてくれた。

話し終えた時点で悠姫子さんはうつむいていた。愚痴を聞かせてしまったことを申し訳なく思う。顔を伏せたまま、悠姫子さんが重苦しい口調で言った。

「そいつのクラスと名前を教えなさい」

「えっと、ど、ど、どうして、でしょう」

「制裁を加える」

「せっ！」

物騒な単語に絶句する。悠姫子さんの表情は真剣で、冗談には見えない。

「えっと、ほ、本気じゃない、ですよね？　そ、そもそも、どうして悠姫子さんが、そんな、ことをするのですか」

「どうして？　友達が馬鹿にされたんだから当然でしょう！」

顔を上げた悠姫子さんは、うっすらと瞳に涙をにじませていた。目が合うと顔を真っ赤にさせて、かけぶとんを頭からかぶってしまう。

「あ、あ、あの……」

「こっち見んな！」

なぜ悠姫子さんはこんなに腹を立てているのだろう。そんな疑問が湧いたけれど、答えは簡単だ。悠姫子さんは、私のために怒ってくれている。でもすぐに納得できない。だってそんな風に思ってくれる友達なんて、いなかったから。

ふとんの下から、くぐもった声が聞こえる。

「どうせあんたは仕返しなんてしないんでしょう。それじゃわたしの腹の虫がおさまらない！」

「で、でも、ほ、保健室から出ないままで、どう、す、するんですか」

疑問を口にすると、悠姫子さんは黙ってしまう。

「……それは由々しき問題ね」

私は大きくため息をついた。

「わか、わかりました。ゆ、悠姫子さんの手をわ、わずら、煩わせるくらいなら、自分でちゃ、ちゃん、ちゃんとけっちゃ、えっと、ケリを、つけます」

決着と言えなかったのでケリに言い換える。あまり上品な言葉ではないけれど。

「わかればいいの」

声はふて腐れていて、ふとんをかぶったままだ。予鈴が鳴り、私は保健室から出ることにした。戸を閉める直前に呼びかけられる。

「無理はするんじゃないわよ」

「ありがとうございます」

廊下には、本鈴に間に合わせるために走る生徒がたくさんいた。その人たちに合わせて、早足で教室へ向かった。


授業を受けながら、計画を練った。昼休みにはパソコン教室へ行ってインターネットで情報を収集する。放課後、私は小田原さんと宇藤さんを呼び止めた。

「あ、あの、ちょ、ちょっといいかな」

「あれ、沢村さん。何か用？」

話しかけられたふたりは、なぜか警戒するように軽く身を引いた。

「あ、あの、こ、この前の失敗を、ちゃ、ちゃんと謝りたくて」

台詞はあらかじめ用意して、休み時間にこっそり練習をしていた。何とか吃音は最小限で抑えられた。小さく頭を下げると、ふたりは顔を綻《ほころ》ばせる。

「別に謝らなくてもいいのに」

「だよねえ」

ふたりが顔を見合わせ「きゃはは」と笑いはじめる。トイレ内での悪口を思い出させ、鼓動が速まっていく。それでもこらえて口を開く。

「それでね、ま、真雪くんに、手作りの、お、おか、お菓子をプレゼントしようと思ってるんだ。せっかく教えてくれたのに、し、失敗しちゃったから、申し訳なくて。小田原さんと、宇藤さんも、ど、どうかな。三人それぞれが、べ、別のおか、お菓子を作って渡すの」

「えー、どうしようかなあ」

ふたりは困惑した表情を浮かべる。特に手作りという言葉の際に表情が曇った。だけどそんなふたりを説得する誘い文句は考えてあった。

「ま、真雪くんに渡せるように、私が、せ、セッティングするよ。き、きっと喜んで、く、くれると思う」

「ほんと？　うーん、それじゃあ作ってみようかなあ」

真雪くんに直接渡すという言葉に対し、宇藤さんが強い関心を示した。それを見た小田原さんも同意したので、週明けの月曜日にお菓子を準備してくることになった。真雪くんに事情を伝えると、快く昼休みに時間を作ってもらえることになった。

次は材料集めに取りかかる。少しだけ特殊な食材が必要だった。ネット通販で買えば土曜日くらいまでには届くらしい。急いで帰宅しようとしたところ、校門の近くで一之瀬さんに呼び止められる。

「菓奈ちゃん、さっき調理部の子と話してたよね」

「う、うん……」

一之瀬さんはなぜか、険しい表情をしていた。

「実習に参加したんだよね。あのさ、あいつらとあんまり関わらないほうがいいよ」

「え、ど、どうして？」

「お菓子作りが失敗したのは、菓奈ちゃんの持ってきたバターが古かったせいだって言いふらしてたんだ。酸っぱい味がしたのもそのせいだって。菓奈ちゃんが、そんなミスをするわけないのに」

急に口の中が乾いた気がした。だから、さっきふたりは私を警戒していたのだ。バターは買ったばかりだったし、学校に持ってきてからも保健室の冷蔵庫に入れておいた。酸味の原因だってわかっている。

「あ、ありがとう。だ、大丈夫だよ」

せいいっぱいの笑顔を返す。私を信じてくれたことが嬉しかった。納得していない様子だったけれど、一之瀬さんはそれ以上何も言わなかった。

わずかな迷いが残っていた。でもそれは完全に消えた。同時に胸にわき上がってきた感情に、私は自分自身で戸惑っていた。


週明けの天気は透き通るような青空で、この冬でも特に寒い日になった。手袋をしても指先が冷たい。登校する生徒の耳や鼻が赤く色づいていた。

通学鞄《かばん》には手作りのお菓子が入っている。必要な素材はネット通販で日曜の朝に届き、無事に焼き上げることができた。昼休みはあっという間にやってくる。中庭に真雪くんと私、小田原さんと宇藤さんがそろった。

私が紙袋を渡した後、小田原さんと宇藤さんが声を合わせた。

「よかったら、これも食べてね。この前失敗しちゃったから、今度は成功したお菓子を食べてもらいたかったんだ」

小田原さんと宇藤さんは、力を合わせてクッキーを作ってきたらしい。可愛《かわい》らしいビニール包装のなかに、ハート形のクッキーが入っていた。

「製菓に失敗はつきものだから、気にしなくてもよかったのに。でもせっかくだから、ありがたく頂戴するよ」

真雪くんが笑顔で受け取る。やり返すという目的のために、真雪くんを巻き込むのは後ろめたさがあった。だけど、お菓子を食べられる分で帳消しになればいいな、と思っている。勝手な言い分だけど。

真雪くんが包装を開けようとしたところで、ふたりが焦って止める。

「家でゆっくり食べてもらえたら嬉しいな」

「そう?」

目の前でお菓子を食べられるのは避けたいらしい。ひとかじりでもしたら、長時間の講釈がはじまるのは女子生徒の間では有名だ。特に先月半ばに起きた、バレンタインの惨劇は記憶に新しい。何人もの女子が、容赦ない駄目出しに涙を流したものである。

「それじゃあ、沢村さんのフィナンシェをいただこうかな」

真雪くんが包み紙を開ける。バターの匂いが立ち上った。ふたりのお菓子を食べず、私の用意した品だけを食べるのは計画通りだった。

用意したのはフィナンシェという金の延べ棒の形をした焼き菓子だ。マドレーヌと見た目は似ているけれど、卵白やアーモンドパウダーを使うなど材料に違いがあった。

「それじゃ、いただきます」

口に入れた真雪くんが目を丸くする。飲み込んでから、私の顔をまじまじと見つめた。

「ひょっとして、トレハロースを入れた？」

小田原さんと宇藤さんは怪訝《けげん》そうにしている。

「わ、わかったんだ。さす、さすがだね。こ、こ、この前の、け、件で、か、か、甘味料を、し、調べて。そ、それで、ため、ためしに使ってみたの」

「変わったことをするね。このしっとり感は嫌いじゃないんだ」

「えー、何の話をしてるの？」

真雪くんだけに目線を向けながら、宇藤さんが会話に入ってくる。声はいつもよりも甲高かった。だけど私が代わりに答える。

「しょ、食品添加物の話だよ。調べたら、すごく面白いんだ。あ、あ、あ、アスコルビン酸というのもあって、今度、つ、使おうと思ってるの」

「そんなのあるんだあ。沢村さんって、変なこと知ってるんだね」

「僕も普段は使わないから、そんなに詳しくないんだ。今度教えてよ。ところでこのフィナンシェだけど……」

案の定、真雪くんのスイッチが入る。貴重なアドバイスに耳を傾けながら、私は宇藤さんと小田原さんへ視線を向ける。

宇藤さんは熱弁を揮《ふる》う真雪くんに、熱っぽい視線を向けている。その隣にいる小田原さんは、青ざめた顔で私をにらんでいた。

「やだあ、香澄ったら、ひょっとして添加物入りだから怒ってるの？」

「別にそんなんじゃ」

宇藤さんに指摘され、小田原さんはひどく焦った様子だ。

「心配いらないよ。トレハロースは人工甘味料じゃなくて天然の糖質だから。ちなみに効果は……」

真雪くんの講釈は、昼休み終了の予鈴が鳴るまで続いた。教室に戻る途中、私は小田原さんから耳打ちされる。それは放課後、ひとりで教室に残るようにという命令だった。

4

「なんで、あんなことをしたの？」

小田原さんが憎々しげな口調で言った。外は薄暗く、あと三十分くらいで夜の闇に包まれるはずだ。暖房はすでに切れていて、コートを着ないと室内でも肌寒かった。

呼び出しは覚悟の上だ。真雪くんの前で小田原さんにこっそりと『私はあなたのしたことを知っています』というメッセージを伝えたのだから。

「しゅ、シュー生地が、ふく、膨らまなかったのは、小田原さんの、せ、せいだよね」

小田原さんの視線が泳ぐ。返事がないので、通学鞄からサプリメントの袋を取り出した。小田原さんが表情を歪《ゆが》める。黄色をメインにデザインされた袋には、大きくビタミンCと書いてある。宇藤さんがお気に入りだと話していたメーカーだ。

「こ、これを、き、き、生地に混ぜたんだ、よね」

ビタミンCはアスコルビン酸とも呼ばれ、食品添加物として広く使われている。コンビニやスーパーに並ぶ商品の原材料欄を探せば、すぐに名前を発見できるはずだ。

用途は栄養の強化や酸化防止の他、小麦粉に加えるとグルテンの発生を促進する作用がある。これらはインターネットで仕入れた情報だった。

真雪くんは調理部での解説で、シュー生地にはグルテンが禁物だと話していた。私の作ったシュー生地にはアスコルビン酸が入れられた。だからグルテンが発生し、膨らみが不充分になったのだ。

ビタミンCの出所は宇藤さんのサプリケースだと思われる。調理台の近くにある棚の上に無防備に置いてあったため、取り出すのはいつでも可能だった。

「わたしが入れた証拠でもあるの？」

小田原さんは強がっているが、声が震えている。状況的には小田原さんと宇藤さんのどちらか、もしくは共犯だと思われた。でも指摘通り、直接的な証拠はない。

アスコルビン酸の知識を持つ可能性が最も高いのは小田原さんだ。食品添加物を多く扱う会社に勤める父親から耳にしたのだと考えられた。

「か、カプセルのなかの、こ、こ、粉は黄色だったよ。こ、小麦粉に入っていたら、わ、私だってわかる。だ、だから、溶いた、た、卵しか、か、か、考えられない」

私はサプリメントのカプセルを開け、黄色い粉末を自分の机の上に出した。アスコルビン酸は元々白い粉だが、黄色く着色されている場合が多い。息を吹きかけると、宙を舞って飛び散った。

トレハロース入りのフィナンシェは『私は添加物に詳しい』というメッセージだった。だめ押しでアスコルビン酸の名前を出せば、反応があると思っていた。

「そんなの言いがかりじゃん」

小田原さんが引きつった笑みを浮かべる。まだ罪を認めないようだ。鞄から、ビタミンCを添加したシュー皮の入ったビニール袋を取り出す。

「あらためて、や、焼き上げた、アスコルビン酸入りの、シュ、しゅ、シュー皮だよ。これを、ビタミンC入りだと教えてから、真雪くんが、た、食べたらどう思うかな。真雪くんの舌なら、きっと、調理部で食べた、しゅ、シュー皮にあった、さん、酸味の原因がビタミンCだって、き、き、気づくよ」

小田原さんの顔色がさっと青くなる。トイレでの悪口を思い出す。動機は真雪くんだったのだろう。私なんかが親しくしていたのが気に障ったのだ。だから嫌がらせをしたのだと思われた。

「お、おか、お菓子をわざと、だ、ダメにしたと知れば、お菓子が好きな、ま、真雪くんは、きっと、す、すごく嫌な、気持ちになる」

窓の外が急に明るくなる。グラウンドで練習をしている運動部が灯《あか》りをつけたのだろう。横顔を照らされた小田原さんの瞳が揺らいでいる。

沈黙の後、小田原さんが口を開いた。

「お願い。真雪くんには言わないで」

小田原さんの声は今にも消え入りそうだった。弱々しい姿を前にして、胸のうちにある感情がわき上がる。そんな自分自身に、私はひどく困惑していた。

意地悪の動機はやはり真雪くんだった。憧れの真雪くんの誘いで部活に参加した地味な女子が気に入らなかったらしい。作業を全部押しつけ、さらに失敗させることで痛い目に遭わせてやろうと考えたのだそうだ。

「ごめんなさい……」

小田原さんが涙目で私に訴える。ただし、小田原さんにとって真雪くんは、あくまで身近にいるアイドルみたいなものらしい。

でも宇藤さんは入学式で一目惚《ひとめぼ》れして以来、真雪くんへの片想いを続けているそうなのだ。つまり小田原さんは、親友である宇藤さんのために私への嫌がらせを決行したことになる。

「私が真雪くんを怒らせたなんて知られたら、鞠子との仲が険悪になっちゃうかもしれない……」

しゅんとなった小田原さんに拍子抜けしてしまう。

聞きたいことはまだあった。たとえばトイレで悪口を言ったとき、私がいると知っていたのかを確認しようと思っていた。だけど今にも泣きそうな様子に、それ以上追及するのが気の毒になった。

真雪くんに内緒にすると約束したら、小田原さんは本当に泣き出してしまった。「ありがとう」と「ごめんなさい」を繰り返しはじめる。私としては謝ってくれればそれでよかった。そうすればきっと、悠姫子さんは納得してくれるから。

時刻はすでに六時を過ぎていて、見回りに来た先生に教室を追い出される。校門まで一緒に歩いたけど会話はなかった。

幸い、帰り道は別方向だった。別れ際に小田原さんに話しかけられる。

「あのさ、ひとつ聞きたいんだけど、あんたって……」

続けて小田原さんが、とある質問をした。その内容はとんでもないものだった。答えに詰まり、私は立ちすくむ。

返事をしないでいると、小田原さんがため息をついた。

「やっぱりいいや。今回のこと、本当にごめんね」

背中を向け、走り去っていく。私は先ほどの質問の答えを探して、しばらくその場から動けない。

深く息を吸うと、肺に冷たい空気が入り込んだ。歩き出すのと同時に顔を上げる。透き通った空にたくさんの星が散らばっていた。

5

「す、すごい！」

シュー皮は柔らかく、バターの香りが立っている。上に載せられたクッキー生地が口の中でほろほろと崩れた。キャラメル風味のクリームは苦みがしっかりあるのに嫌みがなく、濃厚な甘みが口に広がる。真雪くん特製のシュークリームは格が違った。

「ふむ、さすがね」

ベッドの上で悠姫子さんが、指先についたクリームを舌で舐《な》め取っている。蠱惑《こわくてき》的な雰囲気に見惚《みと》れてしまう。真雪くんは満足そうにしていた。

「柔らかいシュー皮もいいけど、自分で作るならサクサクの皮がいいよね。ちなみにトレハロースを入れると、シュー生地の膨らみがよくなるらしいよ」

添加物の話になり、私は内心で焦る。

「そ、そうなんだ。し、しら、知らなかったよ」

「お菓子作りは本当に奥が深いよね」

真雪くんが屈託のない笑みを浮かべる。この無邪気な表情に、きっと宇藤さんもやられたのだろう。

シュークリームの件の顚末《てんまつ》は、約束通り真雪くんには話していない。悠姫子さんには全部打ち明けたのだが、報告をしたところ眉間に皺を寄せていた。

「うまくいって何よりだわ。でもその計画、あんたが全部考えたの？」

「え、えと、はい」

「言い返すくらいのことを想像してたんだけど。あんた、やることが結構えぐいわね」

悠姫子さんが後押しをしたくせに、ひどい言われようである。

仕返しの方法が陰湿だという自覚はあった。でも精神的に優位に立たない状態で、正面切って糾弾するのは恐ろしかったのだ。トイレで向けられたような悪意を直接ぶつけられたら、きっと耐えられない。

加えて言い逃れをされる可能性もあるため、事前に牽制《けんせい》しておきたかった。でもこっそり手紙でも渡せば済む話なのに、真雪くんを巻き込んだのには理由があった。

嫌がらせをしてくる動機で、最も可能性が高いのは真雪くんに関することだと思った。だからこそ当人の前でメッセージを伝えることで、プレッシャーを与えられると考えた。

つまり私は、小田原さんを苦しめたかったのだ。

シュー皮作りに失敗して、すごく悲しかった。吃音を笑われ、トイレの中で吐きそうになった。他人の悪意に晒《さら》され、憂鬱《ゆううつ》な気持ちになった。その上で根拠のない噂まで流されたと知り、胸の底から暗い感情が噴き出した。怒りとか憎しみという言葉が近いけれど、もっと適切な表現は他にあった。

言葉遣いは良くないけれど、私はあのふたりに対して、ムカついたのだ。

だから私はこんな回りくどい仕返しをした。その結果、小田原さんは泣きながら私に謝る羽目になった。そのとき自分の中に芽生えた感情にも、私は戸惑いを隠せなかった。

あんなに明るくて元気で、私のことを笑った小田原さんが声を震わせていた。

その姿を見て、私はスッとした。

真雪くんや悠姫子さんと仲良くなってから、人との関わりが増えてきた。楽しいことも生み出してくれるけど、悲しいこと、怖いことも同時にもたらされる。

私は仕返しに暗い喜びを見出《みいだ》していた。これまで私は他人と関わることを避けてきた。衝突しても自分が悪いと思って引いてきた。だから誰かに腹を立てることも、他人をやりこめることも、久しく忘れていた。

ひとつだけ、安心したことがある。確かにスッとしたけれど、同時にひどく嫌な気持ちになった。胸に芽生えた暗い喜びを、忌まわしく感じたのだ。今回みたいな仕返しを二度としたくないと思った。

校門での、小田原さんからの質問を思い出す。

『結局あなたは真雪くんのことが好きなの？』

その問いかけは、ずっと胸に残り続けている。

目の前では、悠姫子さんと真雪くんが会話を弾ませていた。

ふたりは叔母と甥《おい》の関係だが、恋人同士と勘違いしている人も多い。そのおかげでふたりとも交際の申し込みが少なくて済んでいるらしく、親戚関係は秘密にしてあった。

宇藤さんが告白できないのは、悠姫子さんの存在も関係しているのだろう。

真雪くんを好きかどうかなんて、答えは『好き』に決まっている。でも恋愛の経験がない私には、それが友達としてなのか、異性としてなのか判別がつかない。

ただ、人の気持ちはどうなるかわからない。友達としての感情がずっと続くかもしれない。もしくは好きという気持ちが抑えられなくなって、シュー生地みたいに膨らんでしまうこともありえるだろう。

「ところで真雪、そのトレハロース入りのお菓子ってのを食べさせなさい」

「僕は持ってないんだ。そうだ、沢村さん。余ってたら分けてもらっていい？」

「あ、え、えっと……」

言葉が出なくなる。吃音は、いつも何の前触れもなくやってくる。だけど真雪くんと悠姫子さんは静かに私を待ってくれる。

吃音のある人に対して、嫌がらせをしたり、笑ったりする人は確かにいる。でもこんな風に接してくれる人だって世の中にはいるのだ。静かに深呼吸をして、もう一度チャレンジする。

「わ、わかった。明日、も、持ってくるね」

真雪くんや悠姫子さんと過ごす時間が、何よりも大事だった。だから今はまだ、この気持ちは膨らまないままでいてほしい。笑みを浮かべながら、そんな風に願うのだった。

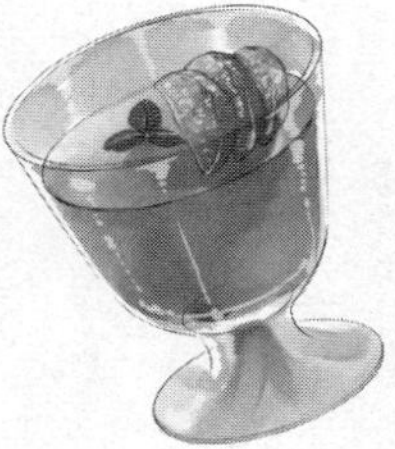

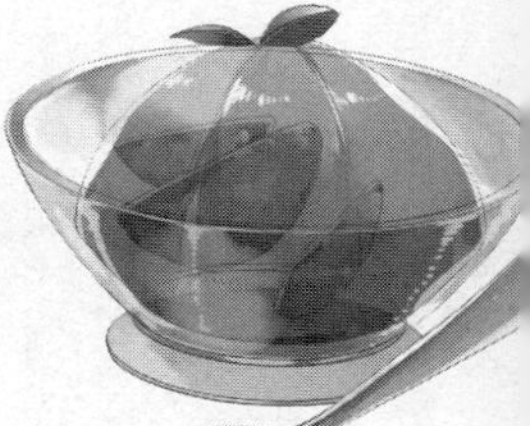

第4話

フルーツゼリーが冷たくない

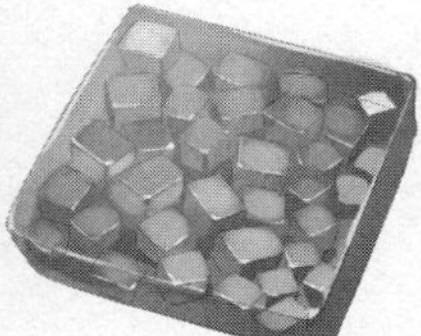

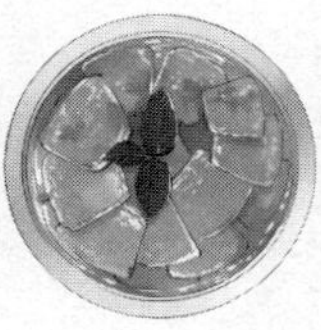

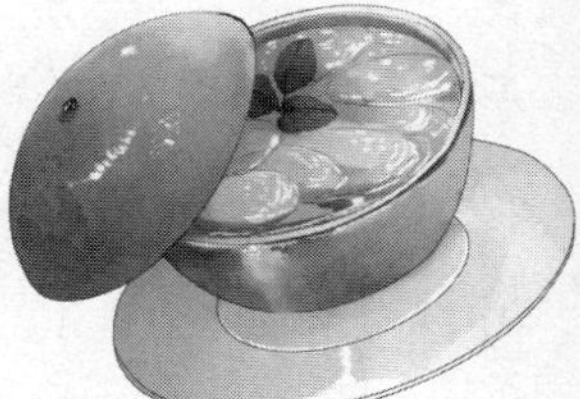

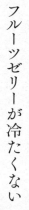

1

教室から見える桜の木々はすっかり花びらが散っていた。四月も半ばを過ぎた。新しい先生の授業にも、ようやく慣れはじめていた。

椅子から立った拍子に一之瀬さんと目が合う。手を振ってくれたので笑顔と会釈で返した。新しいクラスで交流があるのは一之瀬さんだけだ。

二年に進級して、真雪くんと別のクラスになることはわかっていた。

進学校というほどではないが、私の通う高校はそれなりに進学率が高い。そのため二年に進級する際、成績や志望先によってクラス分けが行われる。私は理系を、真雪くんは文系を選択したためお別れは当たり前だった。

教室での会話は元々少なかった。でも別のクラスになるのは、やっぱり寂しい。

一年次とは異なる順路を使い、保健室に向かう。階段を降りていると、騒がしい声が耳に届いた。

踊り場で足を止め様子をうかがう。男子生徒六人が廊下でたむろしていた。格闘漫画の真似事《まねごと》をして遊んでいて、廊下をふさいでいる。私は手すりの陰に隠れた。保健室にたどり着くためには集団の中央を突っ切る必要があった。

すみません、通してください。

はっきり告げ、堂々と歩いて行ければどれだけいいだろう。でもうまく言える自信がなくて、回り道をすることに決めた。喋《しゃべ》ることと余計に歩くことの大変さを比べ、楽なほうを選ぶと私の場合はこうなるのだ。

「こんにちは、菓奈先輩。これから保健室ですか？」

きびすを返したところで、階段の上にいた女の子に声をかけられた。見上げると、逆光で顔が影に隠れる。軽々とした足取りで、二段抜かしで降りてきた。

「あ、えっと、か、か、加藤《かとう》さん、こ、こんにちは」

「ゆきちゃん、今日はいるんすかね。……ん？」

踊り場に立ったところで、階下の男子に気づいたようだ。加藤さんはためらいなく降りていき、元気な声で言った。

「ちょっといいっすか」

「あっ、ごめんごめん」

男子たちはふざけ合うのをやめ、廊下の壁側に寄った。一言だけで道は簡単にできる。加藤さんが振り返り、私を手招きした。

「どうしたんですか。早く来てくださいよ」

呼びかけられ、慌てて追いかける。男子生徒たちの横を通過するとき、意味もなく緊張してしまう。

加藤葵《あおい》さんは入学したばかりの新一年生だ。

背丈は百五十センチくらいで、少年みたいな体型をしている。大きめの制服を買ったようでぶかぶかだった。ショートカットと相まって男の子みたいにも見える。

大きな瞳はたくさんの光を反射させ、悠姫子さんが高貴なシャム猫だとすると、加藤さんは甘えん坊の幼い和猫といった印象だ。ちなみに真雪くんはサモエドという大型犬のイメージだった。

加藤さんが保健室の戸を勢いよく開けた。

「こんちはー。ゆきちゃん、来てる?」

「葵は今日も騒がしいわね。もうちょっと静かにしたら?」

ベッドを隠すカーテンの先から声が聞こえた。私も加藤さんの後を追う。

悠姫子さんは靴を脱ぎ、ベッドの上で足を伸ばして座っていた。言葉の内容とは裏腹に、加藤さんに向ける表情は穏やかだった。

かたわらには真雪くんもいて、パイプ椅子に腰かけていた。

「こんにちは。葵ちゃん、沢村さん」

加藤さんは養護教諭が使うオフィスチェアを勝手に運んできて、勢いよく座った。私は立っているつもりでいたが、真雪くんが来客用のパイプ椅子を用意してくれた。遠慮せず使わせてもらう。

「やっぱりここに来ると勢揃《せいぞろ》いだね、先輩」

真雪くんが困ったようにこめかみを指でかいた。

「葵ちゃんに先輩って呼ばれるのは、やっぱり照れるなあ」

「馴《な》れなれしく呼んだら、他の女子に嫌われちゃうよ。だから仕方なく先輩なの。早く慣れてください」

笑うたびに、オフィスチェアがきしむ音を立てる。加藤さんはいつも全身を使って感情を表す。

三人に流れる親密な空気に、私は口を挟めない。加藤さんは、真雪くんと悠姫子さんの幼馴染《おさななじ》みだった。

出会いは物心がつく前だという。家が同じ町内にあり、小学生のころから一緒に遊んだり、地域の行事で顔を合わせたりしていたそうなのだ。同じ学校に通っていた当時は、真雪くんを『まーくん』と呼んでいたらしい。悠姫子さんのことも『ひめちゃん』だったみたいだけど、現在は『ゆきちゃん』と呼んでいる。

だけど加藤さんの中学一年の終わりに、関係に変化が起こる。悠姫子さんが中学卒業を目前に控え、真雪くんが二年生だったとき、加藤さんの両親の離婚が決まったのだ。

加藤さんは母親の実家で暮らすことになり、転校を余儀なくされる。引っ越し先は県内だが、市をひとつまたいだ地域だった。その後はたまにメールをしたり、年賀状を送り合う関係が続いたらしい。

そして今年、加藤さんは真雪くんたちと同じ高校に通うことになった。現在は電車を含め片道一時間半かけて通学しているそうだ。

「ところでその袋って、先輩の手作りスイーツ？」

悠姫子さんのかたわらに、小さな紙袋が置いてあった。

「今日はクイニーアマンを焼いてきたんだ。たまに菓子パン扱いされるけど、どう考えても焼き菓子だよね」

「クイ……、なんだかわかんないけど、先輩が作ったなら絶対美味《おい》しいよね。食べていい？」

クイニーアマンはそれなりに知名度があると思ったが、知らない加藤さんは洋菓子にあまり興味がないのかもしれない。ただ、食べること自体は好きらしい。袋から出てきたクイニーアマンの濃いカラメル色に目を輝かせていた。

「沢村さんもどうぞ」

真雪くんが私にも渡してくれる。

小さな円形のお菓子は、見た目よりずっしりしていた。一口かじるとサクサクとした食感が心地よく舌の上に広がった。甘みは強いが、キャラメリゼされた砂糖の焦げた風味と、しっかりとした塩気のおかげでいくらでも食べられそうだ。

「最高に美味しいです。やっぱり先輩の腕はプロ以上ですね」

「ありがとう。ひめちゃんはどう？」

「もっと甘みもバターも濃いほうが好きだわ。伝統的なフランス菓子は、くどいくらいがちょうどいいのよ」

とても美味しいのに、悠姫子さんの注文は本当に厳しい。無言で齧歯類《げっしるい》みたいにサクサク食べていると、真雪くんがウェットティッシュを差し出してきた。

「制服にこぼれてるよ」

生地の破片が、スカートの上に降り注いでいた。

「ご、ごご、ごめ、ごめんなさい」

恥ずかしさで顔が一気に熱くなる。

「どういたしまして。沢村さんの口には合ったかな」

「えっと、お、お、その、おい、美味しいです……。あ、あの、こ、こ」

「食感が最高ですね。これって、どんなとこで売ってるんですか？」

加藤さんが喋ったことで、私の感想は遮られた。

「ケーキ屋以外にパン屋でも販売されているよ。見たことない？」

日常の会話では、私が黙ったタイミングで他の人が喋り出すことがほとんどだ。加藤さんにも悪気はないはずだ。真雪くんや悠姫子さんは私の言葉を辛抱強く待ってくれるが、そんな親切な人のほうが珍しいのだ。

吃音《きつおん》には何種類かあり、私は連発性の症状が強い。「こんにちは」なら「こ」の言葉が連続して出てしまい、「こ、こ、こ、こんにちは」になってしまう。

他にも伸発性や難発性といった症状がある。私は難発が出ることも頻繁にあった。こちらは言葉が全く出てこなくなる症状で、他人からは急に黙ったように捉えられてしまう。私の場合、カ行の発音で難発の症状が出ることが多かった。

伸発は言葉の最初を伸ばさないと言葉が出なくなる症状だ。「おはよう」なら「おーはよう」になってしまう。私はこの症状が出ることはなかった。

話すべき言葉もタイミングもわかっているのに、声が出ないせいで会話に加われない。そんな歯がゆさをずっと味わってきた。

「カラオケに行きたいなあ」

クイニーアマンを食べ終わった加藤さんがふいに言った。その単語を耳にした私は密《ひそ》かに全身を強張《こわば》らせた。私の緊張をよそに、三人は会話を続ける。

「わたしは行かないわよ」

悠姫子さんの発言に、真雪くんが不思議そうに首をひねった。

「ひめちゃんってカラオケを避けるよね」

「歌なんて人前で披露するもんじゃないわ。菓奈でも誘ったら？」

話を振られた私は、とっさに返事をした。

「せっかくだし、い、行ってみようかな」

いつもよりスムーズに喋れたせいで、怪しまれていないか心配になる。カラオケの話題が出てきた瞬間から脳内で何度も練習していたのだ。

加藤さんが両手をめいっぱい上げた。

「それじゃ決定ですね。カラオケはひさしぶりですよ。わくわくするなあ」

加藤さんと真雪くんの話し合いによって、計画があっという間に形になっていく。真雪くんが気遣ってくれて、私の顔見知りを中心に声をかけることになった。

その結果、一之瀬さんと佐伯橋先輩が来ることになった。予定を合わせ、明後日木曜の放課後に決まる。私は曖昧《あいまい》な笑みを浮かべながら、内心でガッツポーズを取っていた。


私は自宅で鼻唄を歌いながらグレープフルーツを搾っていた。今日の帰り際、悠姫子さんから新たなお菓子を要求されたのだ。そこで私はフルーツゼリーを作ることにした。親戚から大量のグレープフルーツが送られてきて消費するのに困っていたのだ。

集中してくると、自然と歌声が大きくなってしまう。家族に聞かれると恥ずかしいので何度も声を抑える。

実は私は、カラオケが得意だった。

吃音のある人はなぜか、歌では言葉が突っかからない。そのため、カラオケが好きな人は多いらしい。私にとって気兼ねなく大声が出せる唯一の方法は歌うことだった。なぜ歌では吃音が出ないのか、正確な理由は判明していないそうだ。

材料を混ぜた果汁を容器に流し込み、あら熱を取るため台所に置いておく。フルーツの甘い香りが部屋に満ちていた。

褒められるのは気持ちの良いことだ。

お菓子作りは得意とは言いがたい。それでも真雪くんや悠姫子さんから美味しいと言われれば顔がにやけてしまう。最近たまに推理を期待されることがある。失敗するのは不安だけど、正解できれば喜んでもらえる。

カラオケは私が多少でも得意といえる数少ないことだ。音程やリズム感も問題ないし、なぜか声量も普通以上になる。それとずっと昔、声が綺麗《きれい》だと褒められたこともある。

「沢村さんって歌が上手《うま》いんだね」

普段褒められることがない分、そんな言葉をもらえるのを想像しただけで気分が浮かれてしまう。この日はお風呂場や自室でも、気がつくと鼻唄を口ずさんでいた。

2

駅前から離れた路地裏に小さなカラオケ店が営業していた。設備は大手チェーンに劣るが値段が安く、フードも美味しい穴場の店らしい。この店に決めたのは佐伯橋先輩だった。実は佐伯橋先輩の叔母さんが経営しているそうだ。

加藤さんが提案した翌々日の放課後、私たちはカラオケにやってきた。ただ、佐伯橋先輩は当日にキャンセルになった。そのため参加者は真雪くんと加藤さん、一之瀬さん、私という四人で落ち着いた。

加藤さんが何度も頼んでいたけれど、悠姫子さんは結局不参加だった。歌声に興味があったが、遊びを無理強いするのは本末転倒だ。

「ゆきちゃんと佐伯橋先輩、残念だなあ。あの二人、どんなのを歌うんだろう」

「佐伯橋先輩はネタになる曲ばかりで、一緒に行くと盛り上がるよ。ひめちゃんの歌は聞いたことないけど、家では主に北欧のメタルを聴いてるかな」

「意外だ……」

加藤さんと一之瀬さんの驚きには私も同意見だった。

ビルの二階にあるカウンターで受付をする。会員カードを持っている真雪くんが用紙に名前と連絡先、そして二時間と記入し、店長である佐伯橋先輩の叔母さんに部屋へ案内してもらう。快活な四十歳くらいの女性で、顔見知りらしく真雪くんと親しげに会話をしていた。

革張りのソファに座り、インターホンでドリンクを注文する。真っ先に曲を入れたのは一之瀬さんだった。

「苦手な人もいるから、クラスの子の前だと歌いにくいんだよね」

流れてきたのは、ネットの動画サイトに投稿され人気になった合成音声が歌う楽曲だった。テンポが恐ろしく速かったが、一之瀬さんは何とか歌いきった。

続く真雪くんは、日本の人気ロックバンドの有名曲をそつなく歌いこなした。真雪くんのイメージ通りの柔らかい声質だった。

次は加藤さんで、流行《はや》りの女性ポップシンガーの新曲を元気な声で歌い上げる。少し音程が外れ気味だったけれど、それを補うくらい勢いがあった。

加藤さんが一番を歌い終え、間奏が流れる。次に私の曲が入っていて、心臓の鼓動が高鳴りはじめる。友達の前で歌うのなんて何年ぶりだろう。注文した烏龍茶《ウーロンちゃ》はすでに半分も飲んでしまった。

突然、出入り口のドアが開き、佐伯橋先輩の叔母さんが入ってきた。

「歌の途中でごめんなさい。お邪魔するわね」

叔母さんは大きなトレイをテーブルの上に置いた。皿がいくつも載っていて、山のように食べ物が盛られていた。真雪くんが首を傾《かし》げる。

「注文してないですよ」

「実はさっき、まひるちゃんからメールがあったの。菓奈ちゃんにお詫《わ》びがしたいから、フードを大量に出しておいてだって。菓奈ちゃんってどなた？」

まひるは佐伯橋先輩の名前だ。小さく手を挙げると、叔母さんが困ったように笑った。

「問題の多い子だけど悪気はないの。何をしたかわからないけど、大目に見てあげてね。それじゃこれ、みんなで食べて」

「えっと、あ、あ、あの……」

叔母さんが部屋を出て行く。テーブルにフライドポテトやフライドチキン、スナック菓子などカラオケ店で定番の食べ物がずらりと並んだ。部屋が香辛料と油の匂いに包まれる。

「菓奈先輩、これって何なんです？」

二番の歌詞がディスプレイに表示される。でも加藤さんは歌わない。返事に窮していると、加藤さんはリモコンのボタンを押した。テレビ画面に一時停止と表示され、流れていた曲が止まった。

「菓奈ちゃん、佐伯橋先輩と何かあったの？」

一之瀬さんが遠慮がちにポテトをつまんだ。

「こ、ここ、ここ、えっと、思い当たらない。あ、でも、な、な、なぜか朝に、さ、佐伯橋先輩から、ゼリーの、け、け、件で謝られたんだ。ただ、意味が、わか、わからなくて……」

心当たりと言えそうになかったので、思い当たるに言い換えた。

「ゼリーって昨日のだよね」

「そ、そ、そうだと思う」

一昨日作ったグレープフルーツゼリーは、悠姫子さんに昨日渡してあった。悠姫子さんは喜んでくれた。加藤さんが手を挙げる。

「それって、保健室でいただいたやつですよね」

作ったゼリーは三つだ。悠姫子さんと真雪くん、加藤さんに食べてもらった。

「それじゃ今から佐伯橋先輩にメールで聞いてみようか」

「ストップです！」

真雪くんがスマホを手にすると、加藤さんが大声を上げた。マイクを離していなかったため、スピーカーを通して部屋に響き渡り、ハウリングを起こした。

「いきなりどうしたのよ、葵ちゃん」

一之瀬さんが耳を押さえる。加藤さんとは初対面だが、学校からカラオケに到着するまでの道のりで仲良くなっていた。

「ゆきちゃんから聞いたんですけど、菓奈先輩って推理が得意なんですよね。直接確認するなんて簡単すぎです。菓奈先輩が真相を当てるっていうのはどうです？」

「えっ、えっ？」

「面白そうね。菓奈ちゃんならできるよ」

一之瀬さんが加藤さんに同意する。真雪くんは笑顔でフライドチキンを頬張っていて、佐伯橋先輩にメールを送るそぶりはない。

気になるけれど、個人的にもっと重要なことがあった。早く歌いたいのだ。壁に設置されている時計では、開始からすでに二十分が経過している。

「評判の洞察力で、真実を暴いちゃってください！」

加藤さんは私に推理させる気でいるようだ。断っても食い下がってくる様子が簡単に想像できた。悠姫子さんにカラオケの誘いを何度却下されてもめげなかった加藤さんの性格を、少しだけ羨ましく思う。

まだ二回くらいしか顔を合わせていないときに、加藤さんに言われたことがある。放課後の保健室には誰もおらず、加藤さんと二人きりだった。

「菓奈先輩の喋り方って吃音っていうんですよね。小さいころからそうなんですか？」

天気の話題くらいの気負いのなさで訊《たず》ねられた。私は驚いてしまい、うまく返事ができなかった。その直後に真雪くんが部屋に入ってきて、会話は立ち消えた。

私の吃音を前にして、周りの人が取る態度はいくつかある。

親切心から落ち着こうと言ってくる人もいるし、物真似をしてきて笑い物にされたこともあった。真雪くんや悠姫子さんみたいに、ありのままで受け入れてくれる人もいる。何も言われないながら、変な目を向けられる場合もある。

加藤さんみたいに自然に触れてくる人は珍しかった。強引に踏み出すくらいのほうが人間関係はうまくいく。加藤さんが一之瀬さんと親しくなった様子を見ていると、そう思えてくるのだった。

加藤さんが期待に満ちた瞳を向けてくる。私は観念することにした。歌うためにはゼリーの謎を解決するのが一番手っ取り早そうだ。

「そ、それじゃあ、昨日のゼリーの件についてから、せ、説明するね。だ、だだ、だから、み、みんなで、考えよう」

本当はしたくないけど、説明して新しい情報を手に入れることにする。みんなで悩めば解決も早くなるはずだ。

ゼリーを持って登校したところから、私は話しはじめた。

3

昨日は雲ひとつない晴天だった。陽射《ひざ》しこそ強かったが、空気は冷たかった。私はゼリーの入った小さな厚紙の箱を紙袋に入れて登校した。保健室の戸を開けたけれど、誰もいなかった。悠姫子さんはまだ学校に来ていないようだ。なるべく美味しい状態で食べてほしかった。そこで保健室の冷蔵庫を使わせてもらおうとして、私はドアを開けた。

「あれ、いっぱいだ……」

普段は容量の半分は空いているのに、今日に限ってぎゅうぎゅう詰めだった。養護の先生が使っているらしい。勝手にいじって怒られるのは怖いので、ゼリーの箱を持って保健室を出た。

廊下を進みながら途方に暮れる。いくつか他の冷蔵庫に心当たりがあるが、頼むために喋るのが億劫《おっくう》だった。

しばらく歩いていると、背後から肩を叩《たた》かれた。

「おはよー、沢村ちゃん。朝から暗い顔してるね」

声をかけてきたのは佐伯橋先輩だった。ベリーショートの髪はだいぶ伸びて、今では短めのショートカットくらいになっている。佐伯橋先輩が私の抱えている箱を指さした。

「それ、新しいお菓子？」

「あ、えっと。は、は、はい。ぜ、ゼリーです。ひ、冷やしたいんですが、その、ほけ、保健室の冷蔵庫が、いっぱいで」

苦手な説明をしたのは、佐伯橋先輩に頼もうと考えたからだ。校舎内にはいくつか冷蔵庫があり、家庭科室もその一つだ。

「それなら家庭科室の冷蔵庫を使えば？」

私がお願いをする前に申し出てくれた。期待通りだ。しかも幸運なことに佐伯橋先輩はちょうど鍵を持っていた。放課後の部活動のために材料を入れたばかりだったのだ。

「部員たちが適当に詰め込んだから散らかってるけど、多分その箱くらいならスペースあるよ。一応、放課後までに片付ける予定だし。本当は面倒だけど、副部長がうるさくてさ」

ありがたく厚意を受け、鍵を預かる。

「職員室に返すのが鬱陶《うっとう》しかったからラッキーだった。後は頼んだよ。ところでそれ、天野にも食べさせるの？」

私はうなずいた。昨日悠姫子さんから頼まれたとき、その場にいた加藤さんや真雪くんの分も作ってくることになっていた。

「うわー、まじか。正直恐ろしいわ」

佐伯橋先輩の頬が引きつる。先日、調理部は真雪くんを製菓の特別講師として招いた。真雪くん目当ての新入生女子で盛況になり、佐伯橋先輩は部員獲得を期待したらしい。しかし結果は散々だった。まずは長々とした洋菓子のうんちくに新入生はうんざりし、出来上がった品にも辛辣な駄目出しが繰り出された。結果、参加者のほぼ全員が入部せずに去っていったそうなのだ。

「天野の感想を聞かせてよ。どんな強烈なことを言われるのか興味あるわ」

佐伯橋先輩は意地悪な笑みを浮かべ、廊下を去っていった。

私は二階にある家庭科室に移動し、鍵を開ける。シンク付きの調理台が並び、窓際の端に冷蔵庫が設置してある。窓が北側にあるせいで、日陰の教室は肌寒かった。冷蔵庫の横には小さな棚があり、キッチンペーパーやラップなどが置いてあった。

冷蔵庫を開ける。佐伯橋先輩が言う通り、乱雑だった。野菜や肉のトレイがごちゃまぜに入れてあり、少し片付けないとゼリーの箱をしまう隙間もないくらいだ。

整理をしていると、洋菓子店の箱があることに気づく。部員が私用で使っているのだろう。ギモーヴで有名な店だと真雪くんが話していたことを思い出した。

箱を入れ終えてから顔を上げると、窓から別の校舎棟が外壁工事をしている風景が目に入った。老朽化した壁を修繕しているらしい。北向きの家庭科室の窓から見て、工事をしている外壁は左手に面している。足場が組み立てられ、屋上から一階まで白色のシートで覆われていた。

何度も見ていたはずなのに、修繕前の校舎の姿がうろ覚えだった。工事を終え、綺麗になった校舎にもすぐに慣れるのだろう。そしてかつての景色は完全に忘れてしまう。世界は少しずつ、確実に変わっていく。

職員室に鍵を返却して教室に戻るとすぐチャイムが鳴った。ゼリーが口に合えばいいな。そんなことを考えながら、私は一時限目の準備をはじめた。

帰りのホームルームが終わったところで、担任教師に呼び止められた。

「進路指導の先生が呼んでいたぞ。今から職員室に行くように」

何を言われるのか見当もつかなかった。どきどきしながら教室を出る。

「沢村さん、ちょっといいかな」

廊下を歩いていると真雪くんにも声をかけられた。真雪くんのクラスは同じ階のふたつ隣にある。用件はゼリーについてだった。悠姫子さんから真雪くん宛てに、早く食べたいという催促メールが届いたらしい。

昼休みは図書室で借りていた本のクライマックスに熱中し、返却したら終わっていた。ゼリーは放課後に渡せばいいと思っていた。

「保健室の冷蔵庫に入ってないって苦情が来たんだ。本当にワガママなんだから」

家庭科室の冷蔵庫に保管してあること、職員室に用事があることを説明する。すると真雪くんが、家庭科室にあるゼリーを取りに行き、届けてくれると約束してくれた。

「実は、あ、新しい、そ、素材を、つ、つか、使ったんだ」

「そうなんだ。楽しみにしてるね」

真雪くんに手を振り、私は職員室まで歩いた。恐るおそる扉を開ける。進路指導の担当は四十代の女性教諭で、物腰は柔和だけど強引な性格で生徒に知られていた。

内容は受験についてだった。私の数学のテストの得点が高いので、推薦入試を考えないかという打診だった。二年生のはじめなのに気が早い話だと思った。生活態度も問題ないため、学校側としては推しやすいのだろう。

しかし私は曖昧な返事に留《とど》めた。推薦入試で行われる面接を避けたかったのだ。

面接官の前で喋るなんて想像しただけで寒気がする。グループディスカッションを採用している大学もあると聞いたことがあった。そんな地獄を味わうくらいなら、筆記試験だけのほうが遥《はる》かに気楽だった。

先生は説得をあきらめなかった。解放された時点で日が傾きはじめていた。保健室まで急いだが、すでに施錠されていた。

ゼリーは無事に悠姫子さんたちの手に渡っただろうか。心配の答えは帰宅後すぐ判明した。悠姫子さんと真雪くんからそれぞれ感想メールがパソコンに届いていたのだ。悠姫子さんからの文面は「まあまあ合格」だった。悠姫子さんは辛口なので、テストの高得点より喜ばしい評価だった。問題は真雪くんからのメールだ。前半は多少褒めていて、私が挑戦した新素材についても気づいていた。後半はアドバイスが延々と続いていた。「こうすればもっと美味しくなる」という感想は、裏を返せば駄目出しともいえる。調理部に新入生が来なくなった理由がわかった気がした。

正直かなり気分が落ち込んだ。でももっと上達できる方法があること、何より真雪くんからメールが届くことは、それだけで充分嬉《うれ》しかった。

問題の佐伯橋先輩の謝罪はその翌日、つまりカラオケ当日の朝に起きた。

登校して上履きに履き替えているところで、佐伯橋先輩に話しかけられた。

「おはよう」

「お、お、お、おはようございます」

佐伯橋先輩はなぜか、困ったような顔をしている。どこか雰囲気が違うような気がした。だが具体的にどう異なるのかはわからない。

「あのさ、昨日のゼリーなんだけど、どうだった?」

私はすぐに、真雪くんの感想を聞かれているのだと思った。

「あ、あの、えっと……。せ、せっかく冷蔵庫を、か、貸してもらったんですが、その、えと、や、やっぱりだめでした」

昨夜のメールを読めば、誰でもだめという感想を抱くだろう。すると佐伯橋先輩は悲愴《ひそう》な表情を浮かべ、頭を下げてきた。

「ごめん。多分あたしのせいだ。埋め合わせは絶対にするよ」

「えっ、えっと」

突然の謝罪に戸惑い、私はとっさに言葉が出ない。その間に佐伯橋先輩のスマホが鳴り、ポケットから取り出して耳に当てた。手を振りながら慌てた様子で離れていく。

疑問を抱きつつ、放課後のカラオケ会で理由を聞けばいいと思っていた。しかし急遽《きゅうきょ》不参加になり、さらに叔母さんを通じて食べ物を大量に振る舞われてしまった。おそらくこれが佐伯橋先輩の埋め合わせなのだと思われた。

以上が、ゼリーにまつわる話の全てだった。

4

たどたどしく説明していたら三十分近く費やしてしまった。残りは一時間だ。加藤さんがチキンナゲットにバーベキューソースをつけ、口に放り込んだ。

「最初の謎は佐伯橋先輩が謝罪した理由ですね。だけど菓奈先輩のゼリーはちゃんと美味しかったです。そうですよね、先輩」

加藤さんからはメールでの感想をもらっていなかった。気に入ってもらえたようで、嬉しい気持ちになる。

「うん、美味しかった。メールで褒めたから、沢村さんにも伝わっているよね」

「えっと、……そ、そうだね」

やはり悪気はなかったらしい。

「ひめちゃんも保健室で、よくできてるって喜んでたな。ただ、冷たくなかったから二口でやめて、残りは自宅の冷蔵庫にしばらく入れてから食べたらしいよ」

「あ、あれ、ひ、冷えてなかった?」

「ちょっとぬるかったっすね。私は気にしないで全部食べちゃったけど」

加藤さんも同じ意見だ。冷蔵庫に入れたままだったから、冷たくないのはおかしい。

真雪くんに確認すると、確かに冷蔵庫から出したそうだ。

放課後、真雪くんは調理部が活動している最中にゼリーを回収した。調理部に顔が利くため、出入りを咎《とが》められることはなかった。真雪くんの記憶では、佐伯橋先輩は家庭科室にいなかったそうだ。

一之瀬さんがポテトチップスをかじった。

「新たな謎が出てきたね。冷蔵庫に入っていたゼリーは、なぜか温まっていた。佐伯橋先輩は温度上昇について謝ったのかな」

しかしそれだけの理由で、テーブルいっぱいの食べ物を振る舞うだろうか。

真雪くんのスマホが振動し、ランプが点滅をはじめた。

「ひめちゃんから返信だ」

真雪くんは私が話をしている最中、今回の件について悠姫子さんに連絡していた。昨日の昼休みに家庭科室を出入りした人はいたかという質問を送ったのだ。

悠姫子さんが一日の大半を過ごす保健室からは、家庭科室の前の廊下がよく見える。そのおかげで、チョコレート紛失事件を解決できたこともあった。

『髪の短い女子が、家庭科室からダッシュで去っていった』

悠姫子さんが貴重な証言をもたらしてくれた。髪の短い女子は佐伯橋先輩だろう。昼休みに家庭科室にいて、出て行くときは急いでいたのだ。

真雪くんがチョコレート菓子に手を伸ばした。

「関係あるかわからないけど、今日調理部の女の子から相談を受けたよ。溶けて萎《しぼ》んだギモーヴを元に戻す方法についてだった」

冷蔵庫にギモーヴで有名な洋菓子店の箱が入っていたはずだ。

「ギモーヴってマシュマロみたいなやつだっけ？」

一之瀬さんが疑問を口にした瞬間、真雪くんの目が光ったような気がした。

「確かにギモーヴとマシュマロは同じものだ。ただ日本では別の洋菓子として扱われていることが多いね」

スイッチが入ったらしく、真雪くんのスイーツ講義がはじまる。止められる人はこの場にいなかった。

ギモーヴとマシュマロは本来同じもので、ウスベニタチアオイという植物を原料にしたお菓子らしい。根っこから取れるデンプンに粘性や甘みがあり、古代エジプトの時代から薬として使用されていたそうだ。ウスベニタチアオイの英語名がマシュマロで、フランス語名がギモーヴなのだという。ウスベニタチアオイは現在、ほとんど使われていないとのことだ。

日本にはアメリカ経由でマシュマロが入ってきて世に広まった。メレンゲに砂糖を加え、ゼラチンで固めたものが主流になっている。

そして近ごろ、メレンゲを使用しないレシピのマシュマロがギモーヴとして人気になっていた。フルーツピュレをゼラチンで固めたものだ。作るのが難しく保存もしにくいため、マシュマロより高級な洋菓子として扱われている。

「ギモーヴはメレンゲを使用していないから口溶けが良くて、果汁の風味も楽しめるんだ。ゼラチンは再溶解温度が二十度から二十五度くらいだから、体温で溶けるのが魅力だよね」

真雪くんの説明は続く。

「相談してきた調理部の子は、ギモーヴを二十度以上に温めてしまったんだろうね。元に戻すのは無理だと答えておいたよ。ただ、素材が果汁とゼラチンだから応用の幅は広いとアドバイスもしたんだ。そのまま溶かして冷やせばゼリーだし」

「私は文系だから、数字とか聞くと頭痛がしてくるだけですよ」

加藤さんがおどけながら言うと、真雪くんが肩を竦《すく》める。

「僕も理数系の話は、製菓以外だと途端に頭に入らなくなるなあ」

二人の会話を耳に入れつつ、私は必死に頭を回転させていた。その結果、ひとつの結論に達していた。

「あ、あの、わ、わわ、わかったよ」

こわごわと手を挙げると、一之瀬さんと加藤さんが身を乗り出してきた。

「わかったの？」

「教えてください！」

「え、えと、その、た、たた、た、多分だけど」

時計を確認すると残りは三十五分だった。説明をしても、歌える時間は残るはずだ。

私は大きく深呼吸をした。

「さ、佐伯橋先輩は、その、えっと、私のゼリーを駄目にしたと、か、か、勘違いして、い、い、いたんだと思う」

佐伯橋先輩は昼休みに冷蔵庫を整理していた。作業のため、冷蔵庫の中身のいくつかを一旦外に出したのだ。床は不衛生だから、横にある棚に置いたのだと思われた。

しかしそこで佐伯橋先輩に急用ができた。用事の中身はわからないが、スマホ経由で呼び出されたのだろう。家庭科室を出て行ったが、食べ物を置いたままにしていた。そして片付け自体を忘れてしまったのだ。

「おそらく棚の上に、わ、わ、私のゼリーと、ぎ、ギモーヴが、あ、あったんです」

「外に放置したせいで、そのギ……なんとかが台無しになったってことですか？」

加藤さんはギモーヴという名前を覚えていないようだ。

「今の季節なら、そのくらいで駄目にならないよ」

真雪くんが指摘する。ギモーヴに使用されるゼラチンの再溶解温度は二十度から二十五度だ。四月下旬の、しかも日陰の家庭科室に放置しても本来は溶ける心配はない。

真雪くんの疑問は想定内だった。

「ま、ま、窓際なのが、げ、原因なの。お、お、おそらくが、が、外壁工事のシートが、た、た、たい、太陽光を、は、は、反射したんだよ」

北を向いている窓からは、外壁工事をしている白色のシートが見えた。シートは西に面していて、昨日は気温こそ低かったが晴天だった。昼過ぎ、傾きはじめた太陽の光を白色のシートが反射しはじめたのだろう。その陽光が棚を照らし続けたのだ。

本来なら問題にならない程度の温度上昇だった。しかし窓際に限って、ゼラチンの再溶解温度を上回ったのだ。

ギモーヴの持ち主は、棚の上に放置された箱に驚いただろう。しかし溶けているとまでは思わず、私の箱と一緒に冷蔵庫に入れたのだ。

真雪くんは部活の邪魔にならないよう、冷蔵庫からこっそり持ってきた。箱の中身がゼリーだと知っている人はいない。そのため棚の上にあったと報告する人がいなかったのだ。

ギモーヴの持ち主である女の子は昨日の放課後、溶けていることに気づいた。放置が原因だと考え、冷蔵庫を整理した佐伯橋先輩に文句を言った。そして今日、真雪くんに元に戻す方法を相談したのだ。

佐伯橋先輩は反省したはずだ。そこでゼリーも外に放置したことを思い出した。翌朝私に確認したところ、「だめだった」という答えが返ってきた。

私は真雪くんの感想を聞かれたのだと思っていた。でも佐伯橋先輩はギモーヴ同様ゼリーも溶かしたと考えた。そこでお詫びしようという結論になったのだ。

加藤さんがポップコーンを飲み込んでから、授業中みたいに手を挙げた。

「菓奈先輩のゼリーだって、同じ棚に放置されてたんですよね。それならどうして平気だったんですか？」

「あのグレープフルーツゼリーが、カラギーナンで作られていたからだね」

私の代わりに真雪くんが答えてくれた。

「カラギーナン？」

加藤さんが復唱する。クイニーアマンやギモーヴはあやふやだったのに、カラギーナンは一度聞いて覚えられたようだ。真雪くんのスイーツ講義が再びはじまる。

お菓子に使用される凝固剤には、いくつかの種類がある。

最も有名なのはゼラチンと、和菓子に使用される寒天だろう。ゼラチンは動物性の原料で作られ、溶解温度の低さと口溶けの良さが特徴だ。寒天はテングサなどの海藻が原料で、溶解温度は九十度と高い。凝固力が強く、歯切れの良い食感が魅力だ。

代表的なのはこのふたつだが、それ以外にもカラギーナンという材料がある。アガーといった名称で販売されており、スギノリやツノマタと呼ばれる海藻が原料になっている。ゼラチンと寒天の中間のような性質で、ぷるぷるとした食感が楽しめる。ゼリーと書かれていて常温で溶けない商品は、カラギーナンが使用されていることが多いのだ。

「凝固剤はそれぞれ、固めた後に再び溶ける温度が異なるんだ。ゼラチンはさっき話したように二十度から二十五度くらいだから夏場に外に放置すると溶けてしまう。寒天は七十度以上でかなり高い。カラギーナンの再溶解温度は六十度以上だから、ギモーヴが溶ける温度でも変化しないんだ」

私は以前、食品添加物について調べたことがあった。その際に製菓が様々な化学変化を利用し、味のバリエーションを生み出していることを知った。化学実験のような製菓技術に興味を抱き、ゼリーを作るに当たってカラギーナンを試してみたくなったのだ。

他にも凝固剤は人工イクラで使用されていたアルギン酸や、牛乳を加えて固めるデザートで有名なペクチンなども存在している。

加藤さんがポテトチップスのかけらをつまんで、なめるように口に入れた。

「しかし、よくわかったっすね。菓奈先輩って数学が得意なんでしたっけ。やっぱりそういう脳の構造をしてるんでしょうか」

真雪くんは文系コースで、加藤さんも国語や英語が得意らしい。悠姫子さんも数学や物理などが苦手だそうだ。

私は心のなかでひっそりと、みんなは理数系が苦手だから謎が解けないのだと思っていた。だけど一之瀬さんが私の背中をぽんぽんと叩いた。

「私は科学部だけど、こんな推理は無理だよ。菓奈ちゃんだからすごいんだって」

「そ、そ、そんなことない」

加藤さんや一之瀬さんが感心してくれたが、居心地の悪さも感じていた。早く歌いたかったので、無理やりひねり出した推論に過ぎない。実際、いくつか不明な点を飛ばしているのだ。

「たとえば、こ、こ、こんなところが、わ、わからない、ま、ま、ままだから」

まず、佐伯橋先輩が冷蔵庫の整理を中断した理由が不明だった。その後に作業を忘れてしまうほど大切な用事だったのだ。これまで得た情報では推測できないのかもしれない。でも、わからないままなのは歯がゆかった。

それにゼリーを駄目にしたと知った佐伯橋先輩が、素直に埋め合わせをするのも釈然としない。大雑把な性格というイメージがあり、笑いながら謝るだけで済ませるほうが収まりが良いのだ。

「こ、こ、こういった疑問点も、の、の、残ってて。だから全然、すご、すごいってわけじゃ、……あれ？」

疑問を口にした途端、三人が急に黙りはじめた。顔を見合わせ、互いにうなずき合う。おかしな発言をしたのかと不安になってくる。

「菜奈ちゃん、本当にわからない？」

一之瀬さんに訊ねられた私は、戸惑いながら「わからない」と返事をする。どうやら疑問点について、全員が真相を見抜いているらしい。

「僕は噂《うわさ》で聞いていたんだ。不用意に広めることでもないから黙っていたけど」

　真雪くんは前置きしてから、チョコレート菓子の最後の一つをかじった。

「良いことがあると人は優しくなれる。だから佐伯橋先輩は素直に謝罪をしたんだと思う。調理部の実習に遅れたのも、それが理由だね」

　昨日、佐伯橋先輩に良いことがあったらしい。なおかつそれは、顔の広い真雪くんの耳に入るようなことなのだ。続いて一之瀬さんが私に質問をしてきた。

「今朝佐伯橋先輩と会話をしたとき、いつもと様子が違うって話してたよね。私も廊下ですれ違ったときに気づいたんだけど、本当に理由がわからない？」

　今日の佐伯橋先輩を思い返す。申し訳なさそうにしている印象ばかりが強いが、たしかにいつもと何かが違っていた。だけどうまく言葉にできなくて、私は首を横に振る。

するとー之瀬さんは困ったような笑みを浮かべた。

「菓奈ちゃんはあまり縁がなさそうだから仕方ないか。今日の佐伯橋先輩は、ナチュラルメイクをしてたんだよ」

「め、めめ、メイク？」

　化粧は校則で禁止されている。しかし教師にわからないよう自然を装ったメイクをする女子生徒は珍しくない。ちなみに私自身のメイク経験は、幼稚園でのお遊戯会で口紅をしたのが最後だった。

佐伯橋先輩に良いことがあり、メイクをした。ふたつを並べても見当がつかない。加藤さんが最後のポテトチップスをつまんで、私に向けてから口に放り込んだ。

「菓奈先輩っておかしいですね。鋭い推理をしたのに、こんな簡単なことがわからないなんて。今日のカラオケをサボったのだって同じ理由です。女の子にとって、友人との約束より大切なことなんてひとつだけですよ」

真雪くんがにこにこと笑い、一之瀬さんが相槌《あいづち》を打っている。決定的なヒントらしいので、私は真剣に考えはじめる。

その結果、ひとつの言葉を絞り出した。

「……わ、わ、わか、わかりません」

何も思い浮かばず、私は白旗を上げることにした。

他の全員が簡単にたどり着いた事実がわからない。ショックを受けていることに気づき、自然と背中が丸くなっていく。

これまでいくつかの事件や問題を解決してきた。自分としては運が良かっただけだと考えていた、つもりだった。だけど自覚していないだけで、自尊心の一部に組み込まれていたらしい。

加藤さんが、口の端を上げた。

「お化粧をした女の子が先約をすっぽかすなんて、デート以外考えられないです。自分がハッピーだから他人に優しくできるんですよ」

加藤さんの言葉に思考が固まる。そしてじわじわと衝撃がやってきた。

「さ、ささ、佐伯橋先輩に、こ、ここ、こ、恋人が！」

「昨日の昼に告白されて、放課後に返事をしたんだってさ」

真雪くんが追い打ちをかけ、疑問が氷解していく。

昼休みの冷蔵庫の片付けの最中に、佐伯橋先輩は呼び出しを受けた。慌てた様子だったのは予兆を感じていたからかもしれない。

片付けを忘れたのは、告白で頭がいっぱいだったからだ。真雪くんが家庭科室に行ったとき、佐伯橋先輩は部活に参加していなかった。あれは返事をしていたためだったのだ。

私が驚いている間に、一之瀬さんと加藤さんが真雪くんに詰め寄った。

「さて天野くん、佐伯橋先輩の彼氏について教えてもらうよ」

「同じく聞きたい。さあ、先輩。洗いざらい吐いちゃおうか」

その瞬間、部屋に電子音が響いた。ドア付近にあるインターホンが鳴っている。時計を見ると終了時刻の五分前になっていて、私は自分の目を疑った。

「もう終わりか。結局全然歌えなかったね」

「そんなことより恋バナです。これからお茶なんてどうです？」

「それなら、近くにパンケーキの美味しいカフェがあるんだ。ふわとろのリコッタパンケーキで、海外の有名店で修業した料理人が作っている逸品なんだ」

話題はすでに恋愛に移っていて、みんなが帰り支度をはじめてしまう。なんてことだ。もう歌えないじゃないか！　心の中で今にも泣いてしまいそうだった。

「沢村さんも行こうよ」

「え。え、え、えっと、……うん」

延長しようと言いたかったけど、私も佐伯橋先輩のお相手に興味があった。それに揚げ物ばかり食べたから、口直しに真雪くんおすすめのパンケーキを食べてみたかった。

歌えなかったのは残念だけど、カラオケへ行く機会はまた訪れるだろう。

新年度がはじまり、少しずつ色々なことが変わっていく。

新しい人間関係も生まれるし、進路のことも考えはじめなくてはいけない。ただ、この日々はきっと優しいままでいてくれる。大切な友人たちの笑顔を見ていると、そう信じられるのだった。

第5話

バースデイケーキが思い出せない

1

ゴールデンウイーク明けは、学校中の空気が緩んでいるような気がした。教室は長期の休みに何をしていたのかで盛り上がっている。話し相手がいないので、私は席で予習をしていた。

教科書から顔を上げ、ガラスの先をながめる。窓際の席になったことを幸運に思う。よく晴れた日で、校舎の二階からは遠くの町まで見通せた。

「菓奈ちゃん、これあげる」

一之瀬さんが席に来て、紅芋タルトをくれた。沖縄に行ったらしく、肌が日焼けしている。お土産を配る相手の頭数に入っていることが嬉《うれ》しかった。

「え、あっ、あ、ありがとう」

「いいって。それじゃね」

一之瀬さんはすぐに自分たちの会話の輪に戻っていった。一之瀬さんは社交的だ。進級してからもすぐに仲良しグループを作っていた。

昼休み、保健室に向かう。みんなに会えるのが待ち遠しかった。戸を開けると、悠姫子さんがベッドの上で寝そべっていた。真雪くんと加藤さんがいて、もう一人見知らぬ男子生徒がたたずんでいた。

立ち止まる私に、加藤さんが手を振る。それから男子生徒に話しかけた。

「ちょうどよく来たっすね。スイーツの謎なら、この人にお願いすれば一発だよ」

「えっ、えっ？」

事態が呑《の》み込めない。真雪くんに視線で助けを求めるけれど、首を傾《かし》げるだけだった。まだ来訪の理由を聞いていないのだろうか。悠姫子さんは無表情だ。

私たちの戸惑いを感じ取ったのか、男子生徒が緊張の面持ちで口を開いた。

「突然押しかけてすみません。俺《おれ》は加藤のクラスメイトで野崎《のざき》と言います」

声変わりの最中のようなしゃがれた声だった。背丈は低く、骨格が華奢《きゃしゃ》だった。俺という一人称を不釣り合いに感じる。柔らかそうな髪質と幼い顔立ちは、中学生の雰囲気が抜け切れていない。制服もまだ体に馴染《なじ》んでいない印象だ。

加藤さんが私と真雪くんへ交互に視線を向ける。

「実はお二人に相談があるんです」

悠姫子さんが気怠《けだる》そうにあくびをした。暖かな午後に加藤さんが持ち込んできたのは、洋菓子にまつわる小さな思い出だった。

「父の誕生日に、母が作っていたケーキを再現したいんです」

これが野崎くんの相談の内容だった。誕生日になると、料理の得意なお母さんがケーキを焼くのが習慣だった。二月の野崎くんの誕生日には毎年、旬の走りの苺《いちご》をたっぷり使ったショートケーキを作ってもらっていたそうだ。お父さんの誕生日は二週間後の五月下旬で、作るのはショートケーキとは違うものだったらしい。

だけどお母さんは、野崎くんが小学五年生のときに病気で亡くなった。

「母が誕生日に焼くケーキを父は楽しみにしていました。だけど母はレシピを残していなかったのです」

授業の合間にある十分休憩に、野崎くんはふと父親の誕生日のことを思い出した。そしてケーキの話をしたところ、その場にいた加藤さんが興味を抱いたらしい。

「再現できたら素敵じゃないですか。だけど情報が少なくて全然わからないから、推理のスペシャリストを紹介したわけです」

加藤さんは私と真雪くんに白羽の矢を立てた。真雪くんは調理部で特別講師を務めるほどの洋菓子マニアで、膨大な知識を持っている。そして私はこれまで何度か洋菓子が関係する謎を解いたことがあった。

野崎くんが申し訳なさそうに自分の足元を見つめた。

「勝手なお願いですが、父には内緒にしたいんです。突然渡して、驚かせたくて。だから俺の記憶だけで特定したいんです」

サプライズを演出したいのだろう。真雪くんが笑顔でうなずいた。

「わたしの出る幕はなさそうね」

悠姫子さんが退屈そうに伸びをした。鼻先にはらりと落ちた髪の毛を払う。その仕草に野崎くんは目を奪われているようだった。

「美人に惹《ひ》かれるのはわかるけどさ。早く話してよ」

「なんのことだよ。意味わかんねえ」

加藤さんに肩をつつかれ、頬を赤らめて反論する。優雅な振る舞いを至近距離で目《ま》の当《あ》たりにすれば、意識してしまうのは当然だろう。野崎くんは咳払《せきばら》いをしてから、問題のケーキの特徴を話しはじめた。

「生クリームやムース、ペーストといった素材は使われていませんでした。スポンジケーキみたいに、全体が同じものでした。大きな焼き菓子みたいな見た目です」

真雪くんはパイプ椅子に座り、野崎くんは養護教諭のオフィスチェアを使っていた。私は来客用の折りたたみ椅子に腰かけ、加藤さんは悠姫子さんの寝そべるベッドにおしりをのせていた。

「固さはどうだった？　パリパリしてたとか」

「柔らかかったように思います」

「それじゃパイ系じゃないね。シフォンケーキみたいな感じかな」

「あんなにふわふわじゃなかったです。むしろ、どっしりした感じです」

真雪くんと野崎くんのやりとりに私は黙って耳を傾ける。

どっしりというとチョコレートケーキだろうか。チョコの割合が大きいガトーショコラは、濃厚で食べ応えがある。真雪くんも同じことを考えたのだろう。チョコ系か訊《たず》ねていた。でも野崎くんは首を横に振った。

「チョコの色じゃありませんでした」

普通のチョコレートケーキの線は消えたと考えていいだろう。

「ホワイトチョコのガトーショコラはどうかな？」

加藤さんが人差し指を突き出した。ホワイトチョコで作れば色は変わる。でも野崎くんが眉間に皺《しわ》を寄せる。

「僕も一度その可能性を考えたんだ。たまたま近所のケーキ屋に並んでいたから買ってみたけど、味は全然違っていた」

「そっか、残念。というかそのケーキはどんな味だったの？」

野崎くんが躊躇《ためら》いがちに口を開いた。

「実は、一度しか食べたことがないんだ」

野崎くんは問題のケーキを食べたいと願っていた。でも両親は「まだ早い」と言い、野崎くんに食べさせなかったそうなのだ。その代わり、お父さんの誕生日には野崎くんのためにお母さんがプリンやシュークリームなどを用意していたらしかった。

それでも小学四年生のときに一度だけ、どうしても食べたいと駄々をこねた。するとお父さんは「お母さんには内緒だぞ」と言い、味見をさせてくれた。だが期待する味とは異なっていたそうだ。

「本当に俺には早かったんです。臭くてしょっぱくて、ケーキとは思えませんでした。今食べたら、どう感じるかわからないけど」

野崎くんの瞳にうっすら涙の膜ができた気がした。きっと自分自身も思い出の味を口にしたいと願っているのだろう。

「変わった味というと、パンデピスかなあ」

「パンデピス？」

加藤さんが首を傾げると、真雪くんの講義がはじまった。

「ライ麦粉とたっぷりのはちみつを使って、スパイスで香りづけをするのが特徴の焼き菓子だよ。フランス語で香辛料の入ったパンという意味なんだ。歴史が古く、起源は中国と言われている。それがモンゴルから中東を経て、ヨーロッパに伝わったらしい」

スパイスはシナモンやクローブ、ナツメグ、スターアニスなどが使用される。そのため人によっては取っつきにくいと感じることもあるそうだ。においが気になると野崎くんが話していたから、スパイスの効いたお菓子だと考えたのだろう。

「こんな見た目だよ」

真雪くんがスマートフォンを操作し、画像を表示させる。黒っぽいパウンドケーキのようなお菓子だった。画像を見てすぐ野崎くんが首を横に振った。

「もっと白かったはずです。それに少しだけ緑がかっていました」

「やっぱり違っていたか。でも緑かあ」

真雪くんがうなる。私は真っ先にほうれん草を思いついた。子どもに栄養を取らせるため、お菓子に野菜を練り込むのは珍しくない。真雪くんが抹茶で、加藤さんはピスタチオと、異なる想像をしていた。どれも決め手に欠ける印象だ。

真雪くんが困り顔で腕を組む。

「具体的な味は思い出せる？」

「正直かなりうろ覚えなんです。チーズケーキが近かったように思うのですが」

ベイクドチーズケーキなら大きな焼き菓子みたいな見た目とも合致している。だけど野崎くんがすぐに可能性を否定した。

「父は乳製品が嫌いなんです。料理に使うバターくらいなら気にしませんが」

野崎くんのお父さんは、自宅の冷蔵庫にある牛乳の類いには一切手を出さないらしい。

外食でも乳製品の入った料理を避けているそうだ。

野崎くんの家庭での家事は父方の伯母さんが手伝っていた。「弟は小さい頃から牛乳が全然ダメなのよ」と言い、ホワイトシチューやグラタンなどを一切作らないという。

真雪くんが口元に手を当てる。

「お父さんの味の好みを教えてもらえるかな」

「父は甘いものがそんなに好きじゃないんです。いわゆる辛党で、家ではワインをよく飲んでいます」

自宅では生ハムや缶詰のパテなどお酒に肉類を合わせて楽しんでいるらしい。野崎くんのお母さんは、夫のために年に一度の誕生日にだけケーキを作っていた。それは洋菓子が元々好みではなかったせいなのだ。

加藤さんが元気よく手を挙げる。

「小さい子に早いとなると、アルコールが入っていたとか？」

リキュールやラム酒をたっぷり使った洋菓子はたくさんある。でもそれだけで特定は難しそうだ。野崎くんが口を開く。

「何年か前の誕生日に、ケーキが食べたいか聞いたことがあります。父は『あいつのケーキ以外は食べる気が起きないな』と言っていました」

あいつとはお母さんのことだろう。その際に野崎くんは「どんなケーキだった？」と訊ねたらしい。だがお父さんの返事は「わからない」だった。

野崎くんのお父さんは料理に全く興味がなく、厨房《ちゅうぼう》に立ったことさえほとんどなかった。お父さんがレシピを覚えていることを期待するのは難しいそうだ。

続いて野崎くんは誕生日の後の印象的な出来事を教えてくれた。

「母は決まって誕生日の翌朝に父の体調を気遣っていました」

だが野崎くんのお父さんは問題ない様子で出社したそうだ。

加藤さんが私を見つめてきた。

「菓奈先輩、何か気づかないですか？」

「ご、ご、ごめん……」

真雪くんにもわからない洋菓子なのだ。私に正体を突き止めるのは無理だ。真雪くんが首をひねる。

「ごめん、さっぱりわからない。色々考えてみるから、少し時間をもらっていいかな」

「お願いします」

野崎くんが頭を下げると、昼休みの終わりを告げる予鈴が鳴った。すぐに午後の授業がはじまる。結局私はほとんど黙っていた。完全に役立たずである。解散になり、保健室からそれぞれが出て行く。悠姫子さんはベッドで横になり、小さな寝息を立てていた。

2

放課後に保健室をのぞいたけれど、悠姫子さんの姿はなかった。仕方なく正面玄関に向かい、スニーカーに履き替える。校舎から出たところで背後から呼ぶ声が聞こえた。

「菓奈先輩、これからお帰りですか」

「あ、ああ、か、加藤さん。あ、あの、えっと、その……」

加藤さんはショートカットの前髪を、ハートのヘアピンで留めていた。いつもと違った雰囲気を可愛《かわい》いと思った。でも褒めるための言葉が出てこない。加藤さんが心配そうに私の顔をのぞき込んできた。

「吃音《きつおん》、大変そうですね。治す練習とかってやってるんですか？」

突然吃音の話題を振られ、混乱してしまう。

「え、ええと、その……」

私の吃音について、ほとんどの人は話題を避ける。真雪くんや悠姫子さんはそのまま受け入れてくれているけれど、積極的に触れようとはしない。でも加藤さんは以前から、遠慮なく直球で質問をぶつけてくる。

「そ、その、な、何もしてないんだ。き、吃音って、治療しても、な、治るか、わか、わからない、から……」

「そうですか」

加藤さんが軽い調子で返事をする。

吃音を治すために、私は何もしていない。

自宅のパソコンのブラウザには、吃音症に関するホームページがいくつもブックマークしてあった。たまに眺めるのだが、そのたびに暗い気持ちになる。

吃音は絶対に治ると断言している人もいる。科学的に解明されていないため、治す方法はわからないと説明するサイトもある。

数多くの情報をながめていると、どれを信じていいのかわからなくなる。

吃音の矯正や改善をうたう教室はたくさん開かれていた。市内で最も大きい駅の近くでも開講している。どこも独自の方法論を打ち出し、成功実績を宣伝している。

私に合っている教室もあるのだろう。でもだめだった場合のことを考えてしまう。もし失敗したら、次の方法を探すのだろうか。それでも成果がなかったら他に行くのだろうか。

最初の一歩が怖かった。あきらめるための理由を探し、結局何もできないでいた。

返事をしてから、加藤さんは黙り込んだ。二人並んで無言で廊下を歩く。

情けないことくらい、わかっている。やってみなければわからない。言い訳ばかりで何もしないのは怠慢に過ぎない。加藤さんにもそんな風に思われている気がして、いたたまれない気持ちになる。

加藤さんは私にたくさん話しかけてくれる。積極的に親しくなろうとしてくれる人がいるのはありがたいことだ。でもコミュニケーションが苦手な私は、戸惑いも感じてしまう。

校門までの道を並んで歩く。加藤さんが深刻そうな表情を浮かべる。

「野崎くん、お父さんとの関係に悩んでいるようなんです」

加藤さんは野崎くんに、お父さん本人に直接聞くことを提案したらしい。サプライズにはならないけれど、現状では全く見当もつかない。だけど提案に野崎くんは複雑そうな表情を浮かべたそうだ。

「追及したら、最近全然お父さんと会話をしていないらしくて」

野崎くんのお父さんは極めて無口らしい。さらに仕事が激務で、自宅で顔を合わせることがほとんどないそうなのだ。

だけど昔は違っていたらしい。野崎くんのお母さんが橋渡しをしていたのだ。常に笑顔を絶やさず、夫と息子に話題を振っていた。家庭は明るさに包まれていたという。

お母さんを失って以降、お父さんは仕事を増やした。現在は父子の交流がほとんどないそうだ。誕生日にケーキを再現することで、関係修復のきっかけにしたいのだろう。

校門を出ると、目の前をバスが通過した。

「ヤバい、バスが行っちゃった」

スマホを取り出し、時刻を表示させる。目的の便に乗れなかったらしい。だけど加藤さんに焦っている様子はない。時刻表を確認すると、次のバスは二十分後に来るようだ。

「菓奈先輩、時間が空いたんでちょっと付き合ってください」

「う、うん。いいよ」

素直に頼める性格を羨ましく思う。停留所のそばで立っていると、帰宅する生徒たちが背後を通り過ぎていった。

加藤さんが真正面を見つめる。二車線の道路があり、車が行き交っている。その先には住宅街が広がっていた。五月に入り、暖かな日が続いている。街路樹の緑が濃くなっていた。コンクリートブロックの隙間から雑草が元気よく生えている。

「本音を言うと、野崎くんにはちょっとだけ共感しちゃうんです。片親同士ですから。こっちは死別じゃなくて、離婚で母子家庭ですけど」

加藤さんが中学一年のとき、両親が離婚したのは前に聞いたことがある。そのせいで転校することになったのだ。原因はお父さんの浮気だったと、加藤さんはいつもの気軽な調子で口にした。私はうなずくことしかできない。

「親の離婚があって、母の実家に引っ越したんです。転校はすごく悲しかったなあ。中学一年のときは、本当に楽しかったから」

加藤さんは通学のためにバスと電車を乗り継いでいる。徒歩通学の私より毎朝一時間以上早く自宅を出発するらしい。

加藤さんが眉間に皺を寄せる。

「居場所って簡単に壊れちゃうんです。それを知ったからこそ余計に、拠《よ》り所《どころ》である親との距離を何とかしたいって考えるんでしょう。勝手な想像ですけどね」

中学以降、学校は私にとって安らげる場所ではなくなった。そのため高校では息を潜めることに決めた。だけど今の私には大切な友達がいる。学校に来ることが本当に楽しくなった。失うなんて想像するのも嫌だった。

「の、の、のざ、野崎くんの思い出の、け、ケーキ、わかるといいね」

私がそう言うと、加藤さんは満面の笑みを浮かべた。

「そうですね！」

背後にバスを待つ生徒が並びはじめていた。他愛ない雑談を続けると、しばらくしてバスが停留所の前に滑り込んでくる。空気の抜ける音がしてドアが開いた。

「お付き合いいただき感謝です。それでは菓奈先輩、さようなら！」

加藤さんが手を振り、バスに乗り込む。他の生徒たちが続いて乗車していく。車内が人でいっぱいになり、加藤さんがどこにいるのかわからなくなった。緩やかに速度を上げ、バスは遠ざかっていった。

だけどその数日後、調査は打ち切りになる。野崎くんがケーキの件を忘れたいと言い出したのだ。

翌日の昼休み、私は保健室で真雪くんや悠姫子さんと一緒にパンデピスを食べていた。作ったのは真雪くんである。会話を聞いていた悠姫子さんが食べたいとねだったのだ。

パサパサとした食感だった。たくさんのスパイスが使われ、複雑で刺激的な香りが鼻を抜けていく。漢方薬みたいな味もして、人を選ぶ洋菓子だと思った。

フランスでもクッキーみたいなものからケーキに近いものまで様々な種類があるらしく、真雪くんが作ったのはパンに近い味わいだった。乳製品が食べられないという野崎くんのお父さんを想定して、バターなどの油分を控えめにして調理したためだという。

悠姫子さんは紅茶を欲しがっていた。陶器のカップを傾けながらお菓子をたしなむ姿は、きっとお似合いに違いない。

乱暴に戸が開き、加藤さんが入ってきた。不機嫌そうな表情だ。開口一番、驚くことを言い出した。

「野崎くんがケーキの件は調べなくていいと言い出したんです」

「え、ど、ど、どういうこと？」

加藤さんがオフィスチェアに腰かける。原因は野崎家に起きた重大事件だった。

野崎くんは今朝早くお父さんから声をかけられた。お父さんの誕生日にレストランのディナーを予約したと言われたのだ。意外な申し出に驚いていると、紹介したい女性がいると告げられる。相手は会社の後輩で、結婚を前提に交際中だという。

「平静を装ってたけど、かなり動揺してるっぽいです」

はじめは加藤さんに対して「もう調べなくていい」の一点張りだったそうだ。だけど納得のいかない加藤さんが無理やり事情を聞き出したらしかった。

悠姫子さんがベッドの上で小さく伸びをした。

「母親の象徴といえるケーキを再現しようとしたら、父親から母親を不要だと突きつけられたように感じた、ってとこかしら」

悠姫子さんの意見に私も同意する。でも加藤さんの顔には不満が表れていた。

「私はやっぱりケーキを特定して野崎くんに伝えたいです」

「本人が必要ないって言ってるなら、もういいでしょう」

悠姫子さんは興味をなくしたようで、ベッドで横になって背中を向けた。

「だけど気になるじゃないですか。菓奈先輩の考えはどうです？」

「え、えと、そ、そそ、それは……」

急に話を振られ、言葉が出てこない。

私自身は何も協力できていない。ただ真雪くんや加藤さんは時間を割いているから、今までの苦労が無駄になる。わからないまま、中途半端な気持ちも残る。

だけど野崎くんの家庭の問題なのだ。勝手な詮索《せんさく》は失礼だと思った。

「や、やめるのは、し、仕方ないと思う」

私の返事に、加藤さんは不満そうに唇を尖《とが》らせた。

「お母さんとの大切な記憶は、知っておいたほうがいい気がするんです」

できることはきっと、もう何もない。チャイムが響き、昼休みの終わりを告げる。小さな疑問を胸の奥にしまい込み、私たちは教室に戻った。

3

翌日は土曜で、私はお昼ご飯の後に買い物へ出かけた。ブルージーンズとねずみ色のパーカーという格好で青空の下を歩く。雲が丸みを帯びていて、徐々に夏へ向かっていくことを感じさせた。

輸入食料品店でヘーゼルナッツを購入して、次は書店へ向かう。コミックコーナーを眺めていると好きな漫画家の新刊本が目に入った。財布と相談してからレジに運ぶ。

帰り道に広い公園があった。歩いていると、漫画を読みたくて我慢できなくなってくる。ベンチに腰かけて読むことにした。

お日さまの下だと紙をいつもより白く感じた。作品の世界が一層輝いているように思える。半分ほどで目が疲れてきて、本を閉じる。ゆうという主人公を巡る恋愛物語は佳境を迎えていた。家で続きを読むのが楽しみだ。

私は公園を散策することにした。端から端が見えないくらい大きな公園だった。園内に小川まで流れている。小学校の遠足で来たこともあって、昔を思い出しながら歩いた。

川にかかる橋を渡る。ひとりの少年がたたずんでいた。欄干に手を載せ、小川を見つめている。チノパンと長袖のシャツという格好で、小柄な背中に見覚えがあるような気がした。見つめていると少年が振り返り、目が合った。

「あ……」

私は思わず声を漏らす。私服の野崎くんだ。私に気づいて会釈《えしやく》してくる。焦っていると、野崎くんが近づいてきた。

私はコミュニケーションのために心の準備が必須だった。街中で知り合いに遭遇しても基本的には見ないふりをする。真雪くんや一之瀬さんでも同じ行動を取るだろう。だけど相手から近づいてきたら逃げるわけにはいかない。

「沢村先輩ですよね。こんにちは」

「ええと、こ、こんにちは」

「この辺、近いんですか？」

野崎くんは気軽に話しかけてくる。気持ちを落ち着かせ、私は笑顔を取り繕う。

「あ、あ、歩いて十分も、か、かからないよ」

私の吃音は年下相手だと比較的治まる。理由はよくわからない。

野崎くんが驚いた様子で私の出身中学を聞いてくる。何と私と野崎くんは中学が同じだった。一学年の違いだから、二年間も一緒の校舎に通っていたのだ。

「野崎くんは、こ、ここによく来るの？」

「小さいころ、お母さんと一緒に遊びました」

学校では母と呼んでいた。今は気が緩んでいるのだろう。野崎くんが小川に視線を向ける。幼い子どもが水辺で母親と遊んでいる姿が見えた。

「この前は突然依頼を中断して、すみませんでした。今度ちゃんと謝罪に行きます」

野崎くんが頭を下げる。

「う、ううん。わ、私はいいの。でも、加藤さんには、ちゃんと謝ったほうがいい、か、かもしれない。すごく、き、気にしていたから」

野崎くんが申し訳なさそうに目を伏せた。

「加藤って、本当にいいやつですよね」

「そ、そうだね」

野崎くんはクラスでの加藤さんのことを教えてくれた。困っている人がいたら積極的に話しかけ、みんなから好かれているらしい。クラスの中心にいるのが容易に想像できた。野崎くんが思い出し笑いを浮かべる。

「みなさんに会って、加藤の敬語を初めて聞きました。何かおかしくないですか？」

「えっと、ど、どこだろ」

加藤さんの言葉遣いを思い出す。でも変だと感じたことはない。野崎くんは不思議そうに首をひねった。

「気のせいかな。具体的な理由を聞かれると困るのですが、なぜか違和感があるんです。いつもの大げさな身振り手振りも控えめだし」

遠慮のない加藤さんは、誰に対してもタメ口を使ってもおかしくない。だから敬語を使う姿にちぐはぐな印象を抱いたのかもしれない。身振り手振りの件は気づかなかった。

「それじゃあ、行きますね」

野崎くんが去ると、解放されたような気がした。決して相手が嫌いなわけではないのだが、あまり親しくない人と喋《しゃべ》るのは疲れてしまう。

風が冷たさを帯びはじめている。私も帰ることにした。

野崎くんと視線が合った瞬間を思い出す。はっきりとはわからなかったが、目を潤ませていたような気がした。思い出の公園で亡き母親へ想いを馳《は》せていたのだろうか。

野崎くんはケーキについて知りたいと願った。お父さんとの関係のためでもあるのだろう。でも本人にとっても大事な思い出のはずだ。

本当はケーキの正体を知りたいんじゃない？　野崎くんと話している最中、ずっと頭のなかに質問があった。だけど吃音とは関係なく、私の口から出てきてくれなかった。


自宅に戻った私を、三歳になる弟が出迎えてくれた。ライオンの絵柄の服を着て、私の足に抱きついてくる。甘えん坊な翔太郎《しょうたろう》は、いつも家族の誰かとくっつこうとする。

「おねえちゃん、おかえりなさい」

「ただいま。まずは手を洗わせてね」

頭を撫《な》でると、柔らかい髪の毛が手のひらをくすぐった。

弟の前では、私は吃音にならない。他にも両親や近しい親戚、吃音が出る前である小学校時代の知り合いの前でも、たまに言葉がつっかかる程度だった。

私の帰りを待っていたらしく、母が買い物の準備をはじめた。自室で手早く部屋着に着替え、翔太郎と遊ぶことにした。

「お腹《なか》が空《す》いたって翔太郎がぐずったら、冷蔵庫の牛乳を飲ませてね」

「わかったよ。いってらっしゃい」

母を見送る。画用紙を出して、翔太郎と一緒にお絵かきをして遊んだ。動物の絵をせがまれたので、ゾウやキリンの絵を描いてあげる。

ふと思い立ち、両手にクレヨンを持った。両手を同時に動かし、左右対称にライオンの絵を描く。翔太郎は私の特技に驚き、手を叩《たた》いて喜んでくれた。

私は元々、左利きだった。だが幼いころに両親に矯正させられた。左手を縛られ、右手で鉛筆や箸を持つ特訓をさせられたことをよく覚えている。その結果、私は左右どちらの手でも文字や絵を書けるようになった。

吃音の原因として、左利きの矯正が挙げられることがある。

医学的な因果関係は解明されていない。だけど吃音のある人に、幼少時に利き腕を矯正された人が多いのは事実らしかった。生まれ持った資質を無理やり抑え込むことで、歪《ゆが》みが吃音として現れるのかもしれない。

配膳やハサミ、文字の書きやすさなど世の中は右利きを基準に作られている。左利きのままでは不便なことが多い。だから両親は私のためを思って躾《しつけ》をしたのだろう。

だけど私は、矯正のせいで吃音が出たという思いをずっと抱えていた。それは両親へのわだかまりとなって、胸の奥でくすぶり続けている。

両親は私のことを吃音症だと思っていない。親の前では問題なく喋れるからだ。たまに症状が出ても、私が焦って喋っているだけだと思い込んでいる。

両親に打ち明けたこともある。だけど父も母も、よくわからないという顔をした。

普通にできるはずのことができない状態を、できる側が想像することは難しい。海外では吃音症を障害として認定している国もある。自分の子どもに、そんな症状があることを親として認めたくないのだと思った。説明しても、「あなたはそんなことない」と聞き入れてくれなかった。

吃音のイメージも原因だろう。テレビドラマになっている有名な芸術家を真っ先に思い浮かべる人は多い。でもあれはかなり重度な吃音だ。もっと軽度で、でも日常生活に支障をきたす人はたくさん存在している。

両親のことは好きだし、感謝もしている。ちゃんとした教育をしてくれたし、元気でいてくれる。衣食住に困ったこともない。それはとても素晴らしいことだ。でもいつかは娘が吃音という事実を認め、受け入れてほしいとずっと願っている。

「おねえちゃん、おなかすいた」

「はいはい、ちょっと待っててね」

冷蔵庫から牛乳を取り出した。だけどそのまま飲ませると、お腹が冷えて下してしまう。カップに移して、短い時間だけ温めることにした。

「あ……」

頭の中にある考えが浮かぶ。電子レンジのブザーが鳴り、翔太郎がスウェットにしがみついてくる。それでも動かない私を不思議に思ったのか、翔太郎がきょとんとする。

「ごめんね」

電子レンジからカップを取り出し、スプーンでかき混ぜる。ぬるめの牛乳を渡すと、翔太郎はちびちびと飲みはじめた。

私はその隙にパソコンを立ち上げ、インターネットで検索した。すると期待通りの情報が手に入った。確証はないが、試してみる価値はあると思った。実際に作って野崎くんに味見をしてもらえば、真偽はすぐに判明するだろう。

ただ野崎くんはもう、ケーキの正体を知りたいと望んでいないのだ。だけど私の胸には、公園で見た悲しそうな瞳が強く焼きついていた。


週明けの放課後、私は保健室で悠姫子さんに推理を打ち明けた。悠姫子さんは薄手の白いパーカーに、下は制服のスカートという格好だ。

悠姫子さんは推理を面白がってくれた。

「あの一年男子に話せばいいんじゃない？」

「う、鬱陶《うっとう》しいと、思われませんか？」

「その可能性もあるでしょうね」

「そ、そうですよね。おせっ、お節介、ですよね」

私が顔を伏せると、悠姫子さんが肩を竦《すく》めた。

「でも菓奈はあの男子に知ってもらいたいわけだ」

悠姫子さんの指摘通りだ。なぜ野崎くんに伝えたいのか、私は考え続けていた。

まず思いつくのが自己満足だ。推理が正解だと分かると嬉しい。自分の能力を証明し、誇示したいという欲求だ。

でもやっぱり、野崎くんの悲しそうな瞳が忘れられない。推理が野崎くんの辛《つら》さを和らげることを期待している。一見すると優しさのように見える。でも感謝されることで、いい気になるのが目的かもしれない。

何より野崎くんから調べなくていいと言われている。私の行動は余計なお世話に過ぎない。そんなことばかりが昨日からずっと頭をぐるぐると回っていた。

途切れとぎれに、胸のうちを打ち明ける。悠姫子さんは面倒そうに鼻を鳴らした。

「菓奈の好きにすればいいわ」

明快な答えだった。選ぶのは結局私自身なのだ。

そこで戸が開き、加藤さんが入ってきた。

「こんちはー。あれ、菓奈先輩、なんか深刻な顔してるっすよ」

「え、ええ、えっと」

悠姫子さんがいたずらっ子のように笑った。

「ナイスタイミングね。菓奈が例のケーキの正体を突き止めたらしいわ」

「本当ですか！」

口止めしていたわけではない。でもいきなり広められるとは想定していなかった。非難の目を向けても、悠姫子さんは悪びれる様子さえ見せない。加藤さんがスマホを取り出す。

「野崎くんに教えなきゃ」

「あ、ちょ、ちょ、ちょっと待って」

慌てて制止する。加藤さんはディスプレイに人差し指を置いた姿勢で固まった。

「どうしたんですか？」

「の、野崎くんは、け、ケーキのことを、調べな、な、調べなくていいって」

加藤さんが口を尖らせる。

「強引に調べるのは違うでしょうけど、菓奈先輩がせっかく解いたわけですよ。知らせたほうがいいです」

「で、でも、野崎くんが、い、い、嫌がったら……」

加藤さんは即座に反論した。

「怒られたら謝罪すればいいんです。別に誰かが損するわけじゃないんですから！」

断定口調に私は何も言えなくなる。悠姫子さんが笑いをこらえている。

「葵くらいシンプルなほうが人生楽しそうね」

加藤さんは文章入力に夢中で、悠姫子さんのつぶやきは耳に届いていないようだ。

一之瀬さんや佐伯橋先輩など、加藤さんは色々な人たちとすぐに仲良くなれる。それは私が躊躇《ちゅうちょ》する一歩を踏み込める性格のおかげなのだろう。

時には距離感を誤り、疎まれることもあるはずだ。でも取り返しのつかないことなんてめったに起こらない。謝れば済むことのほうが多いに違いない。そんな生き方は勇気が必要そうだけれど、代わりにたくさんの大切なものを手に入れられるように思えた。

「早速、野崎くんから返事が。やっぱり知りたいって」

得意げな笑みで、ディスプレイを私たちに掲げた。私が足踏みしていた場所を軽々と飛び越える加藤さんを眩《まぶ》しく感じた。

「あ、ああの、加藤さん」

「……なんすか。結果的によかったから、いいじゃないですか」

「う、ううん。な、なんでもないよ」

私が怒っていると思ったのか、加藤さんは警戒した態度だ。お礼を伝えたかったのだけど、それもおかしい気がして何も言えなかった。

4

明くる日の夕方、保健室に来た野崎くんの表情は暗かった。ベッドの定位置には悠姫子さんがいて、加藤さんは足元の辺りに座っている。真雪くんはパイプ椅子に座り、野崎くんは養護教諭のオフィスチェアに腰かけた。私は箱を手に立っていて、全員の注目を浴びていた。

真雪くんが私の手にした箱を指さした。

「それが例のケーキ？」

「う、うん。そうだよ。き、昨日つく、作ってきたんだ」

問題のケーキのレシピはそれほど難しくない。私も何度か作ったことがある有名な洋菓子の素材を、ひとつだけ入れ替えればいい。箱を開け、一同に披露した。

「た、多分、こ、こ、これが、野崎くんの、お、お、お母さんが、えと、つく、つく、作っていた、け、ケーキ……、のはずです、多分。おそらく」

言いながら自信を失っていく。箱には円形のケーキが入っていた。加藤さんが驚きの声を上げた。

「これってチーズケーキですよね」

加藤さんは私の推理を聞いていない。当日まで楽しみにしたかったらしい。野崎くんが不満そうに口を開く。

「父は乳製品が嫌いだと話しましたよね」

野崎くんの疑問は当然だ。だけど情報を総合した結果、チーズケーキという結論に行きついたのだ。私はゆっくり深呼吸をした。

「り、理由を、せ、説明するね」

まず乳製品が嫌いだという点だ。野崎くんの伯母さんが、お父さんは乳製品がだめだと話していたのが気になった。だめという言葉は嫌いという場合もあり得るが、幾通りかの解釈が考えられる。例えば、味自体は好きでも体質的に受け付けないケースだ。

続けて気になったのが、誕生日の翌日に野崎くんのお母さんがお父さんを気遣っていた事実だ。そこまで話した時点で、真雪くんが声を上げた。

「ひょっとして、乳糖不耐症？」

「う、うん。さすがだね」

洋菓子には多種多様な乳製品が使用される。そのため真雪くんも乳糖不耐症について知識を持っていたみたいだ。他の人たちは知らなかったので、真雪くんが解説を買って出てくれる。喋る分量が減るのはありがたかった。

「牛乳には乳糖、別名ラクトースと呼ばれる糖質が含まれているんだ。乳糖が小腸に届くとラクターゼという分解酵素によって分解され、吸収される仕組みになっている」

乳幼児の段階では誰でもラクターゼが活発に働いていて、母乳に含まれる乳糖を分解することができる。

「だけどもともと牛乳を摂取してこなかったせいなのか、日本人は成人になるに従って酵素が減少していくんだ。欧米人はラクターゼが減少する人の割合が非常に少ないみたいだね」

人によっては、ラクターゼの活動がほとんどゼロになってしまう場合もある。そういった人が牛乳を摂取すると、腸内で乳糖を分解することができない。すると腸に多量の乳糖が溜《た》まる。その結果、浸透圧の関係で下痢が起こったり、腸内細菌がガスを発生してお腹がゴロゴロ鳴ったりするのだ。

こうした症状が乳糖不耐症と呼ばれている。日本人の半分から八割以上の人が、こういった性質を持っているという研究結果もあるそうだ。猫などの動物も乳糖不耐症で、牛乳を与えるとお腹を壊すことがあるらしい。

「野崎くんはお父さんに、乳糖不耐症か聞いたことある？」

真雪くんから訊ねられ、野崎くんは顔を強張《こわば》らせた。

「父が乳糖不耐症かどうか、……俺にはわかりません」

どれだけ近くにいても、コミュニケーションを取らなければ理解し合うことは難しい。野崎くんはお父さんが牛乳を嫌いだと勘違いしていた。でも実際は違ったのだろう。

悠姫子さんがベッドの上で手を伸ばす。私は近づき、悠姫子さんに箱を渡した。

「でも乳糖不耐症なら、なおさらチーズケーキを食べられないんじゃない？」

チーズケーキはカットしてある。悠姫子さんが一片を手に取り、軽くかじった。すると目を大きく開いて、ケーキをまじまじと見つめた。

「これ、何のチーズを使ってるの？」

「ぶ、ぶ、ブルーチーズです。じゅ、熟成の進んだ、ち、チーズは、乳糖が、その、分解、さ、されてるんです」

チーズは発酵の段階で乳糖が分解される。そのためラクターゼの働きが弱い人でも乳糖不耐症が起こらないのだ。ただしモッツァレラやリコッタ、クリームチーズといったフレッシュなチーズは乳糖がそのままなので不耐症を起こしてしまう。

熟成の進んだチーズには、ゴーダチーズやカマンベールチーズなどがある。その中で私はゴルゴンゾーラという青カビのチーズを選んだ。

「なるほど。青カビのチーズを使ったから、うっすら緑っぽいわけか」

悠姫子さんがケーキを全員に見えるように掲げた。見た目はベイクドチーズケーキだが、断面がほのかに緑がかっている。

青カビというが色は緑だ。見た目が個性的で最初は抵抗を感じる。だけど食べてみると濃厚なコクと塩気が相まって、独特の癖がたまらない味わいだった。

弟と遊んでいるとき、この可能性を思いついた。

私は翔太郎のお腹が緩くならないよう牛乳を温めた。ただ世間には牛乳を飲むだけでお腹を下す人がいる。もしかしたら野崎くんのお父さんは牛乳が嫌いなのではなく、体質的に飲めないのではないか。そう考えて調べたところ乳糖不耐症に行き当たり、熟成されたチーズは乳糖が分解されているという情報を知った。

「僕もいただこうかな」

真雪くんが手を伸ばし、チーズケーキを口に入れた。他の誰よりも真雪くんに食べられるのが緊張する。ゆっくり口を動かし飲み込むのを、息を呑んで見守った。

「チーズが濃厚で食べ応えがあるね。塩気がかなり効いてる。これだけ癖が強いと、小学生には早いだろうなあ」

塩気と癖もゴルゴンゾーラを選んだ要因のひとつだ。野崎くんのお父さんは甘いものを食べず、ワインが好きだと言っていた。だから個性が強く、塩分の多いチーズを使ってみたのだ。

緑色を出すためには、チーズの割合をかなり増やす必要があった。完成品は洋菓子よりもオードブルに近い。試作品を父に食べさせたところ、お酒に合うと太鼓判を押された。

「うわ、これは」

加藤さんが渋い顔になる。好き嫌いの分かれる味なので、加藤さんの舌には合わなかったようだ。

真っ先に食べ終えた悠姫子さんは、舌先で唇を舐《な》め取った。

「乳製品を口にしなかったのに、お母さまの作ったケーキは食べていた。それって多分、信頼していたからじゃないかしら」

野崎くんのお父さんは「あいつのケーキ以外は食べる気が起きないな」と話していた。おそらく重度の不耐症だったのだろう。たとえ乳糖が分解されていても、乳製品を摂取するのは不安を覚えたはずだ。その証拠に現在も乳製品全般を口にしていない。

野崎くんが箱へ手を伸ばす。扇形にカットされたチーズケーキを手にして、先端を軽くかじる。野崎くんは眉を上げてから、すぐに口元を歪めた。

「この味です。臭いがきつくて癖があって、全然ケーキらしくない。俺にはまだ、この味は早いみたいです」

言葉とは裏腹に口調は穏やかだ。ゆっくりと噛《か》んでから飲み込む。顔をしかめながら、残りのケーキを食べ進める。目元にはほんのり、涙が浮かんでいた。


保健室に入ってすぐ、加藤さんは沈んだ顔をしていた。

何があったのか心配していると、中間試験の結果が芳しくなかったらしい。五月末に試験があって、現在は六月頭になる。

加藤さんはテストの点数の書かれた紙を見せてくれた。我が校では全教科の点数が記入されたプリントが各生徒に配られる。主要教科の合計点が記され、クラスや学年における順位も掲載されているのだ。

「こ、これは……」

私は絶句する。吃音は関係なく、本当にかける言葉が出てこない。順位は想像以上に危険水域に達していた。加藤さんは養護教諭が不在のデスクに突っ伏した。

「私は本来、ここの高校に入れるほど成績が良くないんです。いるだけで奇跡なんです。自分で合格できた理由がわからないんです。だから私の存在に感謝してください」

加藤さんがよくわからないことを言い出した。

「まあまあ、次にがんばればいいよ」

真雪くんが当たり障りのないフォローをする。すると加藤さんは真雪くんに迫り、試験結果の紙を無理やり奪っていた。

「……先輩だって大差ないんだけど」

加藤さんが私に真雪くんの成績が記入された紙を渡してくる。勝手に見ていいか迷ったが、興味があった。怒られるのを覚悟して見ることにした。

真雪くんの成績も良好とは言えなかった。全教科が見事に平均点を下回っている。わずかに文系科目のほうが上だが、どっちもどっちである。

「次はがんばる予定だから」

真雪くんはのんびりした口調で、全く焦っていない様子だ。

「さて、次は菓奈先輩ですね」

「えっ、ええっ」

個人情報を見せるのは恥ずかしい。反抗するが、嬉しい気持ちがあることは否定できなかった。互いの成績を見せ合って騒ぐ教室の風景を、内心では羨ましく感じていた。

私は嫌々という態度を装い、紙を差し出した。受け取った加藤さんが、見た途端に天井を仰いだ。

「世の中は不公平だ！」

今回の中間試験の成績はかなり良かった。理数系は満点に近く、文系科目も平均点を上回っている。主要科目の学年順位は上位十パーセント以内に入っていた。理数系科目だけに絞れば学年で五位以内だと思われた。

「私は見せないわよ」

悠姫子さんは優雅な態度でぴしゃりと言った。定期試験は保健室で受けているという。自己申告では可もなく不可もなくの成績らしかった。

「そうだ。試験続きで報告が遅れてたんですが」

ひとしきり騒いだら、加藤さんも試験結果のショックから立ち直ったようだ。思い出したように野崎くんのその後について教えてくれた。

ゴルゴンゾーラのチーズケーキは、真雪くんの監修で大幅に修正が加えられ、完璧なレシピに仕上がった。野崎くんは悪戦苦闘しながら完成させ、誕生日の前日に渡したそうだ。

亡き妻が作っていたケーキの味に、お父さんは戸惑いを見せたそうだ。だがすぐに喜んで平らげたらしい。その後、野崎くんはお父さんとゆっくり語り合った。普段会話をしない分、話は尽きなかったという。

「お父さんとの仲は良好のようです。今度、お父さんの交際相手と一緒に、三人でお母さんのお墓へ行くそうですよ」

「そ、それはよ、よかった」

私の推理は父子が会話するきっかけを作れたらしい。真相を言い当てられたことは気分がよかった。それは多分自尊心が充足したためだ。でもそれと同じくらい誰かの役に立てたことも嬉しかった。

「あ、あの、加藤さん」

「何ですか？」

「え、えっとね……」

加藤さんがいなければ推理を伝えられなかった。でも、どうやってお礼を言えばいいかわからない。だから私は別の形で一歩を踏み出すことにした。深呼吸をして、心の準備を整える。

「あ、ああの、今度みんなで、い、一緒に、ケーキを食べに、い、い、行かない?」

加藤さんがにんまりと笑みを浮かべ、腕をからめてくる。翔太郎以外の人にここまでくっつかれるのは、小学校時代に懐いてきた後輩以来かもしれない。

「菓奈先輩から誘ってくれたの、これが最初ですね」

「そ、そそそ、そうだったかな」

あらゆることに躊躇《ためら》ってきた。だけど今後は色々なことに、ほんの少しだけ踏み込んでみよう。辛い思いをするかもしれない。でもきっと楽しさもたくさん待っているはずだ。

「美味《おい》しいケーキ屋さん、紹介してくださいよ!」

腕を引っ張られ、私は危うく転びそうになる。そんな強引さを、私は心地良く感じた。

第6話

クッキーが開けられない

1

異変は一つの宅配便からはじまった。

平年より早い梅雨入りを迎えた六月はじめ、明け方から雨が降り続けた。校庭が池みたいに水浸しになっている。空気が湿り、ブラウスが肌に張りついた。

放課後、私は保健室を目指して歩いた。鞄《かばん》には小さな紙包みが入っていて、渡す相手の反応を想像する。喜んでもらえたらと考えながら戸を開けると、嗅《か》ぎ慣れた消毒液の匂いがした。

ベッドに座る悠姫子さんの正面に、スーツ姿の大柄な男性が立っていた。

「篠田、確かに渡したぞ」

部屋に低い声が響く。名前の知らない先生だ。五十歳くらいで、不機嫌そうに眉間に皺《しわ》を寄せている。

男性教諭が近づいてきた。すれ違いざまに視線を向けられ、私は目を逸《そ》らす。戸が閉められ、保健室が沈黙に包まれた。養護教諭は今日も席を外しているようだ。

悠姫子さんは小さな箱を手にしていた。箱に有名な宅配業者のマークが印刷してある。

「わたしの名前宛てで高校へ送られてきたらしくて、荒井《あらい》が持ってきたの」

顔を上げると、腰近くまである黒髪が流れるように肩を滑った。先ほどの教諭は荒井という名前らしい。悠姫子さんはいつもの気怠《けだる》そうな態度のまま、箱を差し出してきた。伝票に丸岡道子《まるおかみちこ》という差出人の名前が記してあり、品名はクッキーとある。

「それ、菓奈にあげる」

悠姫子さんがベッドの上で横になった。

「そんな、えと、で、でも……」

なぜ箱を開けようともせずに、私に渡そうとするのだろう。理由を訊《たず》ねたかったけど、言葉は喉のあたりで詰まってしまう。それでも悠姫子さん相手なら、何とか喋《しゃべ》ろうとすることができる。

「あ、あの、その、でも、えっと……」

「あげると言っているでしょう」

強い語気によって遮られ、目の前が真っ暗になる。真雪くんや悠姫子さんはいつだって、話し終えるのを待ってくれたはずだった。悠姫子さんは背中を向け、カバーにおわれた毛布にくるまった。

私は箱を持ったまま保健室を出て、戸を静かに閉めた。今日渡すと約束していたブラウニーは鞄に入れたままだ。

正面玄関から外を見ると、土砂降りの雨だった。傘を差して、水たまりを避けて校舎を出る。男子の集団の脇を通ると、頬に冷たさを感じた。男子が開いたままの傘を振り回し、ふざけあっていた。その飛沫《しぶき》が私に飛んできたのだ。

「人に迷惑かけるなよ」「お前最悪だな！」

非難し合っているけれど、私に謝る気配はなかった。目に涙が浮かんでくる。靴が濡《ぬ》れるのも気にせず校門まで駆け出した。

箱は開けなかった。翌日、返却するため保健室の前で待つことにした。だけど始業時間になっても悠姫子さんは登校してこなかった。昼休みにのぞいてもベッドは空のままだ。

その日から、眠り姫は保健室から姿を消してしまった。

悠姫子さんの欠席は土日を挟んで、三日目に突入した。週が明けても登校しないままだ。保健室を出てから、戸の前で立ち尽くす。昼休みが終わりに近づき、教室へ足を向けた。

「ちょっといいかな」

振り向くと、女生徒が二人並んでいた。リボンの色から三年生だとわかる。片方は髪を茶色に染め、うっすらとメイクをしている。スカートも短く、制服も着崩していた。もう一人は制服を校則通りに着た眼鏡の女性で、髪も黒く真面目そうな雰囲気だ。

「え、えっと……」

返事に詰まっていると、二人が自己紹介をはじめた。茶髪の人が高木原美波《たかぎはらみなみ》で、眼鏡の人が奥瀬華《おくせはな》という名前らしい。一年次に悠姫子さんのクラスメイトだったそうだ。

「え、えと、あの。ゆ、悠姫子さんのお友達を、や、やらせてもらっております。二年の沢村か、か、か、菓奈、です」

私の自己紹介に、高木原さんはびっくりした顔をした。奥瀬さんは無表情だ。

奥瀬さんが保健室をのぞきこみ、すぐに顔を引いた。

「ここ数日、篠田が休んでいると聞いたのだけど、本当だったのね」

「教室に来ないだけで、登校率は高かったのに。あんたは事情を知ってる？」

高木原さんから突然話を振られて焦ってしまう。丸岡道子さんの荷物について話してもいいのだろうか。軽々しく口にするのも気が引けるし、何より喋れる自信がなかった。

「す、すすす、すみません。わか、わからないです……」

喉の筋肉が強張《こわば》り、まともに発声できなかった。

「わからないか。突然声をかけて悪かったたね」

高木原さんはがっかりした様子だ。私は小さく礼をして、その場から離れることにした。振り返ると、背後から二人の会話が耳に入る。

「篠田のやつ、いつまであのことを気にしてるんだろう」

あのことって、何だろう。

二人は過去の悠姫子さんを知っている。教えてほしかったけれど、話しかけるのは怖かったし、勝手に聞き出す権利もないと思った。

廊下を曲がったところで立ち止まり、窓から外を眺めた。今日も雨が降っている。コンクリートの地面にできた水たまりに、丸い波紋がいくつも生まれていた。


真雪くんと加藤さんが並んで歩くのを後ろから追いかける。

「季節の変わり目は服選びが難しいね」

「そうですね。今日はちょっと気温が低いです」

雨が続いていた。空は厚い雲で覆われ、朝から急に冷えこんでいる。私や加藤さんはブレザーの上着を着ていたが、真雪くんはワイシャツ姿だった。

「土曜に、ひめちゃんのお見舞いに行ったんだ」

真雪くんは一昨日、手作りのケーキを持って悠姫子さんの家を訪れたそうだ。苺《いちご》を大量にあしらったショートケーキだったらしい。

「ひめちゃんの好物ではあるのだけど、僕はショートケーキは好きじゃないんだ。スポンジとクリームと苺だけだと味のバランスが悪いからね。でも日本においてケーキの代名詞で人気が高い。伝統的なフランス菓子を扱うパティスリーでも置かざるを得ない。だからこそ各店で趣向を凝らしていて、それを研究するのは楽しみでもある。ちなみに僕のレシピはスポンジの甘さを強くして……」

「あの、そ、そろそろ本題を」

真雪くんは残念そうにしながらも、すぐに真面目な表情を浮かべた。

悠姫子さんは学校への連絡通り、体調不良だと話していた。しかし真雪くんの印象だと健康そうだったようだ。

「ご家族……、僕から見ると祖父母だね。ひめちゃんが不登校になった時期と同じように、様子見をする方針らしい。基本的に放任主義だから」

「ゆきちゃんって、不登校だったの？」

加藤さんが私に視線を向けてくるけど、首を横に振ることしかできない。悠姫子さんが不登校だったなんて全く知らなかった。

「この件について、一番詳しい人から話を聞こう」

真雪くんが保健室の戸を開ける。磨《す》りガラスの先は蛍光灯が点《つ》いていた。

「失礼します」

室内に足を踏み入れる。ベッドには今日も悠姫子さんの姿がない。そして一人の白衣姿の女性が席について、書類に何かを書き込んでいる。私たちの気配に気づいて手を止めた。

「いらっしゃい」

養護教諭の及川《おいかわ》先生が手を止め、オフィスチェアごと体を私たちに向けた。

及川先生は三十代の女性で、ウェーブした髪を一つにまとめていた。柔和な物腰は男女問わず人気がある。すらっとした体型で、笑顔に温かみがあった。人に頼られる性格のようで、忙しいせいか席を外していることが多かった。

保健室にはオフィスチェアの他に、三人分の椅子が用意してあった。それぞれが腰を下ろす。真雪くんが頭を下げた。

「お忙しいところ、時間を作ってもらってありがとうございます。今日は、篠田さんが保健室登校をはじめたきっかけを聞かせてください」

「私が篠田さんから聞き取ったことと、当時の関係者から教えてもらったことに限るけどね」

及川先生が持っていたボールペンを、白衣の胸ポケットに入れた。

小さく息を吞《の》む。許されるのであれば、大切な友達について知りたかった。吹奏楽部が練習をはじめる音が遠くから聞こえてきた。

一昨年、悠姫子さんが高校一年の時の出来事だ。うちの高校では毎年秋に二日間の日程で文化祭が行われる。悠姫子さんのクラスは喫茶店をやることになったそうだ。

一年次の悠姫子さんのクラスは仲が良かったらしい。

「篠田さんはコミュニケーションが苦手で、緊張すると高圧的な態度になるの。本人が言うには怯《おび》えているだけらしいけど。ただ当時のクラスでは周囲に馴染《なじ》んでいたみたいね。喫茶店の準備もクラス一丸となって進めていたそうよ」

当時の悠姫子さんについて、及川先生はそう説明してくれた。愛想のない態度の理由については私も同感だった。バースデイケーキの件では無関心そうだったけれど、案外耳を傾けていた。多分、野崎くんに人見知りをしていたのだと思っている。

喫茶店の準備はいくつかの班に分けて進められた。

飾りつけを担当する設営班、食べ物や飲み物を用意する調理班、全体を指揮する統括班などがあり、悠姫子さんはウェイターやウェイトレスをする接客班に割り振られた。悠姫子さんは接客を嫌がったが、統括班から頼まれ断れなかったそうだ。あの容姿ならきっと目当ての客がたくさん入ってくるだろう。

喫茶店はアメリカの田舎をモチーフにしていた。コーヒーがメインで、お茶菓子としてクッキーを手作りする予定になっていた。

設営班の手によってカントリー風の内装が施され、保健所の検査を受けた調理班がお菓子を焼き上げる。舞台裏では電気ポットやゴミ袋などが統括班によって準備された。

段取りよく進行したおかげで、他のクラスや部活が前日まで準備に追われたのに対し前々日に全て終わらせることができた。前日は午後が全て準備時間になっていたため、クラスの面々は帰宅したり、部活での出し物の手伝いをするなど自由に過ごしたそうだ。

しかし文化祭当日の朝、教室から全てのクッキーが消えていた。

話を聞いていた私は、驚きのあまり口を挟んでしまう。

「え、えと、く、くく、えっと。たくさん、焼いていた、はずだよね」

カ行が苦手なため、クッキーと言えそうになかったのであきらめた。

「用意していた三百枚が全て消えたそうよ」

「そんなに！」

三百枚のクッキーというと想像がつかない。ただ改めて計算すると、百二十円ほどの有名お菓子メーカーのクッキーが十五枚入りなので二十袋分だ。とんでもなく多いというわけではなさそうだ。

クッキーは湿気にさえ気をつければ常温保存できる。統括班の指示により、百円ショップで購入した大きめのプラスチック容器に詰められて教室に置かれたそうだ。

文化祭当日、早起きした生徒が鍵を借りて教室に入ったところ、空の容器を発見した。騒然とするなか、犯人と名乗り出たのが悠姫子さんだった。前日の放課後、容器を床に落としたというのだ。落下の衝撃でふたが開き、クッキーが床に全て落ちた。焦った悠姫子さんはクッキーを全て処分したそうなのだ。

悠姫子さんは真っ青な顔で、クラスメイトに何度も頭を下げた。しかし失敗を非難する前に、迫り来る文化祭本番に対処しなければいけない。そこで全員でお金を出し合い、近くのスーパーでお菓子を購入した。

買い出しは間に合い、客を迎え入れることができた。悠姫子さんは体調不良で保健室に消え、しばらくしてお菓子の代金全額を残して帰宅してしまう。

悠姫子さんは二日目も姿を現さず、文化祭の後も学校に来なくなった。そして二ヶ月が経過した十二月のはじめに、ようやく登校を再開させた。しかし教室に来ることはなく、保健室に留《とど》まり続けた。

吹奏楽部の演奏はまだ続いている。音がちぐはぐで、何度も同じ箇所を繰り返していた。及川先生がデスクの上にあるスマホに目を向けた。

「実は昨日、篠田さんからメールが届いたの。そしたらいつも保健室に来る面々が、この件について聞いたことがあるのかを気にしているようだったの」

加藤さんが腕を組む。

「それって多分、話してほしいってことですよね」

「僕もそう思う」

付き合いが長い二人だからこそ、わかることなのだと思った。メッセージだとしたら意図は何なのだろう。

「篠田さんは特に、沢村さんが知っているのかを気にしていたわ」

加藤さんと真雪くんが顔を見合わせた。

「推理を望んでいるんでしょうか」

これまで盗難や人探し、ケーキの正体など色々な謎を解決してきた。今回も同じ役割を期待されているのかもしれない。

「沢村さんは、探偵みたいに謎解きが得意らしいね。篠田さんから聞いているわ」

及川先生は私が関わった事件や問題が起きたとき、全て席を外していた。

今の話でも気になる点はいくつかあった。

例えば文化祭の前日の放課後に、悠姫子さんが教室に残っていた理由がわからない。準備が終わっていたなら帰っても問題ないはずだ。

他にも疑問はたくさんあるけれど、調べるためには関係者に事情を訊ねて回らなければならない。その作業を想像するだけで眩暈《めまい》がするが、真雪くんや加藤さんに任せれば安心だろう。

「あ、あの、例の荷物を、よ、よろしいでしょうか」

「ええ、いいわ」

及川先生がうなずき、席を立った。壁際に戸棚があって、ガラスケースの向こうに薬品が並んでいる。棚の下のほうが引き戸になっていて、悠姫子さん宛てに届いた荷物を預かってもらっていた。

及川先生が戸を開けて、箱を取り出す。ガムテープでしっかり封をしてあり、目立つ傷もない。有名な宅配業者が販売している規格品で最も小さいサイズだ。伝票には差出人として丸岡さんの名前と県外の住所が書いてあり、宛先には高校の住所と悠姫子さんの名前があった。

品名にはクッキーとあるが、手紙などが同封されているかもしれない。譲られたのだから封を開けることに問題はないはずだが、どうしても抵抗があった。

「開けちゃうね」

「えっ」

真雪くんがボールペンをガムテープに突き刺し、一気に引いて切り裂いた。

「僕が勝手に開けたと話せばいいよ」

「う、うん……」

悠姫子さんが関わっているせいか、真雪くんは普段より行動的だった。

箱にはクッション材が敷き詰められていて、ビニール袋で包装されたクッキーが入っている。枚数は二十枚ほどで、味はプレーン一種類のようだ。多少不揃《ふぞろ》いな形が手作りの雰囲気を醸し出している。手紙などは同封されていない。

「食べてみる？」

真雪くんは興味があるようだったが、私は首を横に振る。悠姫子さんへの贈り物なのだから、一緒に食べたかった。

突然の欠席もかつての不登校も、クッキーが関わっている。謎を解けば悠姫子さんは再び登校してくれるのだろうか。箱を閉じて、同じ場所にしまい込む。

及川先生が悲しそうに目を伏せる。

「篠田さんとはずっと保健室でお話をしていた。私に胸の内を打ち明けようと思ったことも何度かあったみたい」

及川先生がつばを飲み込む。静かな保健室に、廊下で騒ぐ生徒たちの楽しげな声が壁越しに伝わった。

「でも私の力不足で、話してもらうだけの関係性を構築できなかった。篠田さんは最後の手段として、真実を第三者に見抜いてもらうことを期待しているのかもしれない。本来は私がするべき仕事だけど、あの子の力になってあげてほしい」

心から申し訳なさそうな様子だ。長い時間を保健室で過ごしてきて、悠姫子さんを見守ってきたのだ。だからこそ悠姫子さんも安心して保健室に登校できていたのだろう。

助けたいという気持ちは誰にも負けていないはずだ。

加藤さんが、無人のベッドに顔を向ける。シーツも毛布も乱れなく敷かれていた。

「ゆきちゃんが保健室登校していると知って、すごくびっくりしたんです。だけど触れるのが怖かった。過去に何があったかなんて、聞けないじゃないですか」

苦しそうに表情を歪《ゆが》める。加藤さんは人との距離を縮めるのが早い。だけど悠姫子さんは特別だったのだろう。

「本当は調査に協力したいんですが、一年生は明日から研修旅行なんです。心苦しいですけど、菓奈先輩なら絶対に大丈夫です！」

すっかり忘れていた。私の通う高校では三年生は受験に専念するため、一年次から様々な行事が入っている。研修旅行は二泊三日で国内を観光するイベントだ。二年生である私たちは九月上旬の夏休み後に修学旅行が待っている。

「ぜ、全力を、つ、尽くします」

及川先生と加藤さん、二人に向けて返事をする。私だって悠姫子さんに会いたかった。できることなら、何でもする覚悟だ。

及川先生にお礼を告げ、部屋を出る。蛍光灯の消えた廊下は、日が落ちた分だけ来たときよりも暗くなっていた。

「ちょっと寒いね」

真雪くんが腕をさすりながらつぶやいた。窓の外では変わらずに雨が降り続けている。湿気がまとわりつき、呼吸が苦しく感じられた。

2

重苦しい雲が空を覆っていた。一年生のいない校舎は少しだけ静かな気がした。

昼休み、真雪くんと一緒に職員室を訪れる。慣れない空気に緊張したが、真雪くんは堂々と歩いていた。目的は一年次に悠姫子さんのクラスの担任だった荒井先生に会うことだ。

「あ、あの、天野くん、無理しないでね」

「……大丈夫」

真雪くんの顔は赤くなっていた。昨日寒いとつぶやいていたのは風邪《かぜ》の初期症状だったのかもしれない。

荒井先生は三年生を担当する教師たちの席の一角にいた。デスクに向かい、小テストの採点をしている。真雪くんが声をかけると、荒井先生は用紙を隠しながら顔を上げた。

「君は二年の天野か。それと、……誰だったかな。すまない。顔は覚えているのだが」

有名人の真雪くんは、他学年の先生にも知られているらしい。私は真雪くんの背後から、小さな声で挨拶をする。真雪くんは悠姫子さんの欠席に関係して、文化祭について改めて調べていると話した。

「君はあの子の親戚だったな。喫茶店に関しては統括班に一任したから生徒のほうが詳しいが、それで構わないなら協力しよう」

荒井先生は無愛想で、目つきも鋭い。にらまれたら口がきけなくなりそうだ。真雪くんは質問をはじめる。内容は全て私が決め、昨日のうちに伝えてあった。

「篠田については教師陣も気にしている。だがスクールカウンセラーにも理由を打ち明けてくれないのが現状だ。現在は養護の先生にお願いして、時間をかけて解決に取り組もうとしている最中だ」

高校は義務教育ではない。そのため保健室登校は、校長先生の裁量に拠《よ》るところが大きいらしい。悠姫子さんの場合は、及川先生の進言で許可されている状況らしいのだ。

荒井先生が椅子に座り直す。オフィスチェアがぎしっと鳴った。

「私も一応、当時は文化祭の件について調べたんだ」

悠姫子さんの件について、荒井先生は独自に確認したそうだ。すると文化祭前日の放課後に、悠姫子さんが職員室で教室の鍵を借りた記録が残っていた。

さらに隣の教室で準備をしていた複数の生徒が夕方に物音を聞いていた。また、悠姫子さんが夕方過ぎに下校する姿が確認されていた。その際に普段使用しているリュックの他に、体操着を入れるスポーツバッグを肩から下げていたそうだ。

クッキーの管理については統括班に任せていたらしい。統括班の班長は、私に以前話しかけてきた奥瀬さんだった。

「あいつはしっかり全体を仕切っていた。監督能力は校内でも群を抜いている」

荒井先生の表情がわずかに綻《ほころ》ぶ。奥瀬さんの働きは教師陣からも評判で、特に食品の扱いでは使い捨ての手袋を着用するなど細心の注意を払っていたそうだ。お調子者の男子が味見といってつまみ食いしようとした際も、味見は調理班が責任を持って行うと厳しく叱りつけたらしい。

その後も質問を続けたところ、丸岡さんの情報を得ることができた。丸岡さんも一年次に悠姫子さんと同じクラスで、文化祭にも参加していたらしい。しかし文化祭が終わって数ヶ月後に転校していた。

丸岡さんは真面目だが目立たない印象の少女だったそうだ。口下手で、発言をうながすと黙り込んでしまう癖があった。理系の授業が好きで、科学部に在籍していたらしい。

感謝を伝えたところで、荒井先生にこう言われた。

「困ったことがあれば相談してくれ」

そっけなく言ったあと、採点に戻った。態度はぶっきらぼうだが、先生なりに教え子を心配しているのだ。私と真雪くんは礼をしてから職員室を後にした。

教室に戻ったところで、クラスメイトで科学部の一之瀬さんに声をかけた。丸岡さんとは在校期間が重ならないが、部活の上級生に丸岡さんの情報を聞いてほしかったのだ。

「菓奈ちゃんの頼みなら当然引き受けるよ」

すぐにそう返事をしてくれた。チョコレートの一件以来、一之瀬さんとは親しくさせてもらっていた。

半年前まで言葉を交わす人はいなかった。だけど今では友人と呼べる相手ができた。

誰も友人がいなかったころは心が鈍感だった。でも一度手に入れてしまうと失うことが恐ろしくなる。悠姫子さんの不在で、私ははじめてそのことを思い知った。

放課後が近づくにつれ、真雪くんの体調は悪化していった。それなのにクラスメイトから心配されても帰ろうとしない。

「か、帰ったほうが、いいよ」

私たちは並んで廊下を歩いた。目的地は三年生の教室のある階だ。真雪くんは覚束《おぼつか》ない足取りのまま首を横に振る。会話が苦手な私を気遣ってくれているのだろう。だからこそ無理を押しているのだ。

声をかけると、きっぱり返事をしてきた。

「ひめちゃんが苦しんでいたのに、僕は何もしてこなかった」

真雪くんの言葉には力が入っているけど、目がとろんとしている。

「心の問題について、僕は専門的なことは何もわからない。だから両親や先生たちに任せて、ひめちゃんと普通に交流することが役目だと思ってきた。でもそれじゃだめだったんだって、沢村さんのおかげで気づいたんだ」

「わ、私……？」

真雪くんが立ち止まり、真っ直《ま》ぐ《す》見つめてくる。風邪のせいだろうか。真雪くんがケーキ以外のことでこんなに饒舌《じょうぜつ》になるなんて、はじめてのことだ。

「沢村さんはこれまで、色々な人の力になってきたよね。きっと不安だったと思う。推理力は本当にすごいけど、毎回解決できる保証なんてないんだから。だけど沢村さんは相手のために一生懸命考えて、謎を解いてきた。その結果、みんなを助けてきた。僕も含めてね。きちんとは伝えそびれていたけど、チョコを見つけてくれて本当に感謝しているんだよ」

やっぱり熱がひどいようだ。こんなことを口走るなんて、意識が混濁しているに違いない。

「僕もひめちゃんのために必死になるべきだった。沢村さんを見習いたいんだ。だから今回のことは、ちゃんとやり遂げたい」

そう言った直後、真雪くんはその場にうずくまってしまった。呼吸が荒くなっている。

背中に手を添えると、汗でびっしょり濡れていた。

しゃがみこみ、真雪くんと目線の高さを合わせる。

「すぐに、か、帰って。調査は、わ、私が、や、やるから」

しばらく見つめ合う。悠姫子さんに似た黒糖色の瞳で、まつげがすごく長かった。真雪くんは顔を火照《ほて》らせながら、いつもの柔らかな笑みを浮かべた。

「わかった。沢村さんに任せるよ」

そう言うと、ふらふらとした足取りで自分の教室に戻っていった。授業の合間の十分休憩に教室を覗《のぞ》いたら、真雪くんの席は空いていた。早退したようだ。無事に帰宅できることを私は祈った。

放課後になって、私は頭を抱えた。

「……どうしよう！」

真雪くんも加藤さんもいない。これまで何度か調査らしきことは経験したけど、一人での聞き込みははじめてだ。大見得を切ってしまったが、無事に行える自信はない。早くしないと相手が帰宅してしまう。覚悟を決めて三年生のいる階に向かった。階段を上るにつれ、鼓動が速くなっていく。

幸か不幸か、廊下で高木原さんを見つけた。声をかけるか迷っているうちに歩いていってしまい、私は彼女を尾行する。このままでは帰ってしまう。焦った私は走り出し、高木原さんの前に回り込んだ。

「あれ、あんたはたしか」

「ちょ、ちょ、ちょ、ちょっと、えっと、あの、お、お、お、お話が！」

人前でつっかえるのはやっぱり怖い。だけど加藤さんと真雪くんの信頼を裏切らないこと、そして悠姫子さんが戻ってくることのほうがずっと大事だった。誰かのためという理由があるなら、こんな私でも強くなれるような気がした。

文化祭について話を聞きたいと、途切れとぎれになりながら説明する。すると拍子抜けするくらいにあっさり引き受けてくれた。

「あの、ま、まずは、丸岡さんについて、えと、お、教えてもらえますか」

「ひさしぶりな名前だなあ。元気にしてるかな」

元クラスメイトの名前に、高木原さんは目を細めた。丸岡さんは引っ込み思案で臆病な性格だったらしい。友人たちで協力して、背中を押して輪に入れていたそうだ。

高木原さんが急に笑みを浮かべた。

「あいつ、本当にドジだったんだよなあ」

丸岡さんはミスの多い性格だったらしい。忘れ物などの小さな失敗から、化学の授業で薬品を間違え危うく爆発させかけたことまであったという。丸岡さんの失敗ネタはクラス内での定番だったそうだ。

転校の時期を訊ねると、文化祭から一ヶ月半後の十一月半ばだとわかった。理由は親の仕事の都合だったらしいが、詳しくはわからないそうだ。悠姫子さんは不登校中だったから、別れの挨拶はできなかったようだ。

悠姫子さんと丸岡さんは親しかったらしい。

「二人ともいじられて輝くキャラだから、意気投合したのかも」

顔に出さないようにしたが、高木原さんの言葉に嫌な気持ちになる。いじるという行為は一方的だ。いじる側は楽しいだろうが、役割を担わせられるほうが望んでいるとは限らない。

続いて文化祭での丸岡さんの役割を訊ねたが、高木原さんは憶《おぼ》えていなかった。

「私は接客班だったからなあ。あっ、ちょうどいい奴《やつ》がいた。おーい」

「何か用？」

高木原さんが呼びかけると、廊下を歩いていた奥瀬さんが駆け寄ってきた。

「文化祭のことを聞きたいのね。構わないわ」

統括班のリーダーだった奥瀬さんは当時のことをよく憶えていた。丸岡さんは調理班に所属していたらしい。

お菓子にクッキーを選んだ理由を訊ねると、奥瀬さんは細かく教えてくれた。

手作りのお菓子を客に提供する際、保健所の検査をクリアする必要があった。例えば調理をする人間は保健所で保菌検査が義務づけられている。さらに調理も許可の下りた調理場を使用しなければならなかったため、学校の調理室で焼き上げることになった。だが文化祭当日の調理室は混雑する。そこで保存の利くクッキーを事前に焼き上げ、教室で保管することになったのだ。

調理班は四人いて、二人ずつに分かれてそれぞれ百五十枚ずつ担当したらしい。一日にクッキーを注文する客を七十人だと想定して、一回に二枚配る予定だった。そのため二日間で二百八十枚、二十枚は予備という計算だった。二人で百五十枚は大変そうだが、私の経験上では時間をかければ難しくはないはずだ。

「く、クッキーは、ど、どんな味だったのですか？」

「プレーンとチョコチップだったわ。何回か試作して、アンケートを取って決めたの」

「サクサクっていう軽い食感のやつになったんだよな。ベーキングパウダーが入っているやつ。私はしっとり系のほうが好きだったんだけど」

丸岡さんはプレーンクッキーを担当したらしい。箱に入っていた味と同じだと思われた。

「そういえば、丸岡は一人でクッキーを焼いたんだよな。あれは可哀想《かわいそう》だった」

高木原さんが言った。会話をしながら当時の記憶が蘇《よみがえ》ってきたのだろう。

同じ班の人間が急な用事で帰ることになり、検査をした他の調理班の人間も都合が悪かった。そのため丸岡さんは前々日の放課後にひとりで作業をしたという。統括班が何度も謝罪したが、丸岡さんは気にするそぶりを見せずに引き受けたらしかった。

　高木原さんが苦笑を浮かべる。

「でも丸岡が調理班なのは心配だったよな。あいつなら塩と砂糖くらい間違えそうだし、クッキーを作った経験もなかったんだろ？」

「転校した後までいじってどうすんの。それにあの子だって、ちゃんとした味のクッキーを作ってきたんだから」

……あれ？　会話に気になる箇所があった。だけど追及できる自信がなかったので黙っておくことにした。

「ところで何で丸岡のことを聞くわけ？」

　宅配便について説明すると、奥瀬さんたちは驚いた様子だった。

「丸岡からの荷物で休みはじめたって、意味わかんない」

「受け取らないのも不思議ね。何が入っていたの？」

「え、え、え、えと」

　それまでは信じられないくらいに言葉がスムーズに出ていた。しかし突然、吃音《きつおん》が顔を出した。理由は自分でもわかっていた。今から嘘《うそ》をつこうとしているからだ。

「な、中身は、まだ、わ、わ、わかりません。すみません……」

「そっか」

「関係あるのかなあ」

二人は丸岡さんの箱が気になるようだ。何とか質問を全て終え、背中を見送る。姿が見えなくなってから深くため息をつく。あからさまに笑われることはなかった。しかし言葉が詰まるたび、相手の顔にかすかに表れる反応にも気づいていた。

本来なら会話中に発見した疑問も訊ねるべきだった。あの二人について深く調べたかったけれど、これ以上は限界だ。会話が得意な人なら簡単かもしれないが、私にとってはどんな難解な試験よりも辛《つら》かった。

自宅に帰った後、共用パソコンから真雪くんの携帯電話にメールを送った。内容は体調の心配と本日の報告で、返信はすぐに来た。

幸い、快復に向かっているらしい。そして今日の聞き込みについて『お疲れさま。よくがんばったね』といたわってくれた。画面の前に突っ伏し、少しだけ涙ぐむ。真雪くんはいつも、私の心を温かくしてくれる。

3

翌朝、真雪くんはマスクをつけて登校してきた。体調は戻ったらしいので念のためしい。私たちは廊下で会話する。周囲からの視線は気にしないことにした。

「昨日はごめん。沢村さんのおかげで助かったよ。ところで昨日の件だけど」

昨日のメールで、奥瀬さんと高木原さんについて詳しく調べたいと相談してあった。驚くことに布団に入りながら知り合いにメールを送って情報を集め終えていた。真雪くんの人脈には驚かされるばかりだ。

奥瀬さんは成績優秀で、品行方正な生活態度によって教師からの覚えも良いそうだ。英語部に所属しており、スピーチコンテストでは県内で上位の成績を得ている。数少ない指定校推薦の枠を希望していて、現状では選ばれるのは確実らしい。

「人を束ねるのが得意なリーダータイプみたいだね。優等生だけど冗談が通じるといわれていて、評判は上々だった。ついでに言うと、奥瀬さんの家は和菓子で有名な奥瀬堂本舗だよ」

「あ、あの、え、駅前とかデパートにある？」

真雪くんがうなずく。奥瀬堂本舗は古い歴史を持つ和菓子店だ。何店舗も支店があり、贈答品として愛されている。私たちが住む地域なら、どの家庭にも必ずといっていいほど商品が置いてあった。

「真っ白な蒸饅頭《むしまんじゅう》が有名だけど、最近は和食材を使った洋菓子もそろえているね。クッキーも置いてあるはずだよ」

奥瀬さんは菓子作りの知識があった可能性がある。今回の件に関係するかわからないが、心に留めておくことにした。

高木原さんは生活態度が不真面目で、化粧や染髪で教師から目をつけられているそうだ。ただ仲間想いで、中学時代に友人がイジメに遭った際も率先して助けていたようだ。

「一見がさつだけど、根はいい人という評価かな。ただ……」

中学時代のイジメ問題で高木原さんは友人を助け、イジメをしていた人物を徹底的に責めた。その結果、イジメをしていた側が無視されるようになり、転校することになったそうだ。

「せ、正義感が、つよ、強いの、かな」

「そうかもね」

一時限目が終わったところで、一之瀬さんが声をかけてきた。昨日のうちに、科学部の先輩から話を聞いてくれていたらしかった。

丸岡さんの部内での評価は高かった。熱心に部活に参加し、次期部長の候補にもなっていたそうだ。

「み、みみ、ミスが、お、おお、多いっていう話は、えっと、あった？」

「全くなかったよ。むしろしっかり者として信頼されていたくらい」

「あ、あの、ありがとう。助かったよ」

何度も頭を下げると、一之瀬さんは小さくウィンクをした。

「菓奈ちゃんには世話になってるから、気にしなくていいって」

胸がいっぱいになる。一之瀬さんはクラスで唯一、気兼ねなく話しかけてくれる。悠姫子さんとはタイプが違うけれど、私にとって大切な友達の一人だ。

「あ、あの、一之瀬さん」

ずっと前から考えてきたことが衝動的に飛び出した。

「何？」

「私って、く、く、クラスのみんなに、ど、ど、どう思われて、いるのかな」

一之瀬さんは私と話すことでクラスの立ち位置がわるくならないだろうか。そのことがずっと気がかりだった。一之瀬さんは黙り込んでから、平然とした様子で言った。

「別に、何とも思われてないんじゃないかな。喋りたくないオーラを出しているから放っておかれているんだと思うよ。関わりたくない人を無理に引き込むなんて、このクラスの連中は誰も考えないだろうし」

拒絶は私が望んだことだ。関わらなければ変だと思われることもない。それから一之瀬さんは渋い顔を浮かべた。

「だけどもしみんなの輪に交ざったら、からかう人も出てくると思う。それは否定しない。みんな吃音のことなんて知らないわけだし。あ、ノリの違う人を率先して排除するほど馬鹿でもないから、そこは安心してね。一応私から説明するけど、それでもいいなら今度遊びに誘うよ。私の友達、面白いやつらばかりだから」

一之瀬さんの返答を誠実だと思った。笑う人なんていない、と言い切ることなんてできないはずだ。その上でどうしたいかは、私が選ぶことなのだ。

「あ、あ、ありがとう」

「いいって」

一之瀬さんは軽く手を振りながら、友人たちの輪に戻っていった。

昼休み、クラスメイトの男子に声をかけられた。真雪くんを除けば、野崎くん以外の男子とは二年生になってからまともに喋っていない。一之瀬さんが気を回したのかと思ったけれど、私を呼んでいる人がいるという伝言だった。廊下を見ると高木原さんが手を振っていた。

「な、な、何でしょう」

廊下に出る。すると高木原さんの後ろに背の高い男子が立っていた。

「昨日、丸岡のクッキーのことを気にしてただろ？　だから当時のクラスメイトに聞いて回ったら、あいつのクッキーを食べたってやつがいたんだ」

男子は居心地わるそうに会釈をした。

文化祭の前日、その三年生男子は朝早く登校したらしい。教室でクッキーの入ったプラスチック容器を発見し、勝手に食べてしまったそうなのだ。チョコがそれ程好きではないため、食べたのはプレーンクッキーだったらしかった。

「一枚食べて、すごくうまかったんだ。それで同じのに手を伸ばしたら、全然味が違ってびっくりしてさ」

一枚目はサクサクの歯触りで、バターの風味が効いていたという。だけど二枚目はもっと軽い食感で、変な臭いがしたという。

「言い方がよくないけど、トイレとかそんな臭いだった気がする。その直後に誰かが来る気配がして、慌てて容器のふたを閉めたんだ」

話を聞いていた私の頭の中では、ある推理ができあがっていた。高木原さんがはきはきとした口調で聞いてきた。

「少しでも役に立てたかな」

「あ、あ、ありがとう、ご、ございます」

深々と頭を下げる。みんなが与えてくれた情報は、私にひとつの確信をもたらした。だけど二年近く経過しているため、証拠を得るのは難しそうだ。

次の時間が音楽だったため、教室を移動する準備をはじめた。廊下を歩いていると、体操着姿で体育館へ向かう一行とすれ違った。

一人の男子生徒が背中を押されていた。冗談めかした様子で「何すんだよ」と注意しているが、周りはさらに背中を強く叩《たた》きはじめた。男子生徒に触れる腕が増え、笑い声が大きくなる。叩かれている男子生徒も笑っているけれど、すれ違った瞬間、彼の顔が強張っていることに気づいた。

外では霧のような雨が降っていた。湿度がひどく高い。気温だけは初夏で、まとわりつく湿気が汗と混じって不快な気持ちにさせられた。

授業が終わったところで真雪くんに話しかける。

「天野くんに、ふ、二つ、頼みがあるんだ」

「何をすればいい?」

真雪くんは休み時間に、頼んだものをすぐに用意した。もう一つの依頼も放課後に実行してくれた。

帰宅した私はキッチンに向かった。作るのはクッキーだ。金属のボウルに常温に戻したバターを入れてから、泡立て器で滑らかになるまで練る。そこに砂糖を入れ、白っぽくなるまで混ぜ合わせた。

続けて卵黄を混ぜ、ふるいにかけておいた薄力粉を加える。ヘラに持ち替え切るように合わせていく。粉っぽさが消えたら生地をラップに載せ、ひとつにまとめていく。べーキングパウダーを使わないレシピだった。

私は一部を取り分けて、用意していた素材を混ぜ込んだ。

冷蔵庫で一時間ほど寝かせる間に、今回の件について考えた。

一番の問題は、悠姫子さんが学校に来なくなった理由だ。誰かに深く傷つけられたのだろうか。だけど悲しい目に遭わされたら落ち込みこそするものの、怒りに変えて乗り切るような気がした。

生地をラップに載せ、その上にもう一枚ラップをかける。麺棒で薄くのばしてから型抜きをしていく。スタンダードな丸型を使い、生地をオーブン用のシートに載せた。シートごとオーブンに入れ、百八十度で十分ほど焼き上げる。

クッキーはシンプルな素材で作るだけあって、粉やバターの量を調整することで好みの味に仕上げられる。研究すれば奥が深いが、食べられるものを作るだけなら簡単だ。料理に心得のない人でもレシピ片手に作業をすれば失敗は少ないはずだ。

時間が来たのでオーブンを開けると、熱せられたバターの匂いがキッチンに広がった。冷ませばプレーンクッキーは完成だ。焼きたてを一枚、小皿に載せる。

頭の中で自分の考えを再検証する。予想が正しければ、彼女はある行動に出るはずだ。

火傷《やけど》しそうなほど熱いクッキーに息を吹きかけ、軽くかじる。歯ざわりは柔らかく、バターの風味と一緒に口の中で溶けるように崩れていった。

別に作っていた生地も焼き上げる。オーブンを開けると、違和感のある臭いがかすかに漂ってきた。焼き色が薄くなっている。冷ましてからかじると、さくさくっと軽い食感が舌の上で躍った。予想はおそらく当たっていると思われた。

明くる日の放課後、私は保健室へ赴いた。丸岡さんから届いた荷物を開けると小さな便箋が入っていて、封のシールを剝がしたような形跡があった。

「やっぱり……」

指先が怒りで震える。今日も雨が降り続いていた。激しい雨音が校舎を覆っている。今年一番の土砂降りだ。排水溝がいっぱいになり、茶色い雨水があふれている。コンクリートの上に小さな川ができていた。停滞した前線のせいで、山沿いでは土砂災害警報が流れたらしい。

ようやく晴れ間がのぞいた翌々日、悠姫子さんは再び保健室にやってきた。

ひさしぶりの登校にもかかわらず、悠姫子さんは変わらぬ様子で保健室のベッドに横たわっていた。保健室には悠姫子さんと真雪くん、加藤さんと私といういつものメンバーが揃《そろ》っている。養護の及川先生は残念ながら今日も席を外していた。

私が焼いたクッキーを渡すと、悠姫子さんはすぐに口に放り込んだ。

「いまいちね。邪念が混ざってるわ」

「さ、さすがです」

悠姫子さんはお菓子を味わうだけで、作っていたときの気持ちを見抜いてしまうらしい。実際、クッキーを作っていたときは集中できていなかった。

「全部わかったというのは本当？」

全てが一段落した昨日、真雪くんに悠姫子さんへの伝言を頼んだ。『文化祭で起きた出来事は全てわかりました』というメッセージを託したところ、悠姫子さんは翌日に登校してきてくれた。

「はい。も、問題の張本人からも、話を、き、聞き出しました」

「二年も前の出来事だから証拠もないでしょうに」

「そこは、ちょ、ちょこっと細工を……」

私は真雪くんに二つの頼みごとをした。一つは便箋を用意してもらうことで、真雪くんはすぐに友人から入手してくれた。受け取った私はメッセージを書き込み、休み時間に保健室へ向かい荷物に仕込んだ。

もう一つは嘘の情報を流してもらうことだった。荷物を開封したら手紙が同封されていたという内容だ。

悠姫子さんが口を引き結んだ。

「その次の日に、荷物に手を加えられていた痕跡を発見したわけか」

「は、はい。手紙が、よ、よ、読まれているみたいでした」

「偽手紙には何て書いたの？」

手紙を見せると、悠姫子さんは鼻で小さく笑った。手紙には『この手紙は本物とすり替えてあります。あなたのしたことはわかっています。』と書いておいた。

「見事に騙《だま》されて、コンタクトを取ってきたわけか。シュークリームの一件でも思ったけど、菓奈ってけっこう性格が歪んでるわよね」

真雪くんが不思議そうに首を傾《かし》げる。

「シュークリーム？」

「な、ななな何でもないよ！」

私はとっさに誤魔化した。その件に関して真雪くんは知らないのだ。

偽手紙を読まれた形跡のあった翌朝に、不安そうな奥瀬さんに話しかけられた。対応に一晩悩み、素直に話しかける道を選んだのだろう。

手紙を盗み見たのは奥瀬さんだ。

放課後に話し合う約束を交わし、真雪くんと一緒に教室で向き合った。

奥瀬さんはまず、本当に手紙があるかを確認しようとした。勝手に箱を開けることまでしたのだから、よっぽど気になっていたのだろう。私は奥瀬さんに推理を披露した。

「それで相手は降参したのね」

私はうなずき、ゆっくり息を吸い込む。悠姫子さんの表情が強張っていく。

「ま、まる、丸岡さんは、イジメに、遭っていたのですね」

4

丸岡さんはミスの多さをいじられていた。しかし一之瀬さんによると、科学部における評判は正反対だった。

そんな丸岡さんが化学の授業でまで失敗をするのは考えにくい。

「ま、丸岡さんは、み、み、ミスをするよう、し、しむ、仕向けられていたのですね」

高木原さんは、丸岡さんがいじられ役だと話していた。しかしその立ち位置は奥瀬さんによって作られたものだった。『また丸岡がミスしたよ』とあげつらうことで、クラスを団結させていたのだ。

気弱で反論できない性格では、笑われても逆らえなかったはずだ。直接的な暴力はなかったのかもしれない。しかし個人をわざと貶《おとし》めて、嘲笑《あざわら》うことはイジメ以外の何物でもない。

「さ、最初に、き、きに、気になったのは、えと、おく、奥瀬さんが、丸岡さんの、く、く、クッキーの味を、知っていたことです」

荒井先生は奥瀬さんが味見は調理班が行うと言い、男子を厳しく叱ったと話していた。奥瀬さんは統括班だ。信頼を得ている奥瀬さんが決まりを破るとは考えにくかった。保健室に入り込み、荷物を漁《あさ》るのは危険な行為だ。だけど奥瀬さんには実行するだけの動機があった。

「奥瀬さんは、す、推薦を、ね、ね、狙っています。だ、だから、イジメの、しょ、しょう、証拠が出てきたら、その、不利になると、おも、思ったのでしょう」

推薦が決まるのは夏休み明けの時期だ。校内での評価を考えると不安を抑えられなかったはずだ。だから手紙を確認し、不利な内容ならすり替えるつもりだったのだろう。

「そっか。受験のためか」

悠姫子さんが無表情でつぶやいた。

「ゆ、ゆき、悠姫子さんは、ぶ、文化祭の前日、ほ、放課後の教室で、い、いじ、イジメに、き、き、気づいたのですね」

クッキーを処分した理由を考え、一つの仮定をしてみた。目的は全部ではなく、丸岡さんのクッキーだけだったのではないだろうか。

「そういえばひめちゃんは、教室で何をしていたの？」

真雪くんが疑問を口にする。文化祭の準備が終わっているのに、悠姫子さんだけが教室に残っていた。

「今は余計な枝葉を気にするときじゃないわ」

悠姫子さんは視線を泳がせ、話を逸らそうとする。

「た、た、多分、せ、せっきゃ、接客の、練習ですよね」

「そんなところまで鋭くなくてよろしい」

悠姫子さんの顔が赤くなる。接客班を引き受けた悠姫子さんは、嫌々ながらも役目を全うしようとした。だから個人で練習をしたのだが、その姿を見られたくなかったのだろう。そのため一人で教室に残っていたのだ。

「練習の最中に、悠姫子さんはクッキーを勝手に食べたのですね」

「仕方なかったの。前日に道子ちゃんから『クッキー、すごく美味《おい》しくできたよ。余ったら悠姫子ちゃんに食べてもらいたいな』ってメールがきたのよ。そんなことを言われたら我慢できない。余る保証なんてないから、先に一枚食べたってわけ」

実際に食べてメールをしているのだから、失敗作であるはずがない。加えて、盗み食いをした男子は『トイレの臭いがしていた』と言っていた。悠姫子さんも同じ臭いを感じ取ったのだ。つまり誰かにクッキーをすり替えられた可能性が考えられた。

「そのとき、道子ちゃんの失敗の数々が誰かの仕業かもしれないって思い当たった。明らかに回数が多かったから。誰の仕業かまでは特定できなかったけどね。もしかしたら、前日のメールは道子ちゃんがかけた保険だったのかもしれない」

悠姫子さんは目を伏せてから、私に視線を向けた。

「ところで、あの臭いは何だったの？」

「た、多分、い、イスパタだと、思います」

イスパタとは膨張剤の一種で、イーストパウダーの略称だ。といってもパン用のイーストではなく、酵母は含まれていない。主な成分は重曹と塩化アンモニウムで、数種類の助剤も加えられている。

加熱すると重曹からは二酸化炭素、塩化アンモニウムからはアンモニアガスが発生する。そのため、重曹やベーキングパウダーより生地を膨らませる力が強い。

欠点はアンモニアガスだ。独特の臭いが残るので扱いには注意が必要になる。つまみ食いをした男子生徒が感じたのはアンモニアの臭いだったのだ。

他にも生地が中性に保たれるため色の変化も起こりにくい。そのため白色を活かした和菓子の蒸し物に使用されることが多かった。

奥瀬さんに目星をつけたもう一つの理由がこれだ。家が和菓子屋であれば知識を得ている可能性は高いし、入手も容易になる。

奥瀬さんは、自分だけでなく友人数人で行ったと主張した。わざわざ失敗作まで焼いて、統括班の権限ですり替えたそうだ。本物は捨てないで食べたらしい。そのため丸岡さんのクッキーの味を知っていたのだ。

奥瀬さんは文化祭当日に、味見したいと騒いでいた男子に食べさせるつもりだった。そこで臭いに気づかせ、丸岡さんを笑い物にする予定だったのだ。

『また丸岡が失敗した』『本当にドジだよね』

クラス中が笑いに包まれるなか、丸岡さんは反論できずにじっと黙ることになっただろう。空気を壊すことが怖くて、愛想笑いを浮かべたかもしれない。想像だけで、いたたまれない気持ちになる。丸岡さんを知る悠姫子さんは、私なんかとは比較にならないほどの嫌悪感を抱いたはずだ。

友達が笑い物になるのを避けたかった。しかし丸岡さんのクッキーだけ消えるのは不自然だ。

お菓子好きの悠姫子さんが捨てるのは考えにくい。一枚十グラムとして三百枚で三キロくらいの計算になる。大変だろうけど、容積的にも大きめのバッグで運べるはずだ。

悠姫子さんはクッキーを全部持ち帰ったのだ。

「ゴミ用の大きなポリ袋を二枚ほど拝借して、クッキーを詰め込んでからスポーツバッグと鞄に入れて持ち帰ったの。一応、大きな物音を立てて偽装工作はしておいたわ。偉いでしょう」

「ひょっとしてひめちゃん、クッキーを全部食べたの？」

「一日じゃ辛かったから、数日に分けて平らげたわ」

悠姫子さんは文化祭当日の朝、青い顔をして早退をした。罪悪感で体調を崩したのもあるのだろうが、前日にクッキーを食べすぎたのが本当の理由なのだと思われた。

そのときの悠姫子さんを想像する。部屋にたくさん積まれたクッキーを口に入れていく。クッキーにはクラスメイトたちの文化祭への想いと、悪意が混ぜ込まれている。大量のクッキーを黙々と食べるなんて、はた目からは滑稽《こっけい》に見えるかもしれない。無理やり胃に詰め込んでいくとき、どんな心境だったのだろう。

「それで奥瀬さんとの話し合いは、結局どうなったの？」

「それは僕が説明するよ」

真雪くんが話している間、私は昨日の出来事を思い返した。奥瀬さんは丸岡さんへのイジメを認めた。理由を訊ねると『空気を保つため』と返答した。

「きっかけなんて憶えてない。多分、丸岡さんの失敗がみんなにウケたのがはじまりよ。クラスが簡単にまとまるから続けただけで、丸岡さんが憎かったわけじゃない」

私と真雪くんは放課後の教室で奥瀬さんに向き合っていた。本当なら加藤さんにも同席してほしかったけれど、帰ってくるのは翌日になる。

奥瀬さんは申し訳なさそうな顔をして、そう説明した。前日からずっと雨が降り続いていた。

「私たちも反省してるの。丸岡さんは何をしても笑うだけだから、どんな酷《ひど》いことでも許されるって勘違いしちゃったんだ。それで仲間の一人が悪ノリして、変なクッキーを作ろうって話になって、私は止めたんだけど……」

逆らわなかった丸岡さんに原因があるような言い方だった。抵抗できないからこそ、丸岡さんを選んだに違いないのに。

「本当に申し訳なく思ってる。丸岡さんを転校させたことを反省して、それ以降は誓ってあんなことはしていない。だからどうか学校にだけは……」

すがるような目つきだった。怒りがこみ上げる。止めたのならどうして、和菓子に詳しい人しか知らないようなイスパタを使うことになったのだ。私には奥瀬さんが保身を試みようとしているとしか思えなかった。一気に言葉があふれる。

「た、高木原さんは、い、イジメが大嫌いで、中学時代に友人を助けたらしいですね。で、でもそのせいで逆に、い、イジメッ子が転校まで追いこまれた」

「……まさか、美波に告げ口するつもり？」

奥瀬さんの顔色から血の気が引く。友人だからこそ、高木原さんに知られた場合の状況が想像できたのだろう。学校側に伝われば推薦の話は消え、高木原さんに知られれば学校生活も厳しいものになるはずだ。

でもそんなの、自業自得だ。

丸岡さんは転校するまで追い詰められ、悠姫子さんの不登校のきっかけにもなった。それなのに自分が救われる道を考えているなんて絶対におかしい。叩きつけるような雨音が響く。相応《ふさわ》しい罰を受けるべきだと、黒い気持ちがわき上がってくる。奥瀬さんの表情に怯えが浮かんでいた。いい気味だと思い、自然に笑みがこぼれる。奥瀬さんの顔がさらに歪んだ。

その直後、真雪くんが私の肩に手を載せた。

「やりすぎはよくないよ」

真雪くんは笑顔だが、瞳は悲しそうだった。今すぐ真雪くんの前から逃げ出したくなる。きっと私はひどく醜い表情をしていたはずだ。

以降、奥瀬さんとの話し合いは真雪くんが行った。その結果、学校側や高木原さんに事実を明らかにしないことになった。今後は同様の行為を行わないと約束し、仮に再び確認されたらすぐに公表することが決まった。

ただ一つ、条件が加えられた。それは悠姫子さんや丸岡さんが望んだ場合は、無条件で学校側に報告することだ。

話が終わっても、奥瀬さんはしきりに手紙の内容を気にしていた。

「手紙には、今すぐ公表するようには書かれてないのね」

「内緒です」

真雪くんは笑顔ではぐらかした。手紙が実在しないことは最後まで気づかれなかった。それ以来奥瀬さんから連絡は来ていないし、接触もなかった。

説明が一段落すると、悠姫子さんは小さく「ふぅん」とだけ言った。

「ゆ、悠姫子さんは、な、納得できますか？」

「道子ちゃんが望むなら別だけど、わたしにどうこう言う権利はないわ。だってわたしは被害者じゃなくて加害者だもの」

「え……」

悠姫子さんは淡々と、自分の考えを話しはじめた。

クッキーのすり替えに気づいた悠姫子さんには、もう一つ選択肢があった。丸岡さんへの嫌がらせの事実をみんなに広めることだ。だけど悠姫子さんはそれをしなかった。

「わたしは、自分が標的になることが怖かったの」

不器用な悠姫子さんは丸岡さん同様、クラスでからかわれる立場にあった。空気を読むことが苦手で、よく発言を的外れだと笑われていたそうだ。だから何も言わず、クッキーを持ち去る方法を選んだ。

家に帰った悠姫子さんは罪悪感に苛《さいな》まれた。

「道子ちゃんの犠牲の上で成り立っているクラスも怖かったし、何より気づけなかった自分が嫌になった。そうしたら、足が動かなくなった」

その結果、学校へ行くことができなくなった。

不登校が続いた後、丸岡さんが転校したことを知った。無事に逃げおおせたことに安心し、再び登校する決心をする。しかし教室に向かうことができず、保健室までが限界だった。それ以降、悠姫子さんの保健室登校がはじまった。

「道子ちゃんを救えたのに、結局は自分を優先させた。イジメを知っているのに放置したわたしは加害者と同じよ」

「違う！」

これまで黙っていた加藤さんが叫んだ。

「そんな連中とゆきちゃんは、絶対に同じじゃない。ゆきちゃんは……、その、――丸岡さんのこと、ちゃんと考えて、それで……」

加藤さんの両目から涙があふれだす。泣きじゃくっているせいで、言葉は途切れとぎれだ。悠姫子さんが加藤さんの腕をつかんで引き寄せた。

「荷物が来たとき、当時のことを思い出して怖くなった。道子ちゃんに恨まれているかもと思うと体が動かなくなって、学校に来られなくなった」

加藤さんの頭を撫《な》でながら、悠姫子さんが私に顔を向ける。

「真雪がお見舞いにきたときに思ったんだ。菓奈なら過去の真相にたどり着く。誰にも言えずにいたわたしの罪を、見抜いてくれるって」

悠姫子さんの声は震えていた。私は鞄から丸岡さんが焼いてきたクッキーを取り出す。箱ごとすり替えて以来、私が保管していたのだ。

「ま、まる、丸岡さんが、な、な、なに、何を、お、おお、お……」

再び言葉が詰まる。でも私は強く、このことを伝えたかった。

「何を思って、お、送ってきたか、わ、わ、私には、わか、わかりません。そ、それが、わかるのは、悠姫子さんだけです」

封を開け、クッキーを差し出す。唇を噛《か》んだあと、悠姫子さんはためらいがちにプレーンクッキーを一枚つまんだ。じっと見詰めてから、小さくかじる。

私はクッキーを一枚分けてもらった。サクサクとした歯ざわりの、素朴な味わいだった。悠姫子さんみたいに味で作り手の心を想像しようとしたけれど、丁寧に調理をしてあることしかわからない。

悠姫子さんは食べ終えてから目を伏せた。

「道子ちゃんと学校帰りに、よく一緒にお菓子屋さんへ立ち寄ったの。私が作り手の気持ちを推測して話すのを真剣に聞いてくれて、……ゆきちゃんはすごいねって驚いてくれた」

悠姫子さんは嗚咽《おえつ》をこらえるためか、つばを飲み込んだ。

「道子ちゃん、こんなに美味しいクッキーが焼けたんだ。それならたくさん、作ってもらうんだった」

口下手な丸岡さんは、気持ちを言葉にするのが苦手だったはずだ。きっと今でも心の整理をつけられていないのだと思った。だから手紙を書けず、クッキーを渡すだけになった。でもきっと、丸岡さんの心は悠姫子さんに伝わったはずだ。

悠姫子さんが、加藤さんにもクッキーを渡した。涙を袖口でぬぐってから受け取る。口に入れると、弱々しい笑みを浮かべた。

「すごく、美味しいですね」

加藤さんの目の周りは真っ赤になっていた。

「僕も一枚いいかな」

真雪くんも、丸岡さんのクッキーに興味があるようだった。

「あげるのは構わないけど、駄目出しなんかしたらぶん殴るわよ」

「さすがの僕も今は控えるよ……」

クッキーを受け取った真雪くんは満足そうに食べはじめた。

その様子をじっと見詰める。今回の件で、私は真雪くんに心から感謝していた。

奥瀬さんとの話し合いが終わった後、真雪くんと一緒に学校近くの公園まで傘を差して歩いた。街灯の明かりが点いていて、私たちは東屋《あずまや》で雨宿りをした。

真雪くんが傘を閉じ、水滴を払った。

「処分が甘いと思ってるかな。でも、これでいいと思うんだ。多分、ひめちゃんが嫌がるから」

奥瀬さんにもっと重い罰を与えたかった。だけど真雪くんの言う通り、悠姫子さんはそんなことを望んでいなかった。もし追い詰めていたら、悠姫子さんは悲しんだはずだ。私はうなずき、二人して水に濡れた公園の木々をしばらくながめた。

感謝の理由は他にもあった。

奥瀬さんと対峙《たいじ》するとき、明らかに私のほうが立場は上だった。すがるような目つきを向けられたとき、私の心に暗い喜びが芽生えた。シュークリームの一件でそんな感情を嫌悪したはずだった。それなのにあっけなく、醜い自分が顔を出した。

以前とは大きく違う点もある。シュークリームの件では自分が受けた嫌がらせの仕返しだった。だけど今回は私ではなく悠姫子さんや丸岡さんが被害に遭っていて、さらに非は明らかに奥瀬さん側にあった。

誰かのためになら、私は強くなれる。一方で、大義名分があるだけで簡単に残酷にもなれる。自分にそんな面があったことが恐ろしかった。

だけど真雪くんが、そんな醜い自分を止めてくれた。

ありがとう。

胸の中で小さくつぶやく。本当ならちゃんとお礼を言いたかった。だけど正面からそんなことを言ったら、緊張の余り倒れてしまうだろう。

「ところで菓奈、あんたが焼いたクッキーを道子ちゃんに送っていい？」

相手の住所は伝票に書かれてあった。

「へっ、な、何でですか」

「お返しをするのは当然の礼儀でしょう」

「ど、どど、どうして、わ、私のを」

悠姫子さんが作ればいいのにと言ってみたものの「食べる専門だから」と却下される。

反対する理由はなかったが、一点だけ心配があった。真雪くん手作りの洋菓子も一緒に送るらしいのだ。真雪くんの極上スイーツと同じ箱に自分の洋菓子が入るなんて恐れ多い。その心配を伝えると、悠姫子さんは当たり前のような口調で言った。

「大切な友達に、大切な友達の作ったお菓子を食べてもらいたいの。どちらが欠けても意味がないわ」

顔が熱くなり、思わずうつむいてしまう。そんなことを言われたら、断るなんてできないに決まっているじゃないか。

最終話

コンヴェルサシオンはなくならない

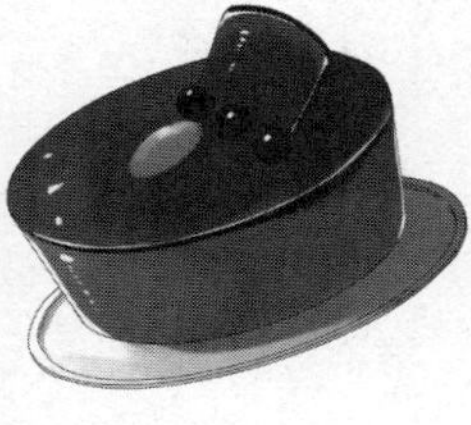

1

加藤さんの通学リュックに、黄色の犬のぬいぐるみがぶら下がっていた。海外で人気のキャラらしく、丸い体型が愛らしい。近所の雑貨店で買ったレア物なのだそうだ。ぬいぐるみを揺らしながら、加藤さんは私の横でため息をついた。

「本当、勘弁してほしいっすよ」

七月はじめの放課後、梅雨明けしたばかりの空は雲一つない快晴だった。私の隣で加藤さんは背中を丸めている。真雪くんが紙箱を持って少し前を歩いていた。

「た、た、大変そうだよね。わ、わ、わた、私には絶対にむ、無理だよ」

「選ばれたからには、やるんですけどね」

私たちの通う高校では全校生徒が小論文を書かされる。しかも出来が良いと、その論文を全校生徒の前でスピーチすることになるのだ。校長先生が主導している企画で、最も優秀な成績を収めると学外のスピーチコンテストへの出場が決まる。

吃音《きつおん》のある私には全校生徒の前でのスピーチなんて悪夢でしかない。そこで一年次も二年次も全力で手を抜いた。本気で取り組んでも選ばれるわけがないのだが、可能性は少しでも減らしたほうがいい。

　そんなスピーチのメンバーに、今年は何と加藤さんが選ばれた。何度も辞退を申し出たらしいが、校長先生が妙に気に入ってしまったらしい。担任の先生から懇願され、引き受けざるを得なかったそうなのだ。

　真雪くんが振り返り、話に入ってきた。

「そういえばこの前、保健室で原稿用紙とにらめっこしてたよね。ひょっとしてスピーチ用に原稿を書き直しているの？」

　加藤さんが気まずそうに視線を逸《そ》らした。

「やべ、気づかれてたんすね。納得してないから修正してて。本当にかったるいです」

　文句を言いながらもちゃんと取り組む辺り、根が真面目なのだろう。週明けの本番にそなえ、自宅での練習も重ねているそうだ。


進むにつれ、徐々に空気が湿っぽくなる。校舎北側の一階は日当たりが悪く、蛍光灯がついているのに薄暗い。部室が立ち並ぶ一角で、ほとんど来たことがなかった。

　ふいに動くものが目に入った。茶色っぽい子猫が窓越しに見えた。のんびりと歩き、茂みに隠れた。

　文芸部や軽音部などと書かれている、たくさんのドアが並ぶ。新入生勧誘のポスターが剝がされずに残っている。真雪くんが写真部と書かれたプレートが貼《は》ってあるドアをノックした。返事があったので、ドアノブをつかんで押す。真雪くんと加藤さんが部屋に入り、私も後に続いた。

「お邪魔します。お待たせ、持ってきたよ」

「おお、わざわざありがとう」

真雪くんが紙箱を掲げると、眼鏡の男子生徒が大げさに両腕を広げた。部室は六畳一間くらいの広さで、雑誌や見知らぬ機械で雑然としている。部屋の中央にテーブルがあり、周りにパイプ椅子が置いてある。

部屋には男子二人と女子一人がいた。女子生徒が真雪くんに頭を下げる。

「天野先輩にスイーツを手作りしてもらえるなんて幸せです。あっ、葵ちゃんも来てくれてありがとう」

「広井《ひろい》ちゃん、ハッピーバースデイ」

加藤さんが親しげに手を振る。二人はクラスメイトで、今日は写真部の広井芽衣子《めいこ》さんのお誕生日会なのだ。

広井さんは目がぱっちりしていて、茶色がかった髪はおそらくブローしてあった。スカートの丈も短くて、近づくとコロンの匂いがした。

真雪くんと加藤さんが写真部の人たちを紹介してくれる。眼鏡で痩せ型の男性が部長の海藤康隆《かいとうやすたか》くんで、目つきが鋭いのが大河原《おおかわら》秀《しゅう》くんだった。どちらも真雪くんのクラスメイトで、私と同学年になる。

私は加藤さんに誘われ、お誕生日会に参加することになった。

真雪くんのお菓子作りの腕は校内でも有名だ。そこで海藤部長が広井さんの誕生日にスイーツを贈るため、真雪くんに依頼をしたのだ。真雪くんは材料費だけで快く引き受け、広井さんの好物であるタルトを作ることになった。

誕生会には真雪くんも参加することになった。そこで広井さんは同じくクラスで真雪くんと親しい加藤さんに声をかけた。加藤さんは喜んで出席を決め、なぜか私を誘ってきたのだった。

抵抗はあったが、断るのも気が引けた。広井さんにはすでに話は通っているらしい。真雪くんの手作りタルトにも興味があったので、一緒に写真部の部室に行ったのだった。ちなみに悠姫子さんは不参加になる。タルトはすでに昼休みに保健室へ届けてあったので、当人から苦情が来る心配はないのだった。

テーブルに紙皿が置かれ、たくさんのタルトが並べられた。一同から歓声が上がる。

濃い紫のブルーベリーのタルトに、カスタード色のエッグタルト、チョコタルトは表面が艶やかに輝いている。タルト・タタンは濃密な飴色《あめいろ》に焼き上がり、フルーツタルトには苺《いちご》やキウイ、オレンジなどがカラフルに盛りつけられている。他にも色々な味があり、どれも小ぶりなサイズで目移りしてしまう。

全員でバースデイソングを歌い、プレゼントを主役に贈った。私は面識がないけれど、文房具屋で見つけた可愛《かわい》い便箋を渡す。

まずは主役である広井さんがタルトに手を伸ばす。カボチャのタルトが好物らしい。続けて全員が好きな種類を選んだ。

真雪くんがいつものにこにこ顔で言った。

「それではみなさん召し上がれ」

私はラズベリーとブラックベリーが載ったベリータルトを口に入れる。果実の甘酸っぱさを土台のタルトと風味豊かなカスタードクリームの味わいが支えている。加藤さんや写真部の部員たちも、「すごく美味《おい》しい！」「プロ級だな」と声を揃《そろ》えていた。

「美味《うま》いけど、食べにくいな」

部長が食べているのはフルーツタルトだ。口元から生地のかけらがこぼれていく。しっかり焼き上げられたタルトはほろほろと崩れ、油断すると落ちてしまう。

「あまり汚すんじゃないぞ」

大河原くんが不機嫌そうに注意する。

「わかってるって。後でちゃんと掃除するよ」

対する海藤部長は軽い調子だ。大河原くんは顔をしかめ、黙々とタルトをかじる。手が止まらないところから、甘いものが好きなのだと思われた。

広井さんが、正面に座る大河原くんに向けて身を乗り出した。

「大河原先輩のチョコタルトも美味しそう。それ、食べてないんですけど、もうないんですよ。味見させてもらっていいですか？」

広井さんの声が少しだけ鼻にかかっている気がした。大河原くんが「ん」とそっけなく返事をする。紙ナプキンを使って、口をつけていなかった部分をちぎって渡した。

「ありがとうございます。嬉《うれ》しいです」

広井さんが受け取る。ふとその隣を見ると、部長が口元を歪《ゆが》めていた。乱暴にかじると、生地の一部が床に落下した。

「あっ、しまった。天野、せっかく作ってくれたのに、すまんな」

「まあ仕方ないよ」

海藤部長は真雪くんに謝ってから、落ちたかけらを指で摘《つま》んだ。

「もったいないから鳥にでもお裾分けするか」

海藤部長が窓を開け、タルトのかけらを放り投げる。

「おお、早速スズメが来た」

海藤部長は嬉しそうにはしゃぎ、続けてタルトの上のフルーツを放り投げた。

落ちたものは理解できるけれど、まだ食べられるものを投げることに複雑な気持ちになる。みんな鳥に興味はなかったようで、誰も窓まで見に行くことはなかった。海藤部長だけが楽しそうにしている。

「そうだ、葵ちゃん。この写真見てよ」

広井さんが棚から一冊の雑誌を持ってきた。すぐに目的のページを開いたから、折り目がついていたようだ。

「大河原さんだ。グランプリって、すごいね」

気になって雑誌を覗《のぞ》き込んだ。誌面には大きな文字でコンクールの名称と、右ページいっぱいに一枚の写真が掲載されている。大河原さんの顔写真も小さく載っていた。

写真の場所は学校の近くの公園だ。だけど一枚の写真に収められた風景は別世界のように美しかった。広井さんが楽しそうに説明をはじめる。

「大河原先輩は写真部のエースなの。このコンテストでの学生部門のグランプリは、うちの部では大河原先輩がはじめてなんだよ。他にもあるんだ」

広井さんが次々に雑誌を持ってくる。大河原くんは誇ることも照れることもせず、肩を竦《すく》めているだけだった。写真を一通り見た後、広井さんが大河原くんに訊《たず》ねた。

「そういえばこの前、いい写真が撮れたって言っていましたよね。良かったら見せてもらっていいですか？」

「まだプリントしていない。データはあるにはあるんだが……」

大河原くんがバッグから大きなカメラを出してきた。

「小さいが液晶ディスプレイで確認できる。見てもいいが、バックアップを取っていないから扱いには気をつけろよ」

「あれ、いつもは自宅のパソコンに保存してますよね」

「壊れたんだ」

大河原くんは普段、デジタルカメラのSDメモリーカード内のデータを自宅のパソコンに保存していた。しかし先日、大河原くんの母親が掃除中にパソコンを棚から落下させてしまったそうなのだ。当たり所が悪かったのか起動不可能になり、現在は修理に出しているという。そのため画像はカードにしか入っていないらしい。

「わかりました。気をつけます」

広井さんがデジカメを受け取り、慎重に操作しながら画像データを閲覧していく。女子三人で肩を寄せ合い、液晶画面を覗き込む。撮影場所は県内で最大の繁華街だった。見覚えのある景色ばかりだけど、不思議なことに別世界のような印象を受ける。

「大河原先輩の被写体はありふれた題材が多いの。だけど視点を変えることで、日常に潜む美しさを切り取るんだ。すごい才能だよね」

熱っぽく語る広井さんの頰はうっすら紅潮していた。

「そんなもんでいいだろ」

大河原くんがデジカメを取り上げてしまう。やはりデータの扱いに慎重になっているようだ。

「ありがとうございます。やっぱり大河原先輩は天才ですよ」

「どうだろうな」

広井さんの声ははしゃいでいるが、大河原くんの返事は冷たい。加藤さんは写真に感銘を受けたのか、小さくため息をついていた。

そのとき校内放送を告げるチャイムが流れた。スピーカーへ視線を向けると、隣の時計が目に入る。針は午後五時の五分前を指していた。大河原くんの名前が呼ばれ、職員室の担任教師の元へ来るようスピーカーが告げた。

「何の用事だよ……」

大河原くんは舌打ちをしてから立ち上がる。デジカメを壁際にある金属製のラックに置いた。

「面倒だけど行ってくる。多分すぐ戻れると思うけど」

そう言い残し、バッグを部室に置いたまま出て行った。背中を視線で追っていた広井さんは、大河原くんの姿が消えた途端に退屈そうな表情になる。

その直後、カメラのフラッシュが光った。光源に目を向けると、海藤部長がカメラを構えていた。私たちがあっけに取られていると、海藤部長は大声を上げた。

「やっぱり思った通りだ。芽衣ちゃんとタルトの組み合わせは最高にキュートだよ。今から撮影しよう」

突然のことに、私は加藤さんと顔を見合わせる。その様子に気づいたのか、広井さんが段ボールにあったファイルを手に取った。

開くと大量の私服や制服姿の女の子の写真が収められていた。広井さんもいて、印画紙に焼きつけられた姿は本物のアイドルのようだ。広井さんが照れ笑いを浮かべる。

「部長って女の子の写真を撮るのが好きなんだ。それで今のお気に入りが私らしいの。恥ずかしいんだけどね」

言葉とは裏腹に広井さんはまんざらでもない様子だ。大河原くんとは違った才能を海藤部長も持っているようだ。海藤部長はタルトの残りを紙箱に詰め直した。

「それじゃ今から撮影に行こう。日が沈まないうちに撮りたいんだ！」

海藤部長が大股歩きで部室から出て行くのを、私たちは追いかけた。海藤部長は玄関に向かって歩き出している。真雪くんが声をかけた。

「鍵はかけなくていいの？　貴重品もあるし、留守番してようか」

「大河原が帰ってきたときに閉め出されるだろ。すぐ戻るって言っているから構わないって。それじゃ芽衣ちゃん、一緒に行こうか」

歩き出そうとする広井さんに、加藤さんが訊ねた。

「広井ちゃん、大丈夫なの?」

「まあ、ちょっとくらいならね。部長、ああなると人の話を聞かなくなるから」

海藤部長と広井さんが先に進む。私が視線を向けると、真雪くんがため息をついた。

「大河原くんもすぐ戻るだろうし、多分平気なんじゃないかな。僕は興味があるから撮影についていくよ。みんなはどうする?」

「スピーチの練習をしたいから帰るね」

「わ、私は、保健室に、か、か、顔を出すよ」

三人ともバラバラだったので、部室の前で別れることにした。保健室に向かうと、残念なことに悠姫子さんは帰宅していた。校門までの道のりで真雪くんを探す。だけど姿は見えず、バスの停留所のベンチに加藤さんもいなかった。

普段通りに帰宅して、翌日もいつものように登校する。放課後までほとんど誰とも喋《しゃべ》らない日がはじまったかと思っていたら、昼休みに真雪くんが教室まで訪ねてきた。

「実は大変なことになってさ」

困り顔の真雪くんが、昨日の出来事を教えてくれた。驚くことにあの後、大河原くんのデジカメに入っていた画像データが全て消えていたというのだ。

2

「お、美味しい」

真雪くん特製のモンブランを口に入れた私は思わず声を漏《も》らしていた。マロンクリームと生クリーム、そして土台のメレンゲというシンプルな構成だ。だけど三つが絶妙なバランスで渾然一体《こんぜんいったい》となっている。

どうしてこんなに栗の味わいがはっきりしているのにくどくなくて、するすると食べられてしまうのだろう。加藤さんや悠姫子さんも無言で食べ進めている。

昼休み、私と真雪くん、加藤さんは保健室に集まっていた。食べ終えて、ひと息つく。幸福な体験だった。

ベッドにはいつものように悠姫子さんが寝そべっている。午前中は授業に出たらしく、制服姿だった。

悠姫子さんは時おり自分の教室に顔を出すようになった。喜ばしいことだし、応援もしている。でもほんの少しだけ、寂しさを感じてしまう自分がいた。

「真雪、また腕を上げたわね」

「いやほんと、これヤバいっすよ」

二人の絶賛も当然だった。真雪くんが照れくさそうに笑う。

「フランス産の良質なマロンペーストが手に入ったんだ。上品な味わいと繊細《せんさい》な香りは和栗のほうが上だけど、洋栗はやっぱりモンブランに最適だよね。季節外れだけど、喜んでもらえてよかった」

「さ、最高に、お、美味しかった。そ、それに、すごく、た、食べやすかったよ」

真雪くんが私をじっと見た。

「このモンブラン、ちょっとだけ変わったことをしたんだ。わかったかな？」

「え、えと、……え？」

美味しすぎて夢中で食べ進めてしまった。困惑していると、真雪くんが試すような口調で言った。

「沢村さんも徐々に製菓の腕を上げてきている。そろそろ基本ばっかりじゃなくて、色々な応用を試してもいいんじゃないかな。それ程難しくないから考えてみてよ」

「う、うん。わ、わ、わかった」

最近、真雪くんがお菓子作りについて話を振ってくれることが増えている。理由はよくわからない。毎回厳しいけれど、上達するため話についていこうと思っている。

お菓子に夢中になってしまったが、本題は別にある。私たちは誕生日会での出来事について話すために集まったのだ。

昨日、私たちは五時ちょうどに部室を出た。大河原くんが職員室から戻った時間はその十分後だったそうだ。無人なのに施錠していなかったことに大河原くんは腹を立て、直後に自分のカメラが床に落ちていることに気づく。真っ先に先日壊れたパソコンを連想し、慌てて電源を入れた。幸い起動したが、全ての写真データが消失していたというのだ。

「責任感じちゃうなあ……」

加藤さんの声は沈んでいた。鍵を持っていたのは海藤部長だが、私たちも状況を放置したのだ。あの場に留《とど》まる選択もあったはずだ。

事情を聞いた悠姫子さんが訊ねた。

「写真部の天才さんは何て言っているの？」

「誰かが故意にカメラを落としたって主張しているんだ。絶対に犯人を捕まえるって、かなり怒っているよ」

「随分と物騒ね」

大河原くんは安定した場所に置いたと断言し、カメラ落下は誰かの仕業だと考えているそうなのだ。部室は出入りが自由で、誰でも実行は可能だ。一方で海藤部長はただの事故だと考えていた。大河原くんが不安定な場所にカメラを置き、偶然バランスを崩して落下したと主張しているのだ。

「カメラが勝手に落ちるってのは無理があるわね。そもそも木の床に当たったくらいでデータって消えるものなの？」

加藤さんが首を傾《かし》げた。

「可能性は低いですけど、最先端機器ですから絶対にありえないとは言い切れないですね。父が同じ会社の機種を愛用してて、突然バグってデータが飛んだことがあったようですし」

そこで真雪くんが私に顔を向けた。自然と一同の視線が集まる。

「実は海藤くんも大河原くんも沢村さんの推理力を知っててさ。今回の件を調べてくれるよう僕からお願いしてほしいって頼まれてるんだ」

「え、えっと、うん」

私も当事者の一人として申し訳なく思っていたので、引き受けることにした。聞き込みなど苦手な作業は真雪くんや加藤さんが協力してくれるはずだ。前みたいなことは二度とごめんだ。無関係な悠姫子さんは退屈そうにあくびをしていた。

土曜の繁華街は休日を楽しむ人であふれていた。自宅近くにある駅から二十分ほど電車に揺られると、大きなターミナル駅に到着する。時間ちょうどに改札前に行くと、大河原くんと加藤さんが先に来ていた。

「お、お、お待たせしました。つ、付き合って、も、もらって、すみ、すみません」

同級生だけど、つい敬語になってしまう。

「俺が頼んだんだし、同じ場所をまた撮るつもりだったから」

頭を下げると、大河原くんはぶっきらぼうに答えた。加藤さんが笑顔を浮かべる。

「よろしくです。撮影に付き合えるの、わくわくしてるっすよ」

今日は以前撮影した駅前の繁華街を歩き回る予定らしい。そこで大河原くんに撮影場所を案内してもらうことになったのだ。

依頼を引き受けた日の放課後、私は真雪くんや加藤さんと聞き込みをした。部室近辺を中心に回ったのだが、無人になった時間に出入りした人の目撃情報は得られなかった。

私は次に、写真そのものを消すのが目的だった可能性を考えた。そこで写っていたものを調べることにしたのだ。

カメラを首から提げる大河原くんの後をついていく。ふと加藤さんのリュックのぬいぐるみが変わっていることに気づく。リュックは通学用と同じだが、黄色の犬から白色の帽子を被《かぶ》った男の子のぬいぐるみに変わっている。極力地味な格好でいようとする私は、加藤さんの女の子らしい趣味を眩《まぶ》しく感じた。

大河原くんは私たちを気にせず、雑踏を縫うように進んでいく。撮影箇所の基準はわからないが、大河原くんにしか見えない景色があるのだろう。カラオケチェーン店や月《つき》極《ぎ》駐《め》車場、真雪くんお気に入りのケーキ屋などを撮影していた。

シャッターを切ってから、大河原くんが訊ねてきた。

「何かめぼしい情報は手に入ったのか？」

答えたのは加藤さんだった。

「それが全然なんですよ。変わったことは、子猫が勢いよく走ってたくらいです」

周辺を聞き込みしたところ、子猫が跳ね回っている姿が何人かに目撃されていたことがわかった。私が見かけた猫と同じだろう。すると大河原くんが眉を上げた。

「それって茶色のちびか？　左耳に小さな傷のあるやつだ」

「それです。知っているんですか？」

「ちびの親の代から一応な。だけど普段はおっとりしていて、勢いよく走り回る性格じゃないんだが」

大河原さんは入学したころから、部室の外で一匹の猫を何度も見かけていたらしい。たまに撮影もしていたそうだ。その猫がある日、子猫を産んだ。それが例の茶色の子だという。

「親とはよく一緒に遊んだよ。マタタビをあげたら酔っ払いすぎて、ふらふらになったこともあったな。親猫は最近見かけないが、子どもは学校の近くを根城にしている」

耳の切れ込みは地域猫の証《あかし》らしい。特定の飼い主がおらず、地域全体で世話をしている猫を地域猫という。そして去勢手術が済んでいる地域猫には耳に小さな切れ込みを入れる耳カットが施される。

かわいそうだけれど、保健所に連れて行かれる可能性は格段に下がる。去勢済みの地域猫として区別するために有効な処置なのだそうだ。

歩いていると、小さな雑居ビルに気づいた。そのビルの存在を私は以前から知っていた。五階建てのビルは会社や事務所ばかりだが、二階の一室で吃音改善教室を開いているのだ。公式ホームページはブックマークしてあるし、ビルの前に来たことも一度だけある。だけど勇気が出なくて申し込みできないでいる。大河原くんはそのビルも撮影していた。

「どうしたんですか？」

「な、なんでもないよ」

ビルを見つめていたら加藤さんに声をかけられたけど、私は笑って誤魔化した。気を取り直し、再び大河原くんを追跡する。

「あっ！」

アーケード街を歩いている途中、加藤さんが急に声を上げた。横を向くと、加藤さんが脇道に走っていく背中が見えた。大河原くんが気づいて、私の元に駆け寄ってくる。

「どうしたんだ？」

「さ、さ、さあ」

二人で追いかけると、曲がり角の陰から加藤さんが恐るおそる顔を出してきた。

「あ、あの、か、加藤さん?」

「えっと、実は中学時代の知り合いがいてですね」

加藤さんが頭を掻《か》きながら事情を説明してくれた。見かけたのは中学の同級生で、卒業直前に喧嘩《けんか》をして気まずいそうなのだ。

「か、か、加藤さんでも、ひ、人をさけ、避けること、あ、あるんだ」

「いやあ、色々と事情があってですね」

言《い》い淀《よど》むので、それ以上追及するのはやめておく。誰とでも気兼ねなく付き合えるイメージがある加藤さんに、顔を合わせにくい人がいることが意外だった。

結局昼過ぎまで歩き回ったのに、気になる情報は得られなかった。大河原くんは郊外まで撮影に出かけると言い、電車に乗っていった。同じ箇所をなぞる撮影は成果が出なかったらしく、不満が顔に表れていた。

一時頃、カフェで真雪くんと合流した。元々、調査後に落ち合うことになっていたのだ。真雪くんお気に入りの店で、和素材を使ったスイーツが売りだった。内装もお茶屋さんのようで、落ち着ける雰囲気だ。

真雪くんは抹茶パフェで、私はわらび餅と豆乳のブラマンジェのセット、加藤さんは柚子《ゆず》風味のクリームあんみつを注文する。

しばらくして上品そうなスイーツが勢揃いした。

甘味に舌鼓を打ちながら互いの報告をする。といっても私たちからは何もなく、真雪くんが調べた写真部の人間関係について教えてもらうことになった。

まず海藤部長が広井さんを好きなのは有名らしい。入学以来、被写体として頻繁に撮影していて、いつも気を惹《ひ》こうと振る舞っているそうなのだ。

「あくまで噂《うわさ》だから、実際に恋愛感情を抱いているか不明だけどね。写真のモデルとして好意を持っているだけかもしれない」

「部室での様子では本気で好きって感じですけどね。タルトの依頼だって部長さんからだし。ただ、あの態度じゃ逆効果ですけど」

加藤さんが柚子アイスをスプーンですくって口に入れた。

「実は広井ちゃん、陰で部長さんをぼろくそに言ってるんですよ。長所は写真の腕しかないとか、ウザいとか」

「そ、そうなんだ……」

海藤部長が空回りしているのは色恋沙汰に疎い私でもわかった。そして広井さんの興味の対象が大河原くんなのも全員に伝わっていた。

真雪くんが白玉をよく噛《か》んでから飲み込む。

「こちらも恋愛感情か不明だね。大河原くんの写真が好きという可能性もある。そして、彼女の気持ちも報われていない」

広井さんは以前、自分を撮影してほしいとアプローチしたことがあった。しかしその答えは冷たいものだったという。

「大河原くんは大勢の前で広井さんに、『あんたを撮影してもつまらない』と言い放ったらしいんだ」

「それは辛辣《しんらつ》だなあ」

「それと実は、広井さんには部室が無人になった十分間にアリバイがないんだ」

撮影は屋外で行われたのだが、広井さんは靴を履き替える直前に身だしなみを整えるため五分ほどお手洗いに行っていた。

その間、海藤部長は真雪くんと待っていた。五分あれば部室に戻ってデジカメを操作してデータを消去し、床に落とすことは可能だと思われた。

私はブラマンジェを味わう。柔らかく作られ、舌の上であっという間に崩れた。

「か、か、海藤部長は、ひ、ひ、広井さんを犯人だと、か、か、考えているのかも」

デジカメが偶然落下したと強く主張することに不自然さを感じていたが、想い人をかばうためなら納得できる。

「そうかもしれないね」

　真雪くんがコーンフレークを口に入れた。溶けた抹茶アイスが染み込んでいるようだった。笑顔で咀嚼《そしやく》してから飲み込んだ。

「それと一点、思い出したことがあるんだ」

　撮影をしている最中、海藤部長の携帯電話に大河原くんから着信があった。怒りの電話に急いで戻ったのだが、その際に部室の窓が少しだけ開いていたというのだ。

「僕たちが出たとき、窓は閉まっていたかな」

「えっと、ど、どうだったかな」

「正直覚えてないっすね」

　海藤部長が鳥にタルトのかけらを投げた後、窓を閉めていたか思い出せない。そこで海藤部長にメールで確認したところ、ちゃんと閉めていない気がするという曖昧《あいまい》な答えが返ってきた。

　食べ終えたところで事件に関する情報交換は終わった。いくら調べても手がかりは得られない。本当に偶然落下しただけなのだろうか。空気がもやもやしている。そんな雰囲気を変えたくて、私は息を吸い込んだ。

「あ、あの、こ、この前の、も、モンブランなのだけど」

「何かわかった？」

　真雪くんが緑茶をすする。

「ひょっとして、な、生クリームに、さ、砂糖が入って、いなかった？」

湯飲みから口を離し、テーブルに置いた。

「正解だよ。よくわかったね」

「へえ、そんなのあるんですか」

加藤さんが感心したように目を見開く。モンブランの味を思い出し、色々と想像した。そし和栗を加えたり、リキュールを入れたりとか考えたけれど、どれも違う気がした。そして食べやすさから、加えたのではなく何かを引いた可能性に思い当たったのだ。

「生クリームというと加糖するものだけど、あのモンブランのルセットは砂糖を抜いてあるんだ。さらに言うと乳脂肪分も三十パーセントほどになっている」

日本でホイップ用として販売されている生クリームは、乳脂肪分三十五パーセント以上が主流のはずだ。

「脂肪分が少ない分、口当たりが軽く感じられるんだ。欧米ではこのくらいの生クリームを使うことが多いみたいだね。砂糖が入っていないこともあって、こってりしたマロンクリームの味を引き立ててくれるんだ」

真雪くんの製菓講義はとても興味深い。昔はほとんど意味がわからなかったけど、今なら何とか理解できる。楽しそうに話す真雪くんを見つめながら、耳を傾けた。

そこでふと、加藤さんがにやにやと私を眺めていることに気づいた。

「あ、あの、えっと、何かな」

「別に、理由はないっすけど？」

加藤さんが愉快そうに言う。頬が熱くなってくる。真雪くんは講義を続けている。加藤さんの表情は忘れて、話に集中することにしたのだった。


朝から陽射しが強く、本格的に夏になったことを告げていた。

五時限目に全校集会が行われ、講堂に集まった全校生徒がパイプ椅子に腰かけている。ありがたいことに最近改装され、エアコンが設置されていた。だけど生徒たちの熱気がこもり、汗が出るほどには暑くなっていた。

まず校長先生が壇上に立ち、学生でも授業以外で社会を学ぶことが必要なこと、それを発信する能力がグローバル社会を生き抜くために必須であると長々と話しはじめた。

訓示が終わり、メインイベントであるスピーチ大会が開始された。今回選ばれたのは四人で、一人当たり五分強の時間が割り当てられている。事前に配られた用紙を見ると、加藤さんの出番は二人目になっていた。

他の人のスピーチには興味がなかったので、私はデータ消失問題について考えた。大河原くんの話ではラックは水平で、デジカメの下に物も置いていなかったはずだ。安定した状態のデジカメが勝手に落ちたとは考えにくく、何らかの力が加わったのは間違いないだろう。

誰かがデータを消した場合、動機があるはずだ。海藤部長や広井さんが抱く感情は、危険を冒すほどではないように思えた。

最初の人がスピーチを終え、体育館が拍手に包まれる。ホッとした表情の男子生徒が壇上から降りていく。

名前を呼ばれ、加藤さんが返事をした。自分のことのように心臓が高鳴る。加藤さんは階段から壇に上がり、礼をしてから中央に設置してある演台にスタンバイする。一礼してから、スピーチの原稿を広げた。

加藤さんの明瞭な声が体育館に響き渡る。

「コンビニで買える駄菓子や、デパートにある高級チョコなど日本で色々な種類のチョコが買えるのはご存じでしょう。口溶けの良いチョコは老若男女あらゆる世代から愛されていて、個人的には一番好きなお菓子です。原材料はカカオで、赤道周辺の熱帯地域でしか生産不可能で、産地の約七割が西アフリカです」

加藤さんがスピーチに選んだ題材はチョコレートだった。真雪くんとの雑談から思いついたそうだ。

「それらの国では、児童の労働によってカカオ生産が支えられていることは知っているでしょうか。アフリカ諸国での食料生産の改善を志す国際熱帯農業研究所の調査で、日本で言えば大きな市の人口に相当するだけの少年少女たちが農園での労働に従事しているとの発表があったほどです」

表情は硬いが、大きく張った声は堂々とした印象を与えている。全校生徒や教師陣を前にして、言葉を出せること自体私には信じられなかった。

「児童たちは当然、学校に行けず、誘拐や奴隷として売買された結果働かされるケースさえあるというのです。時には暴力を受けることさえあるというのです」

チョコの背景には貧困が広がっている。恥ずかしながら私はそのことを知らなかった。

お菓子作りを学ばなければ、知らないことがたくさんあった。何かについて深く習得していくことは、派生するたくさんの未知の世界を知るきっかけになる。

先日の無糖生クリームも新鮮な驚きを与えてくれた。当たり前だと思っていたものが、そこに存在していなかった。

あって当然と思い込んでいるから、ないことに全く気づかない。そんなことが、他にもたくさんあるのかもしれない。

「さらに農園で働く児童たちは、高級品であるチョコレートを口にしたことがない子たちが大半なのです。労働者たちは、カカオが何に使われているかさえ知らないというのです」

あれ……？

耳を傾けていて、ある違和感を覚える。その理由を考えた結果、一つの疑問に行き当たった。私は集中力を高める。

「二十一世紀に入って児童労働をなくす国際的な動きが活発化する一方、チョコレートの需要増加が原因で労働が過酷になっている現状は日本人が知るべき事実です」

脳裏に、たくさんの要素が組み立てられていく。考えが正しいことが、スピーチが続くにつれ証明されていく。

膝の上に載せた手が震える。おそらく間違いない。なぜ写真データが消えたのか。私は動機に行き着いてしまった。顔を上げていられなくて、下を向いて唇を噛む。

「現在、フェアトレードチョコレートという存在が取り上げられているのはご存じでしょうか。フェアトレードとは日本語に訳すと公正な取引です。発展途上国で生産された農産物や製品を労働に相応《ふさわ》しい価格で購入することで支援につなげる運動です」

なぜ気づいてしまったのだろう。わからないほうがよかった。

だけど、私だから見抜いてしまった。多分、私にしか、わからなかった。胸の苦しさのせいで、その場でうずくまりたくなる。

「当然、フェアトレードチョコレートには児童労働によるカカオは原材料として使用されていないのです。製品は厳しい審査を通過した証として印がつけられているので、そういった製品を買うことが支援に繋《つな》がるはずです」

その後もスピーチは続き、加藤さんの出番は終わった。会場が拍手に包まれるなか、私も同じように手を叩《たた》く。

いったい、どれだけの苦労をしてきたのだろう。私は今にも泣いてしまいそうだった。加藤さんは照れ笑いを浮かべながら、壇上から降りていった。

3

翌日は急に涼しくなった。半袖だと肌寒さを感じるくらいだ。私は真雪くんに頼み、今回のデータ消失問題に関わる人たちを呼んでもらった。昼休みに一同が部室に揃い、視線が私に集中する。深呼吸をして、何度も自宅で練習した言葉を口にする。

「で、デジタル、か、か、カメラのデータ消失は、事故、だ、だったの」

言い終えた直後に大河原くんが反論した。

「でも勝手に落ちるなんておかしいだろ」

「そ、その理由を、今から説明、するね」

あの日の放課後に子猫が目撃されていた。私も外にいる姿を確認している。錆《さ》び猫という黒と赤茶の混ざった毛色で、この一帯で世話をしている地域猫だ。そこで高校の近所で話を聞いて回ったところ、私は小学校二年生の男の子と出会った。

その子は猫をジャックと呼んで可愛がっていた。家は高校の北側に位置している。話を聞くと、その子はジャックに自分のおやつを分け与えていたことがわかった。

「ふ、フルーツとか、ま、マドレーヌとか、色々、あ、あ、あげていたみたい」

「マドレーヌは食べさせちゃダメだよね」

真雪くんの指摘通り、人間用の洋菓子は猫には栄養価が高すぎる。肥満などの原因になるし、生クリームに含まれる乳糖でお腹を下す原因にもなる。猫は一部の人間と同じように乳糖不耐症なのだ。近所の人から注意を受け、その子はおやつをやらなくなった。でもジャックは贅沢《ぜいたく》な味を覚えてしまった。

「だ、だから、じ、ジャックは、た、タルトのかけらに、ひ、引き寄せられたの」

視線が海藤部長に集まる。海藤部長は焦ったように言った。

「それがカメラとどう関係するんだ？」

「か、海藤部長が、に、庭に、な、投げたフルーツは、き、き、キウイだった。こ、こ、子猫はそれを食べて、よ、よ、酔っ払ったの。き、き、キウイは、ま、マタタビ科の、植物だから」

「キウイで酔っ払う？」

その場の全員が驚いていた。

猫がマタタビ好きなのは広く知られている。それはマタタビに含まれるマタタビラクトンが猫の大脳や神経系に作用して、陶酔状態にさせるためだった。同じマタタビ科の植物であるキウイにはマタタビラクトンが含まれているのだ。果実には少量しか入っていないが、熟した場合だと成分が増えるそうだ。

ジャックは子猫で体が小さい。また大河原くん曰《いわ》く、母親がマタタビに強く反応したという。マタタビに弱い体質が子どもに受け継がれている可能性は充分ありえた。

普段は大人しいのに、走り回っていたのは酔っ払っていたためだったのだ。理性を失ったジャックは何をするかわからない状態だった。開いていた窓から部室に侵入し、暴れたことでカメラを落としてしまったのだ。

「も、もしかしたら、ゆ、床に落ちていた、た、タルトの、か、かけらを、食べたかったのかも、し、しれません。あれ以降、そ、掃除はしましたか？」

「……していない」

海藤部長が気まずそうに答える。そこで私たちは床を捜すことにした。数分ほどしゃがみこんだ後、立ち上がって腕を掲げる。

「あ、ああ、ありました」

私は指先で黒と赤茶の毛をつまんでいた。大河原くんが猫の毛をじっと見つめ、あきれたように笑った。

「猫のせいだったのか」

「ほら、犯人なんていなかっただろ」

海藤部長は得意げな口調だ。タルトのかけらや窓の閉め忘れは海藤部長に責任がある。その点を気に病んだらと心配だったが杞憂《きゆう》だったようだ。

猫のせいという結論に空気が一気に緩む。私は安堵《あんど》しながら、後ろめたさが顔に出ないよう気を張っていた。なぜならこの推理は全てでっち上げなのだから。

放課後、保健室には私と悠姫子さんしかいなかった。悠姫子さんの寝そべるベッドのそばで、私はパイプ椅子に座っている。真っ白なシーツには幾重にも皺《しわ》が寄っていた。

私が渡した紙袋に悠姫子さんが手を突っ込んで、フルーツタルトを取り出す。先日、悠姫子さんからタルトのリクエストがあったのだ。悠姫子さんは一口食べて「これはこれで」と感想をつぶやいた。

黙り込んでいると、悠姫子さんが足の位置を直した。さらさらと流れる髪はいつ見ても滑らかだった。

「言いたいことがあるんじゃないの？」

私が来た理由を、悠姫子さんはお見通しだった。膝の上で両手を強く握りしめる。

「……わ、私は、嘘《うそ》をつき、つきました」

真実を隠すため、偽りの推理で問題を決着させた。でも本当にその行いが正解だったのか、迷いは消えなかった。他に方法は思いつかないけれど、罪悪感が消えてくれないのだ。

「嘘の内容は言えないんだよね」

私はうなずく。悠姫子さんといえども打ち明けるわけにはいかない。詳しい説明もしないまま、こんな話をしても困らせるだけだろう。申し訳なさで心がいっぱいになるけれど、誰かに話さないではいられなかったのだ。

悠姫子さんが再びフルーツタルトをかじる。私も味見をしたが、真雪くんのものに較《くら》べれば完成度はいまいちだ。

「あんたが嘘をつくなら、それなりの理由があるんでしょ」

「えっと、その……」

悠姫子さんが艶やかな笑みを浮かべ、私の瞳を真《ま》っ直《す》ぐ見据える。今さらながら、長いまつ毛と彫りの深い顔立ちに見惚《みと》れる。何より凛《りん》とした雰囲気を本当に綺麗《きれい》だと思った。

悠姫子さんが私に人差し指を向ける。指は白く、細長かった。

「それなら堂々としていなさい。わたしはあんたを支持するわ。必要なら、さらに嘘を重ねてもいい。わたしが許可する」

高飛車な態度にあっけに取られる。悠姫子さんは優雅な手つきで、今度は手のひらを自分の胸元に押し当てた。

「それでもし嘘がバレて非難されることになったら報告しなさい。わたしはあんたの嘘を後押しした。つまりわたしは共犯だからね。一緒に怒られてあげる」

何の事情も打ち明けない私を、無条件に信頼してくれた。それだけでなく私の罪悪感を一緒に背負おうとしてくれている。こんな言葉をもらえるなんて、考えてもみなかった。

「あ、あ、あり、ああ……」

ありがとうございます。

感極まると、こんな簡単な言葉さえ出てこなくなる。うつむきながら、何とか口に出そうと必死になる。悠姫子さんはタルトを味わいながら、のんびりと待っていてくれた。

その後は変わらない日常が続いた。たまに一之瀬さんとお話をして、廊下で佐伯橋先輩に声をかけられる。保健室では悠姫子さんや真雪くん、加藤さんとお喋りを楽しみ、自宅では弟と遊んだり洋菓子を作ったりする。近所を散歩していたら野崎くんと鉢合わせすることもあった。以前の私からは考えられないような生活に、不安は徐々に消えていく。

だけどすぐに、考えが甘かったことを思い知る。

終業式を直前に控えた日だった。入道雲が浮かんでいて、時を追うごとに巨大化していった。昼休みがはじまってすぐ、教室の外から真雪くんに声をかけられた。

話を聞くと、大河原くんが私を呼び出しているという。悪い予感がした。食事を後回しにして、部室に向かうため席を立つ。

「あれ、菓奈ちゃんどこに行くの？」

「ちょっと、しゃ、写真部に、よ、呼ばれて」

一之瀬さんから声をかけられ、私は曖昧に返事をした。真雪くんは心配そうな面持ちで部室まで同行してくれた。

ドアを開けると、デジカメを持った大河原くんににらみつけられた。

「どうして呼ばれたかわかるか？」

私は返事ができない。真雪くんが私の背後でドアを閉める。一緒にいてくれるみたいだ。

「最近、高校の近所を歩いて、猫の写真をたくさん撮ってるんだ」

大河原くんの写真のテーマは日常だから、猫のいる景色も琴線に触れるのだろう。大河原くんがデジカメを操作し、画面を私の眼前にかざした。そこには小学生の男の子と錆色の猫が遊ぶ様子が表示されていた。

その少年を私は知っていた。猫におやつをあげていた子だ。

「ジャックを撮影しているときに仲良くなったんだ。沢村さんのことも覚えていたよ」

大河原くんがデジカメをテーブルの上に置いた。私は大河原くんの言葉を聞き漏らさないよう集中する。

「頭がいい子で、デジカメのデータが消えた日のことを覚えていた。好きな番組が終わったすぐ後に外に出たらジャックがいて、一緒に三十分程遊んだそうだ。部室から男の子の家まで猫なら一分もかからない」

男の子は私の質問にもはっきり答えていた。きっと大河原くんとの会話でもしっかり受け答えしたのだろう。

「その番組は五時少し前に終わる。五時から三十分間、猫はあの男の子と遊んでいたんだ。つまりジャックにはアリバイがあるんだよ」

「で、でも、ほ、他の、ね、猫かも……」

大河原くんの目が鋭さを増した。

「部室から猫の毛が出なければ、その言い訳で通じたかもな。でも沢村さんは錆び猫の毛を発見した。あれは本当に、この部屋にあったのか？」

とっさの反論は自分の首を絞めただけだった。猫の毛を発見したのは失敗だった。あの毛は嘘を補うためにジャックからもらい、見つかったように演技をしたのだ。念を押したつもりが、致命的なミスになってしまった。

斜め後ろにいた真雪くんが一歩前に出る。

「大河原くん、それは飛躍じゃないかな」

「それならどうして、嘘をついたんだ」

「沢村さんはそんなことをする人じゃない」

真雪くんも無条件に私を信じてくれたことが、涙が出そうなほど嬉しかった。

目を閉じると、悠姫子さんの顔がまぶたの裏に浮かんだ。でも、悠姫子さんを巻き込むつもりは当然ない。嘘が暴かれても、目的は貫かなくちゃいけない。私は小さく息を吸い、覚悟を決めた。

「ご、ごご、ごめんなさい」

真雪くんが驚きの表情を浮かべる。信頼を裏切るのが申し訳なかった。嫌われたとしても仕方ないことだ。全ては、私の軽率さが原因なのだから。

「しゃ、写真が、き、き、綺麗で、ま、また、み、見たくなって。それで、か、か、か、カメラを、触ってたら、つい、そ、操作ミスを……」

急に外が暗くなる。乾いた地面に雨粒の跡ができる。その直後、雨が一気に降り注いだ。ゲリラ豪雨だ。窓越しでもうるさいくらいに激しい雨音だった。

私の責任にすれば、これ以上の追及はないはずだ。真相が暴かれないためにも今度の嘘は単純であるべきだ。私は顔を上げ、大河原くんに訴えかけた。

「だ、だ、だから、おね、お願いします。な、なんでも、し、しますから、どうか、こ、このことは、み、み、みんなには、ひ、ひ、ひ、秘密に……」

「何を、内緒にするんですか」

突然ドアが開き、加藤さんの声が部室に響く。肩で息をしているので走ってきたのだろう。驚く私たちを無視して、大股で室内に入ってくる。

「ど、どうして、こ、こ、こ、ここに？」

「一之瀬先輩から、菓奈先輩が呼び出されたって聞いたんです。ひょっとして自白してたんですか？」

返事ができず、私は顔を逸らす。

「急に割り込んでくるな。こいつが俺の大切なデータを……」

「ふざけないでください！」

加藤さんは肩を震わせ、怒りの表情で叫んだ。土砂降りにも負けない大声だった。突然の豹変《ひょうへん》に、大河原くんも真雪くんも戸惑っている。

「私をかばって、菓奈先輩は何か得するんですか？」

大河原くんがすかさず反応する。

「かばうってどういうことだ」

加藤さんが大河原くんの正面に立ち、頭を下げた。

「写真を消したのは私です。私のしたことは許されないことです。どうか謝罪をさせてください」

突然の告白に、大河原くんは不審そうな眼差《まなざ》しを向けた。

「どうしてそんなことしたんだ」

「それは……」

加藤さんの膝が震えはじめる。今から、あのことを打ち明けようとしている。写真を消してまで隠そうとしたのに。すぐに、止めなくちゃいけない。

「や、や、やめ……」

だけど私の喉はいつものように詰まってしまい、言葉が出てこなかった。だから私は加藤さんの手を握って、何度も首を横に振ることしかできない。

「お、お、お願い。やっ、やめっ。か……、かと、あ、か、かっ……！」

喉をこじ開けて、言葉を取り出したかった。

こんな自分が大嫌いだった。普通に喋れるようになれたらどんなにいいかと、吃音なんかなければいいと、どれだけ願っただろう。

加藤さんが私の手を優しく振りほどく。

「画像に、私が吃音改善教室に入る姿が写ってたんです」

意味が理解できなかったようで、大河原くんは訝《いぶか》しむような表情を浮かべた。真雪くんもぽかんとしている。加藤さんは目を閉じた後、絞り出すように言った。

「私は菓奈先輩と同じ、吃音症なんです」

4

大雨は短い時間で降り止《や》み、太陽の光が雲間から差し込んでいた。放課後、私たちは保健室に集まった。加藤さんが悠姫子さんにも全てを打ち明けたいと願ったためだ。悠姫子さんはベッドで上体を起こしていて、私と真雪くんは椅子に座っている。

「ディスプレイで画像を確認したことが、全ての発端でした」

加藤さんは話をする間、終始うつむき気味だった。風景写真の内容は詳しくは覚えていないが、吃音改善教室の入居するビルを写した画像も含まれていたはずだ。

「そのビルに入ろうとする私の姿を、大河原さんが偶然撮影してたんです」

はっきりと顔が写り込んでいたわけではないらしい。だが横顔や髪型が判別でき、何より黄色の犬のぬいぐるみが鮮明に写り込んでいたそうなのだ。知り合いが見れば確実に加藤さんとわかる情報は揃っていた。データ消去後、加藤さんはぬいぐるみを変えていた。あれは写真と同じものを持つことに抵抗を感じたからだろう。

加藤さんは写真を消したいと考えた。だが大河原くんが警戒しているため目の前で操作するのは難しい。そこで部室が無人になり、鍵もかけられていないというチャンスが生まれた。

加藤さんは先に帰るふりをして部室に戻り、画像を消去した。かつてお父さんが持っていた機種と同じメーカーだったため、操作方法はすぐにわかったようだ。

「悪いことっていう自覚はあるんですが、そのときは消さなきゃとしか考えられなかった。広井さんって男子がいると猫を被るんだけど、女子だけのときは結構毒を吐くんです。他人の欠点や失敗を笑うから、吃音だと知られたらと考えると怖くなったんです。だけど消し終わったら、大河原さんが帰ってくる気配がして……」

加藤さんは焦り、窓から逃げることにした。しかし閉めるのは間に合わず、少し開いたままになってしまったのだ。

「以上が、私のしたことの全てです」

説明を終えても、真雪くんと悠姫子さんは納得いかない様子だった。

「事情はわかったけど、葵が吃音症なのが信じられない」

「僕もそれが一番気になっているんだ。昔からそうだったの？」

加藤さんはすぐに否定する。

「中学一年以前は違ったよ。症状が出たのは、両親の離婚のせいで転校した辺りだから」

吃音の原因はわかっていない。生まれつきの場合もあれば、後天的に発症する人もいる。だが幼少期や思春期における過度のストレスが原因と考えられるケースは多数報告されている。そのためか、吃音の人は両親の離婚を経験している人が少なくないという。加藤さんの場合は転校による友人との別れや、新しい環境という要素も負担になったのだろう。

加藤さんが手を強く握った。

「吃音を隠したのは転校先の中学が原因なの。初日から全然声が出なくなって、そこから散々馬鹿にされて。喋るのが怖くなったせいで、転校後の二年間は友人ができなかったんだ」

加藤さんは以前、繁華街で中学時代の知り合いと遭遇して逃げ出したことがあった。現在の社交的な姿からは全く想像できない。顔を合わせるのが苦痛だったのだろう。

「卒業を機に変わろうと誓って、中学時代の知り合いが来ない遠くの高校を受験したんだ。何より、大好きな二人がいたから」

加藤さんが悠姫子さんと真雪くんを交互に見つめた。加藤さんの家は電車で何駅もかかる。この高校を選ばなくても、近場でいくらでも選択肢はあったはずだ。

真雪くんが神妙な面持ちで口を開く。

「正直、すごく驚いている。失礼な言い方だったら謝るけど、葵ちゃんはスムーズに喋れていると思うんだ」

　その言葉が嬉しかったのか、加藤さんは照れくさそうに笑った。

「特訓の成果です。中学時代は本当にヤバかったですよ。現在は何とか、普通に喋っているように装ってるだけなんです。菓奈先輩にはバレちゃったけど」

「どういうこと？」

「き、吃音には、い、色々な、種類があります。れ、連続して、こ、こ、言葉が出る連発や、こ、言葉が出なくなる、な、難発とか」

「私は基本的に難発です。菓奈先輩は連発で、緊張すると難発が出る複合型ですね」

　加藤さんの指摘に私はうなずく。

「き、吃音の人は、と、特定の、い、言いにくい、こ、こ、言葉がある人が多いんです。わ、私は、か、か、か、カ行が、駄目です」

　ア行だったりサ行だったり、吃音のある人は苦手意識のある行を持っていることが少なくない。カ行が苦手なせいで、自分の名前が言えず騒動の原因になったこともある。

「か、か、加藤さんが、に、に、にが、えっと、不得手なのは、ま、マ行だよね」

「さすが菓奈先輩、正解です。随分良くなったけど、これだけは苦手なんですよ」

「でも葵はつっかえずに喋ってるわ」

　悠姫子さんの疑問に、私は首を横に振る。

「か、加藤さんは、わ、私たちの、ま、前で一度も、マ行の、こ、こ、言葉を、つ、つ、使って、い、いない、はずです」

「一度も？」

　驚く悠姫子さんに対し、加藤さんは軽い調子で答えた。

「えへへ、実はそうだったんです」

「本当に……？」

　悠姫子さんと真雪くんは、開いた口がふさがらない様子だった。

　その反応も当然だ。加藤さんが私たちの前で一度も、マ行――『まみむめも』を含む言葉を口にしていなかったなんて、突然言われても信じられないだろう。

　私と最初に出会ったときからずっと、廊下で偶然会って話したときも、保健室でお喋りをしたときも、カラオケボックスでゼリーについて推理したときも、バースデイケーキの真相で悩んだときも、クッキーの過去を探ったときも、加藤さんは吃音を隠すため、一度もマ行を口にしていないのだ。

　私自身、全ての発言なんて覚えていない。だけど思い当たる節はたくさんあった。

「まさか、あのスピーチも？」

　真雪くんが息を呑んだ。

　加藤さんが疲れたように肩を落とす。

「書き直すの、すごくがんばったんですよ。内容を変えないで、言い換えや表現の修正だけで乗り切ったのは我ながらすごいです」

加藤さんはスピーチの内容に納得がいかず、全面的に書き直したと話していた。あれは文中からマ行の言葉全てを取り除くためだったのだ。その結果、加藤さんはスピーチを乗り切ることに成功した。

私が気づいたきっかけもスピーチだった。

まず気になったのは語尾で、一度も「〜ます」という終わり方をしなかったことに疑問を持ったのだ。それでじっと耳を傾けているうちに、マ行の言葉が一切ないことに気づいた。そして過去の加藤さんの言葉を思い返し、間違いないという結論に至った。

スピーチを聞きながら、私は無糖の生クリームについて思い出していた。あって当然だと思い込んでいるのに、実はそこにないこともある。そんなことを考えていたから、私はマ行が入っていないことに気づけたのかもしれない。

加藤さんは私のことを、ある程度親しくなる前から菓奈先輩と呼んでいた。人との距離を縮めるのが早いのかと思っていたけれど、他の上級生にはなぜか佐伯橋先輩や一之瀬先輩と呼びかけていた。私の苗字は沢村だ。二人のフルネームは佐伯橋まひると一之瀬聡美なので、下の名前にはそれぞれマ行の言葉が入っている。広井芽衣子さんのことだって広井ちゃんだった。

悠姫子さんのことも以前はひめちゃんと呼んでいたのに、現在はゆきちゃんだ。かつての真雪くんはまーくんという愛称で、天野真雪という名前は姓名どちらにもマ行が含まれる。そのため理由をつけて先輩とだけ呼んでいた。

他にもクイニーアマンやギモーヴも覚えていないふりだったのだろう。カラギーナンを一度聞いただけで言えていたから不思議に感じていたのだ。

悠姫子さんはまだ信じられない様子だ。

「ずっとなんて、そんなことできるの……?」

反射的に私は口を開いた。

「できます」

自然に出た私の言葉は、吃音が出なかった。いつもこんな風に喋れたら、どんなにいいだろう。断定口調に、悠姫子さんは面食らっている。

「ふ、普通に、しゃ、喋りたいって。き、吃音が、な、治ればいいって、い、いつも、ね、願ってるんです」

目頭が熱くなってくる。この言葉は私の願望であって、加藤さんの気持ちを代弁しているわけではない。それでもあふれる言葉を止められない。

「た、た、他人に笑われるくらいなら、か、か、からかわれるくらいなら、く、空気を、悪くする、く、くらいなら。必死に頭を働かせる、こ、ことで、ふ、普通に喋れるように、ご、誤魔化せるなら、……隠すくらい、できるに、き、決まってます」

「わかった。……ごめん」

悠姫子さんが目を伏せる。謝らせてしまうくらい、強い口調になったことを申し訳なく思った。加藤さんが手のひらを振った。

「正直に言って、一切発音しないのは不可能ですよ。だけど言い換えは必死に、本当に必死に考えればできるし、少し――」

突然加藤さんが黙り込む。口元に手を当て、何かを考える素振りを見せる。沈黙が一瞬、場を支配した。

「――間を置けば何とか言えるんです。避けられない場合は、色々な技で対処するわけです。菓奈先輩といるときは、普段より気をつけていたし」

思い出すふりをしたり、手元にあるものをいじったり、タイミングを取る方法はたくさんあるはずだ。どうしても言い換えが無理な場合は、そうやって乗り切ってきたのだろう。

「菓奈先輩の存在は衝撃でしたよ。ようやく、ひ――」

再び加藤さんが言葉を切った。口は開いているし、喉も動いている。だけど急に時間が止まったかのように言葉だけが途絶えた。

「――めちゃんと――」

加藤さんがつばを飲んだ。吃音だと周りが知らなければ、この間に誰かが発言してしまうはずだ。

「――まーくんに再会できたら、すぐそばに菓奈先輩がいたんです。私よりずっと重度なのに、必死に喋ろうとしてて。だから打ち明けたって平気なんじゃないかと、たくさん考えた……」

一度だけ、マ行の言葉を発したことがあることを思い出した。丸岡さんの名前だ。あのとき加藤さんは涙を流し、しゃくり上げていた。今みたいに途切れとぎれで、沈黙の末にようやく口に出していた。

「だけど、できなかった。中学時代の記憶が浮かんで、話せなかった」

加藤さんの両目が涙でにじむ。中学時代の加藤さんに何があったのか、私には聞けなかった。だけどかつての同級生を見かけただけで逃げ出し、遠くの高校への入学を選んだこと、そして丸岡さんの件で激昂《げっこう》した姿を思い出して、私は胸が苦しくなる。

「……ご、ご、ご、ごめんなさい」

「どうして菓奈先輩があや――」

「――まるんですか？」

加藤さんの声は震えていた。

「わ、わ、私が、中途、半端な嘘をついた、せいで、ひ、ひ、秘密を、か、隠し、き、切れなくなった、から」

「いいんです」

加藤さんが私の右手を取った。両手で優しく包み込んでくれる。それから悠姫子さんと真雪くんへ順に視線を向けた。

「私の勇気がなかったのが悪いんです。受け入れてくれるのは、わかってたから。菓奈先輩には感謝してるんですよ。だから、ありがとうござい――、ます」

加藤さんがうつむくと、床に涙の滴《しずく》が落ちた。私は加藤さんを抱き寄せて、左の手で頭を撫《な》でる。

たかが吃音と思う人も、きっといるだろう。

そんなに悩まなくていいと思う人は大勢いる。優しい人はいて、案外すんなり受け入れてくれることも多い。症状が軽い場合、打ち明けても「気づかなかった」「大したことないよ」という反応をされることは珍しくない。大河原くんも理解を示してくれて、秘密にすると約束してくれた。

だけど悪意を持って馬鹿にする人も、本当にたくさんいる。

大した問題じゃないと考えるせいで、無自覚に笑い物にする人がいる。親切心から根拠のない自己流の改善方法を提案したり、努力をすれば何とかなると励ましたりして、悪気なく追い詰めてくる人もいる。

そんななかで私たちは、日々を過ごす方法を必死に探している。加藤さんみたいに、吃音であることを懸命に隠そうとしている人は、きっと色んな場所にいるはずだ。

特に難発は気づかれにくい。吃音で黙り込んでいるのか、単に喋らないでいるのか、他人には区別するのが難しい。だからこそ隠し通すことはできるし、本人でさえ吃音を自覚していない場合も多いと言われている。

どれだけ悩んでいるか、私たちの辛《つら》さがもっと広まればいい。そうなればきっと、吃音であると気軽に打ち明けられるようになるから。

私は加藤さんの頭を撫で続ける。そんな私たちを、真雪くんと悠姫子さんが何も言わずに見守ってくれていた。

5

澄み切った青空が広がっていた。眩しい陽光のせいで汗ばむほどに暑い。夏休みに入ってすぐ、みんなとカラオケに行くことになった。説得の末、悠姫子さんも参加することになっている。

集合場所である駅前に、私は三十分前に到着した。約束の時間の五分前に最も遠い加藤さんが姿を現した。

「菓奈さん、早いっすね」

加藤さんは空色のパーカーに七分丈のカーゴパンツという活動的な格好だ。バッグには頭がレモンの形をした変なぬいぐるみがぶら下がっている。

真雪くんと悠姫子さんは待ち合わせ時刻に二分遅れで、二人並んでやってきた。真雪くんはグレーのポロシャツにブルージーンズという服装だ。スタンダードな格好だけに、スタイルの良さが引き立っている。

でもそれ以上に、私は悠姫子さんに視線を奪われた。加藤さんも目を瞠《みは》っている。シンプルな白色のワンピースが恐ろしいまでに似合っている。制服姿ではわからなかった細くて滑らかな腰のラインも強調されていた。さらさらの黒いロングヘアーと麦わらの幅広のハットとが相まって、まるで避暑地の一風景のようだ。

「遅くなってごめん。ひめちゃんが行きたくないってごねてさ」

悠姫子さんは周囲を警戒している。通行人は誰もが見惚れているようだ。私が見つめているのに気づき、帽子を深く被った。

「あんまり見るんじゃない」

「あ、あの、はい。す、すみません」

じろじろ見るのは失礼だ。謝罪して顔を逸らす。加藤さんは悠姫子さんに近づき、

「ヤバいっすね！」とはしゃいでいた。

私たちはカラオケ店に移動した。入ってすぐ真雪くんがバッグから紙箱を出す。昨日、真雪くんから特別な洋菓子を焼いてくるとメールが届いていた。佐伯橋先輩のおばさんが経営する店は食べ物の持ち込みが可能になっている。箱を開けると、大きな焼き菓子が姿を現した。

「これ、なんですか？」

加藤さんが首を傾げる。パイ生地らしい円形のお菓子で、表面に糖衣がかかっていて、細長く伸ばした生地で格子模様が作られている。真雪くんは珍しく得意げな様子でナイフを取り出し、カットしはじめた。紙皿に載せて全員に配りはじめる。

「コンヴェルサシオンという焼き菓子だよ」

「コ、コ、え、えっと、そ、そ、それは一体？」

「フランス語で会話っていう意味なんだ。考案当時のベストセラー本から取られたとか、指でばってんを作るジェスチャーが会話を意味していて、それが表面の格子模様に似ているからとか色々な説があるみたいなんだ。はい、みんなどうぞ」

コンヴェルサシオンを受け取り、一口かじる。サクサクのパイ生地の中にたっぷりのアーモンドクリームがつまっていた。コクのある濃厚な甘みが舌に広がり、口の中で薄い生地がほどけるように崩れていく。

悠姫子さんや加藤さんも、幸せそうに頬張っている。真雪くんの講義は続く。

「個人的にはパイ生地を食べるときのサクサクっていう軽やかな音が、女の子たちの楽しそうな会話に似ているからっていう説が一番好きなんだ。だから、沢村さんや葵ちゃんにお似合いだって思ってね」

加藤さんがぱあっと表情を明るくした。

「私たちのことを考えて作ってくれたんですね！」

「真雪にしては気が利いてるじゃない」

悠姫子さんが指についたアーモンドクリームを舐《な》める。その姿はやっぱり見惚れてしまうくらい優雅だ。

ワンカット分を食べ終えた加藤さんが真っ直ぐ手を挙げた。

「実は私の吃音を、知り合いに打ち明けようって考えてるんです」

周囲の心配そうな眼差しに、加藤さんは照れ笑いを浮かべる。

「最初は一之瀬先輩とか佐伯橋先輩とか、野崎くんとか相手を選ぶ予定ですけど、そこから徐々に広げていこうかなって。不安だけど多分、平気です」

「僕も大丈夫だと思うよ」

「嫌なことがあったら言いに来なさい」

「はい。嬉しいです」

加藤さんは新しい一歩を踏み出そうとしている。私は以前から考えていたことを、思い切って言葉にすることにした。

「あ、あの、あ、あ、葵ちゃん」

「なんすか?」

「れ、例の、き、吃音、か、か、改善教室、その、わ、私も、えっと、……あ、あ、案内して、もらえる?」

吃音改善教室に通おうか、ずっと悩んでいた。いつも不安が勝ってしまい、踏ん切りがつかなかった。だけどはじめるなら今しかない。加藤さんが皿を片手に持ったまま、腕を絡めてきた。

「菓奈さん、急にどうしたんですか?」

「わ、わ、私も、が、がんばろうかなって」

治る保証はないかもしれない。でも努力だけでもしてみようと、加藤さんを見ていると思えてくるのだった。

「実は私、高校からあそこの教室に変えたんですよ」

「そ、そ、そうなの?」

「あの教室って菓奈さんの家から一番近いじゃないですか。だから菓奈さんが来るんじゃないかって、そうなったら本当のことを話そうって、ずっと——」

加藤さんが拗《す》ねたような口調で、上目遣いで覗き込んできた。

「――待ってたんですよ。それなのに、来るのが遅いです」

「え、え、えっと、その、……ごめんなさい」

照れくささで目を逸らし、コンヴェルサシオンをかじる。サクサクとした生地の音が室内に広がる。真雪くんが追加分を差し出してくれて、悠姫子さんはカラオケの検索機とにらめっこしていた。

みんなと一緒にいられる時間が本当に大好きだった。

これからも吃音のせいで辛い思いをすることがあるだろう。でも、私たちの会話はなくならない。大切な友達がいて、素敵なお菓子があればきっと、いつまでも笑顔でいられるはずだから。

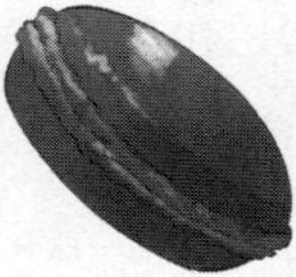
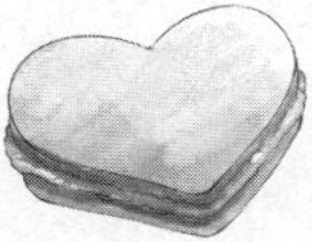

おまけ

マカロンが待ちきれない

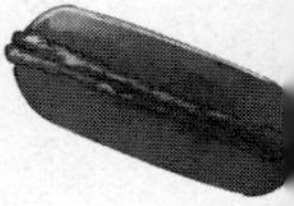
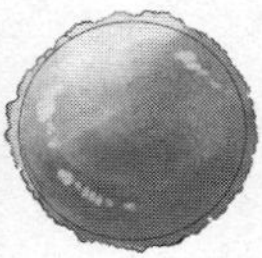
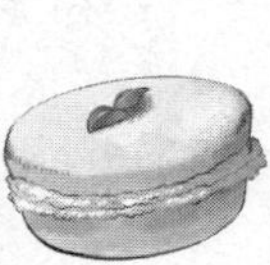
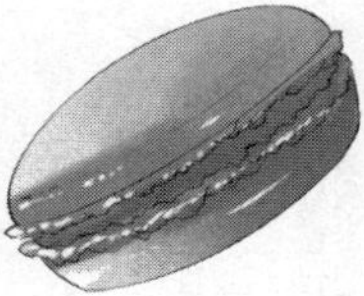

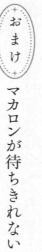

1

これは、私が中学三年のときの出来事だ。

二月半ば、私は母の運転する軽自動車で第一志望の高校に向かっていた。車内のエアコンの送風口から、温かな風が吹いてくる。窓ガラス越しに見る私立の高校は、物語の中にある別世界に思えた。

敷地外の砂利の広場が臨時の駐車場になっていた。車から降り、母と並んで校門まで歩いていく。親同伴の制服姿の子はたくさんいて、みな緊張した面持ちだ。時刻は九時を過ぎていて、すでに授業がはじまっている時間だった。

校門を入ってすぐのロータリーに大きな掲示板が設置してあり、前に人だかりができている。喜びの悲鳴や嘆息が聞こえるなか、私も掲示板を見上げて受験番号を探す。

私の番号はすぐに見つかった。喜びのあまり、隣で母が飛び跳ねている。私自身は嬉《うれ》しさよりもプレッシャーから解放されたことにホッとしていた。母は父に報告するため携帯電話を操作しはじめる。仕事中だけれど、すぐ出られるようにしているらしい。

母から離れて周囲を見渡す。泣いたり笑ったりしている幾人かは私の同級生になるのだ。そんなことを考えていると、ここの高校の制服を着た女子生徒が歩いてきた。

遅刻のはずなのに、足取りは優雅なくらいゆっくりだ。腰まである髪は艶やかで、端整な顔立ちは中東のお姫さまを思わせる。女子生徒を避けるように人混みが割れる。だけど私は目を奪われ、動けないでいた。そのせいで、行く手を遮ってしまった。

私の左右には通過できるスペースがあったのに、お姫さまは私の手前で立ち止まる。じっと見つめられてから、私は慌てて体を引く。するとお姫さまは無言で会釈をしてから歩いていった。場はすぐにざわめきを取り戻した。

あんなに綺麗《きれい》な人がいるなんて。やっぱり高校は中学と違って、すごい。あれだけの美人ならきっと周りにたくさんの人が集まってくるのだろう。

中学の三年間、私には友達が全くいなかった。

小学校時代には少しはいた友達も、私のコミュニケーション能力のせいで進学後、徐々に離れていった。三年生になった時点で私は学校でほとんど口を開かなくなった。

人前に出ることは、私にはハードルが高すぎる。だけどこのままではダメなこともわかっていた。高校に入ったら変われるかもしれない。根拠はないけれど、環境の変化はほのかな期待を胸に芽生えさせてくれた。

母の軽自動車で中学まで送ってもらった。一時限目が終わった時間で、私は職員室に向かう。担任の先生に合格を告げると、県内でも偏差値が高いほうの高校だからか、とても喜んでくれた。

チャイムが鳴る前に、私は自分の教室に急いだ。ドアを開けても、挨拶をする相手も合格を報告する友達もいない。クラスの大半は公立高校の受験のために勉強をしていた。

給食が終わり、昼休みを告げるチャイムが鳴る。昨晩は受験の結果が気になり、眠りに入るのが遅かった。満腹も重なり眠気を催した私は、机に突っ伏そうとする。そこで突然、声をかけられた。

「ねえ、高校受かったんだよね。おめでとう！　あそこが第一志望だったの？」

「え、ええと、あの……」

声をかけてきたのは徳永真名美《とくながまなみ》さんだった。元陸上部で、引き締まった体型の女の子だ。以前は男の子みたいな短髪だったけど、引退した今は耳を覆うくらいまで髪が伸びている。

私は目を伏せながら、何とか肯定の返事をする。すると徳永さんが表情を輝かせた。

「よかった。それなら今ちょっといいかな？」

「その、あ、あ……」

徳永さんは笑顔のまま、強引に私を教室の真ん中に連れて行った。そこにはクラスメイトの女子が二人いて、徳永さんによればすでに合格が決まっている人たちらしかった。

二人のうち、気が強そうなのは寺井紀子《てらいのりこ》さんだ。

「うちって公立の受験組が多いから、まだ肩身が狭いよねって話してたんだ」

寺井さんは生徒会副会長を務めていて、校内でも随一の優等生だ。県下で一番の大学進学率を誇る公立高校への推薦をもらえたのは、学年では寺井さんを含めて二名しかいないとの噂《うわさ》だ。

続いて川村樹里《かわむらじゅり》さんが、おっとりした口調で言った。

「遊びに行きたいけど人数が集まらないから、普段絡まない子たちで楽しもうって徳永ちゃんが言い出してさ。突然誘ってごめんね」

川村さんは丸顔の小柄な子で、美術部に所属している。出品した人物画が県内のコンクールで大きな賞を獲得し、表彰されたことを覚えている。その実績もあり、文化活動に力を入れている私立高校に推薦入試で合格を決めたそうだ。

川村さんの言うとおり、三人は普段異なるグループに属している。徳永さんは活発な運動部、寺井さんは成績優秀な優等生、川村さんは大人しめな文化部といった具合だ。それぞれの普段集まっている人たちは、受験で忙しい状況なのだろう。

徳永さんが口を開いた。

「週末に川村さんの家でお菓子を作ろうって話になったんだ。こういうのって人数が多いほうが楽しいじゃん。だから一緒にどうかな？」

受験が終わった三人は、何をして遊ぼうかと相談をしていたらしい。そこで徳永さんの趣味がお菓子作りだと知った川村さんが、ぜひ教えてほしいと頼んだそうだ。前から製菓に興味があったのに、毎回失敗しているのだという。

話の輪に入れる自信はないけれど、誘ってもらえるのは嬉しかった。今のままではいけないと思っていた。高校に入ったら、まともな学校生活を送りたいと願っていた。

返事をしない私に、徳永さんが続けた。

「せっかく一緒の高校に行くんだし、もう少しお話ししたいなって思ってさ」

徳永さんは今日の合格発表にも来ていたし、受験会場でも見かけていた。来年度も同級生になるのだ。私ははっきりとうなずき、誘いを受けることにした。

同い年の子とのお出かけなんて小学校以来だ。自宅に戻った私はタンスを眺め、白黒や茶系の服しかないことに気づく。せっかくだから、もっと可愛《かわい》い服を着ていきたかった。そこで母に洋服をねだると、お祝いとしてお金を出してもらえることになった。

徳永さんたちとの集まりは日曜で、私は前日の土曜に大金と一緒に駅前へ繰り出した。

洋服屋がたくさん入ったファッションビルに足を踏み入れた途端、私は母と一緒に来なかったことを後悔する。種類が多すぎて何を買えばいいか見当もつかなかったのだ。

緊張しながら店舗を回り、気になった品をながめていく。店員に相談をすればアドバイスをくれるかもしれないけれど、綺麗な人たちばかりで近寄ることは難しかった。興味を抱いた商品はあったが、買うという決断ができない。そこで気持ちを落ち着けるため、私は一旦ビルを脱出した。

事前に調べていた店は、ファッションビル以外にもあった。もう少し小さい店なら決めやすいかもしれない。そんな期待を込めて歩いていると、正面から歩いてくる人影が目に入った。

どこかで見覚えがあると思った。相手の人も視線に気づいたのか、私を見て首を傾《かし》げている。近づいていき、ある瞬間に心臓が高鳴った。それと同時に声を上げていた。

「センパイ！」

「あれっ、ひょっとして……」

センパイは目を丸くして、私の名前を呼んだ。会うのは小学校以来なのに、私を覚えていてくれた。それがすごく嬉しかった。

「ひさしぶり。何年ぶりだろう。今、中三だよね」

穏やかな声の響きは以前のままだ。センパイは二歳上だから、高校二年生のはずだ。

小学校時代、私はセンパイに憧れていた。

私は昔からよく男子にからかわれていた。引っ込み思案な性格のせいで抵抗もできず、悲しい思いをしていた。

だけどそんなとき、通りかかったセンパイが見かねて男子に注意をしてくれた。それ以来、センパイは私を見かけると挨拶をしてくれるようになった。

四年生の私には、六年生のセンパイがすごくお姉さんに思えた。特に私はセンパイの声が好きになり、耳に飛び込んできただけでドキドキしていた。

私は学園漫画が好きで、作中に出てくるセンパイという響きが好きだった。だからセンパイと呼ぶようになった。

私の通った小学校は校区によって異なる中学に進路が決まる。同じ中学に通えなかったので、五年ぶりの再会だった。

センパイは優しい印象はそのままで、洗練された雰囲気をまとっていた。

「あ、あの、はい。受験は終わって、えっと、その……」

私はがんばって、洋服の買い物に来たことを説明する。それだけで精一杯で、肝心の高校名については口にできそうにない。そこでセンパイが、手にしていたスマホの画面を一瞥《いちべつ》した。

「あとちょっとで待ち合わせなんだ。そうだ、ちょっと待って」

センパイは鞄《かばん》からメモ用紙を取り出し、ペンで何かを書きはじめた。そして紙片を破り、私に手渡してきた。

「また後で、お話ししようね」

センパイが手を振り、小走りで去っていく。渡してくれた紙片には十一桁の電話番号が記されていた。だけど私はスマホを持っていない。

遠くなる背中を目で追うと、急いだ様子の男性と交差点で合流していた。待ち合わせ相手も遅刻して、たまたま鉢合わせしたのかもしれない。

男性は長身で、遠くからでも格好良いのがわかった。やはりセンパイみたいな魅力的な女性には、素敵な出会いがあるのだろう。

あと一ヶ月半もすれば高校の入学式だ。私もあんな風な毎日を送れるのだろうか。少し前に心に充満していた期待は不安ばかりになっていた。

2

日曜のお昼過ぎ、私たちは川村さんの家に集合した。結局私は無難な白いセーターとジーンズ、ダッフルコートという組み合わせでお茶を濁した。三人ともティーンズ向けのファッション雑誌に掲載されている読者モデルのような可愛らしい服装で、一人だけみじめな気持ちになる。

住宅街にある一軒家で、庭にはたくさんの鉢植えがあった。共働きのご両親は不在で、私たちは持ち寄った材料をキッチンのテーブルに置く。ビニール袋から取り出して広げると、徳永さんが寺井さんの持ってきたバターに反応した。

「このバターってすごく高いやつだよね。こんなにたくさん使っていいの?」

お菓子作りには大量のバターが必要になる。

「家にあるのを持ってきたんだけど、お母さんには許可を取ったから気にしないで」

バターのパッケージに書いてある文字はフランス語のようだった。

「前から使いたかったから嬉しいな。いい素材を使うと味にも出てくるし、何より贅沢《ぜいたく》な気持ちに浸れるから好きなんだ」

徳永さんのバターを見る目は輝いていた。誰かを喜ばせ、場を明るくさせる行為が羨ましかった。私は深呼吸をしてから、勇気を振り絞って口を開いた。

「えっと、あの、この卵も、その、気に入ってもらえるかも」

私はエコバッグから、ネットに包まれた白色の卵を取り出した。先日私は母に友達とケーキ作りをすることを報告し、お小遣いをねだった。何を買うかを話したところ、卵に関しては用意してもらえることになった。そして母は今朝、たくさんの卵を持たせてくれた。郊外にある養鶏場で生産された、産みたてのこだわり卵らしい。

ネットに貼《は》られた養鶏場のシールを見て、徳永さんが笑顔になった。

「ここの卵、濃厚で美味《おい》しいよね。おお、採れた日が今日って書いてある」

市内にある養鶏場だから使ったことはあるようだ。徳永さんの表情を明るくできたことが嬉しかった。

改めて川村さんの家のキッチンを見回す。リビングと部屋続きで、四人で作業しても余裕があるくらい広く、整理整頓されていた。温度調節できるオーブンや生ゴミ処理機など設備も整っている。徳永さんが、ひときわ目立つ大きな冷蔵庫に注目していた。

「これ、大きいねえ。うちの冷蔵庫って小さいから羨ましいな」

川村さんが困ったような笑みを浮かべる。

「お母さんが色々買い込んじゃうから、いつも満杯なんだ。それにちょっと古くて、ドアがちゃんと閉まらないときがあるの。そうだ、材料は冷蔵庫に入れておく？」

「卵だけは入れておいたほうがいいかな」

「はーい」

川村さんが冷蔵庫のドアを開け、少し中をいじる様子を見せてから卵を入れた。次に二階にある川村さんの部屋へ行くことになったのだが、その前にリビングのテーブルに書き置きがあるのを発見した。川村さんが手にとって、面倒そうに言った。

「お母さんが庭の植物に水をやっておけってさ。十五分もあれば終わるから、私の部屋で待ってて。あ、変なところいじっちゃダメだよ！」

徳永さんは一度だけ遊びに来たことがあるらしく、私たちは先導されて川村さんの部屋に入った。ぬいぐるみがたくさんあり、壁には額に入れられた肖像画があった。川村さんが描き、賞を獲得した絵だ。

「みんなはどんなお菓子が好きなの？」

徳永さんの質問に、私たちはめいめい答えていく。徳永さんはチョコレートで、寺井さんはシュークリームらしい。

私はマカロンと答える。あのほどけるような食感が大好きなのだ。洋菓子の話が途切れると、寺井さんが徳永さんに上目遣いの視線を向けた。

「昨日知ったんだけど、徳永ちゃんって杉《すぎ》と別れたの？」

「もう広まってるんだ。参ったなあ」

徳永さんが野球部のエースだった杉くんと交際していたのは、私でさえ知っていた。本音をいうと恋愛話は大好きだったが、別れたという情報は初耳だ。寺井さんが期待に充《み》ちた表情で追及する。

「どうして別れたの？」

「忙しいのもあったけど、一番はあいつの性格かなあ」

徳永さんが、杉くんとの思い出を語りはじめる。

杉くんは一年の終わりからレギュラーに抜擢《ばってき》された野球部の期待の星だった。声も体も大きく自信に溢《あふ》れていて、徳永さんは頼《たよ》り甲斐《がい》があるところに惹《ひ》かれて交際を申し込んだという。

二年の終わりから恋人同士になったが、最後の大会や受験が控えている。自然と会う頻度も少なくなっていったらしい。そして付き合いはじめてから、杉くんのある性格が気になってきたのだそうだ。

「あいつ、異常なくらい見栄《みえ》っ張《ぱ》りなんだ。意味不明なことで嘘《うそ》つくのに、だんだん耐えられなくなってさ」

杉くんの会話は自慢が多かったらしい。最初はすごいと思っていた徳永さんだが、別ルートから耳にした情報と食い違うことに気づいたという。他校の生徒に絡まれた話では、相手人数が多くなっている。試合で暑かった日も、気温が実際より三度ほど水増しされている。会話の端々に誇張があり、しかも指摘をすると途端に不機嫌になるのだという。

徳永さんは嘘をつかれること自体が大嫌いだったこともあり、少しずつ気持ちが冷めていった。そして年始に会った際に別れを切り出した。杉くんも徳永さんの態度で察していたのか、受験に専念したいといってすんなり別れを受け入れたらしい。

「面倒だから誰にも言わないようにって杉と話してたんだけど、あいつが誰かに打ち明けたのかな。まあ、別にどうでもいいんだけどね」

「ごめん、お待たせ」

ドアが開き、川村さんが部屋に入ってきた。すると徳永さんが真っ先に立ち上がった。

「さあ、今日の目的のケーキ作りをやるよ！」

話を逸《そ》らすためか徳永さんが威勢よく言った。大きな声を出した徳永さんに、川村さんが不思議そうに首を傾げている。私も腰を上げ、ドアに向かった。


徳永さんが広げたレシピ本を、川村さんが覗《のぞ》き込む。カラー写真に文章が添えてあり、蛍光ペンでマークがしてあった。

「使い込んでるなあ。やっぱり得意な人は違うね」

「単にレシピ本通りに作るだけだって」

「みんなそう言うけど、私が作ると何か味が物足りないんだよ」

三人の会話に、私は曖昧《あいまい》な笑みと相槌《あいづち》だけで参加する。言葉のキャッチボールに参加できない自分がいていいのか不安になるので、実作業がはじまると安心した。手を動かせばいいのだから。

作る品はカップケーキとカスタードプリンだ。私は徳永さんの指示に従い、卵を割って卵黄と卵白に分けた。次にボウルに入れた卵白を徳永さんが泡立て器でかき混ぜはじめる。すると川村さんが申し訳なさそうに言った。

「ごめん、手作業は大変だよね。ハンドミキサーがあればいいんだけど、お母さんはお菓子を作らないから買ってないんだ」

「うちにもないから大丈夫だよ」

徳永さんは慣れた手つきで泡立て器を動かし続けた。すると十分ほどでボウルの中身がメレンゲになった。川村さんが歓声を上げた。

「さすがだなあ。あたしがやるより全然早いよ！」

「……うん」

しかし褒められた徳永さんは、なぜか難しい顔をしていた。

「全部任せちゃったから、疲れたかな？」

寺井さんが訊《たず》ねると、徳永さんは表情を明るくさせた。

「全然そんなことないよ。それよりほら、みんな手を動かして！」

徳永さんのかけ声に従い、私たちはケーキ作りに集中する。そして一時間半後、カップケーキがオーブンのなかで見事に焼き上がった。先に蒸しておいたプリンは冷蔵庫で冷やしてある。テーブルに並べてから、川村さんが全員分の紅茶を淹《い》れてくれた。

まず、味見をしたのは発起人である川村さんだ。息を吹きかけてから頬張ると、川村さんの口の端がつり上がる。

「美味しい！　私が作ったのとは大違いだよ」

続いて、徳永さんもカップケーキを口に入れた。

「焼きたてを食べられるのは手作りのいいところだよね。でも、冷やして落ち着かせても、しっとりして美味しいよ」

私も味見すると、香ばしさが口いっぱいに広がった。ふわふわの食感も焼きたてならではの醍醐味《だいごみ》なのだろう。

続けて食べたプリンも滑らかな舌触りで大成功だった。どちらも大満足で、これまで食べたどんなお菓子より美味しく感じた。私の拙い感想にも、みんなは笑顔で頷《うなず》いてくれた。

みんなのお喋《しゃべ》りに私が頷いていると、ふいに川村さんが私の顔を覗き込んできた。私は体を引き、視線を逸らした。

「え、えと、なんでしょう」

「もっと早く仲良くなっていればなって思って。肖像画を描かせてもらいたかったのに」

突然、何てことを言うのだろう。私なんて描いても面白くも何ともないだろうに。すると寺井さんが話に乗ってきた。

「今からでも間に合うじゃん。どうせ卒業式まで暇でしょう」

「それもそうだね。というわけで、連絡先交換しよう」

川村さんがスマホを取り出す。私は慌てて、鞄から自分のスマホを取り出した。昨晩、父が買ってきてくれたのだ。機種は適当に選んだらしいけれど、私にはさっぱりなので問題はなかった。

私は正直に、昨日買ってもらったばかりだと話した。すると川村さんたちが、人気のアプリの入れ方や設定の仕方、連絡先の入力方法を教えてくれた。

友達とのこんな交流にずっと憧れていた。中学生活はもう終わるけど、高校に入れば変われるかもしれない。願望は徐々に期待へと変わる。ディスプレイを指で動かしながら、少し冷めたカップケーキを口に放り込んだ。

だけど胸に抱いた希望は、すぐに崩れることになる。

3

翌朝の月曜は快晴で、ひどく気温が低かった。着古したコートを着て、母が買ってくれた茶色のマフラーに顔を埋《うず》めて登校する。頭の中で挨拶するシミュレーションを何度も繰り返す。校則違反だけど、鞄にスマホを忍ばせてあった。それだけでみんなと繋《つな》がっている気がした。

正面玄関をくぐり、下駄箱で徳永さんを発見した。深呼吸をしてから、私は挨拶を口にした。練習の成果でうまく言葉になってくれた。だけど安心した直後に信じられないことが起きた。

徳永さんは確かに私に一度顔を向けた。それなのに眉間に皺《しわ》を寄せ、背中を向けて去っていった。徳永さんが、私を無視したのだ。

動けないでいると、背後から不機嫌そうに声をかけられた。

「邪魔なんだけど」

クラスメイトの男子で、私は慌てて靴を脱いだ。靴下ですのこに上がり、上履きに履き替える。混乱したまま教室に向かうと、川村さんと寺井さんは挨拶をしてくれた。慌てて返事をしたけど、しどろもどろになってしまう。

その日も私はいつも通り、言葉を口にすることはなかった。

放課後、重い足取りで校舎を出た。辺りは薄暗く、ため息が白く変わる。校門から出る直前で肩を叩《たた》かれ、私は小さな悲鳴を上げた。

「そんなに驚かないで。こっちがびっくりしたよ」

「……寺井さん」

振り向いた先に寺井さんがいて、私は思わず目を逸らす。寺井さんは私の隣に並んで一緒に歩きはじめた。

「昨日はお疲れさま。ところで徳永ちゃんと何かあった？」

「えっ」

寺井さんは昼休みに徳永さんとお話をしたらしい。寺井さんがまた同じメンバーでお菓子作りをしたいと提案したら、徳永さんの表情が曇ったのだそうだ。そして私を呼ぶのをやめようと言い出したというのだ。

徳永さんらしくない言動に驚き、寺井さんは理由を訊ねた。すると徳永さんは「自分でも心が狭いと思うけど、杉と別れた直後だからね。似たような嘘をつかれると、さすがに気になっちゃってさ」と説明したそうだ。

だがそこでチャイムが鳴り、さらに詳しくは聞けなかったらしい。その後の休み時間にも訊ねたが「些細《ささい》なことだから」とはぐらかされたという。

私は寺井さんに、嘘をついた覚えがないことを伝えた。校門を出てから三十メートルほど歩き、帰り道が別の方向になった。私にさよならの挨拶をする前に、寺井さんが言った。

「あなたたち、同じ高校に進学するんだよね。思い当たることがあったら、早めに謝っちゃったほうがいいよ」

手を振って、帰り道を歩いていく。晴れていたはずの空は、重苦しい灰色の雲で覆われていた。

家に帰りたくなかった。部屋にいても鬱々《うつうつ》とした気持ちになるだけだろう。進路を変え、公園に向かう。駅から近い小さな公園だ。到着すると人はほとんどいなくて、すでに街灯が点《つ》いていた。ベンチに腰を下ろすと、お尻に冷たさが伝わってくる。

　ふいに鞄が振動する。すぐにスマホだと思い当たり、取り出すと小さなランプが点灯していた。画面を確認すると、センパイからメッセージが届いていた。

お菓子を食べながら聞いた、アプリの説明を思い出す。昨日の出来事なのに遠い過去のように思えた。電話帳と情報を共有し、電話番号から自動的に知り合いを探し出す機能があるらしい。センパイも同じアプリをインストールしていたようだ。

　スマホは人との繋がりを実感させてくれる。でもその分、孤独さも痛感させられる。高校に入ったら、スマホを手放したほうがよいかもしれない。

　センパイからは簡単な挨拶が届いていた。当たり障りのない返事をすると、今何をしているか聞かれた。駅近くの公園にいると伝える。するとセンパイも近くにいるらしかった。

　前回の再会では話ができなかったので、今から会えないかというメッセージが届く。驚きながらも、私は会いたいと返事をする。

　十五分ほどで、制服姿のセンパイが姿を現した。グレーのシンプルなコートを着こなしていた。

「たまたまそばにいたんだ」

　私の、大好きな声だった。心にゆっくり染み込んでいく。我慢は間に合わず、両目から涙がこぼれた。

「どうしたの？」

「ごめん、なさい」

突然泣くなんて、面倒に思われるだけだ。だけど泣き止むことができない。するとセンパイは私の頭に手のひらを載せた。体温が伝わってきて、さらに涙が溢れる。

しばらく泣き続け、ようやく嗚咽《おえつ》が止まる。

センパイは、通学鞄から紙袋を取り出した。袋を開けると、なかからマカロンが出てきた。小さなビニールで個包装してあるけれど、原材料などは記載されていなかった。

「はい、食べて落ち着いてね」

緑色のつるんとしたマカロンを渡される。包装を開け、つまんで口に入れる。くしゅっとした歯触りで、舌の上でほどけるように崩れた。ナッツのコクが広がり、バタークリームが滑らかに溶けていく。

「美味しい……」

今まで食べたなかで一番のマカロンだった。どこの店の商品なのだろう。訊ねようとする前に、センパイから質問をされた。

「泣いている理由を教えてもらっていい？」

話を聞いてくれるらしい。心遣いがありがたかった。センパイの申し出に甘えて、私は昨日からの出来事を話した。

人前に出るのが苦手なこと、その理由。教室で一人だったこと。徳永さんに誘われたこと、ケーキが美味しかったこと。期待した分、徳永さんに無視されて悲しかったこと。

説明は支離滅裂なのに、センパイは黙って聞いてくれた。センパイの前でなら、私はいつもより緊張せずにいられた。

一通り話し終えた時点で気持ちは落ち着いてきていた。感謝と謝罪を伝えると、センパイはケーキ作りの最中の様子を訊ねてきた。

落ち着きつつあった私は、昨日のことを詳細に説明した。言葉にしながら徳永さんを怒らせた理由を改めて考える。自分が気づかない間に誰かを傷つけることはあるのだろう。だけど私には、本当に心当たりがなかった。

話を聞き終えたセンパイは真剣な表情を浮かべていた。それから慎重な口調で告げた。

「冷たい態度を取られた理由、見抜いたと思う。多分、とある嘘のせいなのだと思う。ただ……、あなたは、真相を知りたい？」

「えっと、その……」

センパイは話を聞いただけで真実がわかったらしい。

できるなら教えてほしかった。徳永さんの誤解を解きたいのだ。

ただ、同時に問題もあった。今回、私は徳永さんに悪く思われている。それにセンパイの話では、三人の誰かが嘘をついていることになる。それを指摘するために、説明をすることが怖かったのだ。

するとセンパイが目を細めた。

「言いづらいなら手伝うよ」

「……いいんですか？」

私の葛藤《かっとう》を全てわかったかのような申し出に、再び泣きそうになる。

センパイは私に、昨日参加していたある女の子と話をしたいと言った。その名前に私は驚くが、言われるままにスマホでメッセージを送った。その子はすぐに反応して、公園に行くと返事をくれた。

二十分後、小柄な人影が公園にやってきた。辺りはすでに暗くなっている。

「何の用？」

川村さんが不安そうな表情で、私とセンパイを見比べる。するとセンパイが堂々とした口調で言った。

「はじめまして。きょ、きょ、今日は突然呼び出してごめんね。私は、こ、こ、この子のしょうが、小学校時代の、先輩なんだ」

耳を疑う。どうしてセンパイは突然、何度も言葉をつっかえはじめたのだろう。だけどセンパイは、喋り方を全く気にしていない様子で続けた。

「私は、沢村、か、菓奈といいます。それと、私には、き、き、吃音症《きつおんしょう》があるんだ。き、聞き取りにくいか、か、もしれないけど、ご了承、ください」

4

沢村菓奈センパイは、私の小学校時代の先輩だ。

二歳上だから、私が小学四年生のときに六年生だった。卒業式で泣きながらお別れの挨拶をして以来、先日の再会は五年ぶりだ。私は中学三年生だから、菓奈センパイは高校二年生になる。

菓奈センパイが推理を披露すると、川村さんはすぐに事実だと認めた。徳永さんの態度の変化は、川村さんの嘘が原因だったのだ。

事の発端は、川村さんが庭の水やりのために別行動をしたことだった。作業を終えた後に川村さんがキッチンを覗くと、冷蔵庫のドアが閉まっていないことに気づいた。閉め直そうと一旦開けた川村さんは、冷蔵庫の中身が散らかっていることが改めて気になった。そこで軽く整理をし直そうとしたら、手を滑らせて私の卵を落としてしまったそうなのだ。

川村さんは事前に卵が高級品だと知っていた。まずいと思った川村さんは、冷蔵庫の奥の卵を発見する。お母さんはセール品を買い込む性格らしいから、特売品になりやすい卵がたくさんあっても不思議ではない。そこで割れた卵を生ゴミ処理機に捨て、ネットに古い卵を入れ直したのだ。

卵の消費期限は長いため、劣化はわかりにくい。川村さんはお菓子にすれば味の違いはわからないだろうと軽く考えたらしい。だがお菓子作りが得意な徳永さんは卵が新鮮でないことに気づいてしまう。

「メレンゲは新鮮な卵白を使用すると、泡立ちづらくなるの。でもその、か、代わりに安定性が増す。対して、古くなった卵白は、メレンゲが、つく、作りやすい。でも、き、き、気泡の安定性は、落ちるんだ」

冷やした場合でも白身はメレンゲが作りにくくなる代わりに、安定性が増したりキメが細かくなるらしい。だから徳永さんは冷蔵庫に入れるように言ったのだ。

「す、すごい知識ですね」

センパイの披露する製菓の知識に驚く。

「メレンゲは少し前に、ま、マカロンを、つ、作った、ばかりだった、から」

センパイは自信に満ちた口調だけど、それでもまだ、喋り方に違和感があった。

徳永さんはメレンゲの作りやすさから、少なくとも卵が朝採れではないと判断した。実際に同じ養鶏場の新鮮な卵を調理したことがあるからだと思われた。

徳永さんは恋人と別れる際に、見栄による嘘に嫌気が差したと話していた。古い卵を新鮮だと偽る行為は、元恋人の嘘と重なったのだろう。その場では雰囲気を壊さないため黙っていたが、後で不満が表に出てきたのだ。

センパイが川村さんに頭を下げた。

「と、徳永さんは、こ、この子と同じ、こ、高校に進むんだよね。それなら、事情を説明してもらえない、かな。どうか、お願いします」

「……わかりました」

川村さんは徳永さんに真実を話すと約束してくれた。川村さんは今日、寺井さんから徳永さんの発言を耳にしていたらしい。そして原因が自分の卵すり替えにあるのではと気になっていたそうなのだ。

嘘をついた理由について、川村さんは説明をしてくれた。

「普段そんなに親しくない子たちの集まりだったよね。だから反応が怖くて、卵を落としたときも今回も、言い出す勇気が出なかったの。本当にごめんなさい」

それから川村さんはスマホを操作して、徳永さんに電話をかけた。すぐに出たようで、事情を説明しはじめる。川村さんがスマホを差し出してきたので受け取り、耳に当てると徳永さんの声が聞こえてきた。

「今朝は冷たくしてごめん。……高校に行ってもよろしくね」

「えと、こちらこそ、よろしくお願いします」

スマホを返却すると、川村さんはもう一度私に謝った。それから手を振って、公園から去っていく。私はセンパイと、途中まで一緒に帰ることになった。

歩きはじめてすぐ、センパイが口を開いた。コンビニや飲食店の明かりが道路を明るく照らしていた。

「中学のときに、き、き、吃音症になったんだ」

私たちが出会った小学生の時点で、菓奈センパイは吃音症ではなかった。

センパイは吃音のこと、そして吃音になってからの出来事を、ゆっくり教えてくれた。中学時代は辛《つら》い思いをして、友達が全くできなかったらしい。私にとって他人事《ひとごと》とは思えなかった。

吃音には連発や難発という症状があること、人によって吃音が出る条件が違うことなど、私にとって初耳な情報ばかりだった。センパイの場合はカ行が苦手だったり、小学校時代の知り合いになら比較的出にくかったりするそうだ。

そしてセンパイは高校一年の冬に、大切な友達に出会ったという。

「本当に、たくさんの、こ、ことがあったんだ。あなたにも全部話したいな。け、けど、ちょっと時間が足りないなあ」

センパイは愛《いと》おしそうな様子で目を細めた。

「葵ちゃん――、えっと、大切な友達の影響で、き、き、吃音、改善教室に、か、通いはじめたんだ。そのおかげで、前よりずっとよくなった。だから、あなたのあがり症も、か、改善する方法はあると思うよ」

以前駅前にいたのは教室の帰りだったそうだ。私はずっと、極度のあがり症に苦しめられてきた。人と話すと緊張して頭が真っ白になり、全く喋れなくなることなんてしょっちゅうある。センパイの吃音症とは少し違うのかもしれないけど、言葉をつっかえることも珍しくない。

「……本当に治るのでしょうか」

不安を口にすると、センパイは社交不安障害という言葉を教えてくれた。あがり症は一時期、緊張しているだけだと軽く扱われることが多かった。しかし現在は治療すべき疾患としての研究も進められているという。センパイは吃音について調べるうちに、様々な障害についての知識を得たのだそうだ。

治すための努力は必要だ。だが闇雲にやっても効果は生まれない。そこで自分の症状に名前がついていれば、改善させるための指針になる。

努力ではどうしようもないことも存在する。でも同時に、努力で対処できることもある。症状の名前は、その見極めのために必要なのだ。センパイはそう、力強く言った。

「絶対によくなる、とは言えない。私も未《いま》だに、ひどく焦ると前みたいに、き、吃音が出ちゃうから。でも、やってみる意味はあると思うよ」

「……どうしてそんなにしてくれるんですか？」

小学校時代の些細な交流だけの関係のはずだ。力を貸してくれるのはありがたいけれど、不思議でもあった。するとセンパイはスマホを操作しはじめた。

「もちろん小学校時代の大事な、こ、後輩だか、だからだよ。でもそれ以外にも理由はあるんだ。実は、さ、さっき話した大切な友達の一人に、ある、こ、ことを、き、聞いていたの」

センパイがスマホのディスプレイを見せてくれると、三人の女子と一人の男子が表示されていた。笑顔のセンパイの横で、元気そうなショートカットの女の子がセンパイの腕に抱きついている。唯一の男子は以前、センパイと待ち合わせをしていた人だと思われた。にこにこ顔で、とても格好良かった。

「この人は……」

気怠《けだる》そうな表情をしたロングヘアーの美女が写っていて、私は思わず声を上げる。合格発表の際に遭遇した人に間違いなかった。

「悠姫子さんに、あなたと思われる人の話を、き、聞いていたんだ。前に会った辺りで受験が、終わっていたのなら、うちだろうって思ったの。瞳の色がすごく、き、綺麗で、おどおどした態度が出会った、と、ときの私みたいで、印象に、のこ、残っていたんだって」

私は生まれつき、瞳の虹彩《こうさい》の色が薄い。そのせいで小学校時代に男子にからかわれ、助けてもらったのがきっかけでセンパイと知り合った。

でもセンパイの卒業後にからかいは再燃し、私は人と正面から向き合うことが苦手になっていった。中学の頃には他人と会話をすることさえ困難になった。

徳永さんや寺井さんと話すときも、反射的に目を逸らしてしまった。絵に描きたいと言った川村さんのように注目してくれる人もいる。だけど物珍しさからの興味のように思えて、気持ちが拒否反応を示してしまう。

センパイが私の瞳を真っ直《ます》ぐ見つめてくる。やっぱり目を逸らしたい気持ちが湧いてくるけど、センパイなら何とか大丈夫そうだった。

「ご、合格おめでとう。春から、こ、後輩だね」

「ありがとう、ございます。あの……」

悠姫子さんという綺麗な人の言葉が気になっていた。

信じられないけど、以前のセンパイは私みたいにおどおどしていたという。でも目の前にいるセンパイは小学校時代以上に素敵だった。

それなら私もいつか、センパイみたいになれるだろうか。

「今日は、ありがとうございました。だけど、本当なら、ちゃんと私が言わなきゃならないことでした。もし今後似たようなことがあったら、……次は自分でがんばります」

センパイが少しだけ申し訳なさそうな表情を浮かべた。

「そうだね。私も、出しゃばりすぎたなって反省してるんだ。私はもちろん、写真のみんなも、き、きっと応援してくれるよ。悠姫子さんは私の一つ年上なんだけど、えっと、諸事情で二年生を二度やってて、来年も、が、学校にいるから」

すぐに症状を改善させるのは多分無理だろう。だけど自分に合ったやりかたを見つけて、努力をしていこう。高校に入学すればセンパイがいてくれる。徳永さんだって同級生になる。きっと大丈夫だと、前向きな気持ちで思うことができた。

「それと、が、画像にいた男の人なんだけど、とっても、お、お菓子作りが上手《うま》いんだ。さっきの、ま、マカロンも一緒に、つ、作ったんだよ」

あのマカロンはお店で買ったものではないらしい。とても手作りとは思えない。でも今はそれよりも、センパイの頬が紅潮していることが気になった。せっかくなので、疑問をぶつけることにした。

「その人って、ひょっとしてセンパイの彼氏ですか？」

「ええっ！　その、あ、あ、あのね。ま、ま、真雪、く、くんは、え、え、え、えっとね……」

写真の人は真雪さんというらしい。センパイは耳まで真っ赤になった。焦ると吃音が出るというのは本当のようで、申し訳ない気持ちでいっぱいになる。

センパイはうつむき、答えを教えてくれそうにない。でも無理に聞かなくても入学すればすぐにわかるはずだ。

写真の人たちに早く会いたい。マカロンもまた食べてみたかった。身を切るような寒風が吹くなかで、春の訪れを待ちきれなく思った。

Sweets recipes for mystery lovers

解説　あと何皿のスイーツを

青柳碧人

チョコレート、カトルカール、シュークリーム、フルーツゼリー……。なんて甘美な響きだろう。

目次を開いた読者はまず、目に飛び込んでくるスイーツの名前の数々にわくわくするはずだ。知っているスイーツも、聞いたことのないスイーツも、想像の中の味覚を刺激し、まるでケーキ屋のショウケースの前に立って「どれにしようか」と迷っているときのような高揚感を与えてくれる。

著者の友井《とも い》羊《ひつじ》氏は、二〇一一年に『このミステリーがすごい！』大賞優秀賞を受賞してデビュー。本作に先立つ『スープ屋しずくの謎解き朝ごはん』シリーズ（宝島社）で各方面から高評価を得ている、気鋭のミステリ作家である。……ということを知っている読者も、知らない読者も、各話の表題にあるスイーツにちなんだ謎が用意され、それが鮮やかに解決を見ていくという連作短編青春ミステリであろう、ということは目次を見ただけで察しが付くだろう。

その予想を裏切ることなく、本作を構成する8話はすべてミステリ仕立てになっている。しかも、そのバリエーションはたいへん豊かだ。

「カトルカールが見つからない」に見られる、いくつもの勘違いが組み合わさって生まれた謎が一つに収束していくというオーソドックスな日常系ミステリ。「マカロンが待ちきれない」に仕組まれた、あたかもイリュージョンを見せられているようなどんでん返し。圧巻なのは、「コンヴェルサシオンはなくならない」で明らかになる、ある登場人物の〝秘密〟である。これを知った瞬間、思わず「嘘《うそ》だろ」とつぶやき、すぐにページを戻って再読をはじめる読者は少なくないはずだ（この僕がそうである）。

　また本作は、スイーツを軸にしたストーリー展開も実に見事だ。表題に出てくるものの他にも多くのスイーツのレシピやうんちくが惜しげもなく紹介され、ミステリを苦手とする読者でも甘いものが好きならば十二分に楽しめる内容となっている。読んだ人どうしで「私はこのエピソードが好きだった」と意見交換をしあえるのもまた、スイーツに似ていると言えるだろう。

　――と、ここまで書いたのは、「食べ物＋日常系ミステリ」としての美点。もちろんこれだけで大変魅力的な作品だが、僕はここでもう一歩踏み込んで、本作のもう一つの側面について考えてみたい。

「青春ミステリ」としての側面である。

第1話を読み始めた読者の中には、「これは普通の青春ミステリとはちょっと違うぞ」という印象を持つ方もいるかもしれない。その最大の理由は、主人公の女子高生、沢村菓奈《さわむらかな》の人物造形にあるのではないだろうか。

スイーツ好きの男子、天野真雪《あまのまさゆき》にあこがれを持つ菓奈は、吃音《きつおん》という障害を持ち、他人とうまく話すことができない。引っ込み思案で友だちも少なく、せっかく抜群の推理力で謎を解いても、推理を言えないという珍しい探偵役なのだ。真雪に認められようと、失敗しても、厳しいことを言われても、必死にスイーツを作り続けるその姿が健気《けなげ》で応援したくなってしまう……のだが、一体なぜ、このような主人公を探偵役に据え、かつ、彼女をスイーツに出会わせたのか。

僕には、作家・友井羊の「青春ミステリ」という文芸への思いが、そこに隠されているような気がしてならない。

いくつか青春小説を書いてきた経験から言うと、青春小説には〈いつもの場所〉が必要である。登場人物たちが集ってああでもないこうでもないと会話をする場所のことだ。それは部室であったり、行きつけの喫茶店であったりと作品によって様々だが、本作では、保健室が〈いつもの場所〉となっている。本来ならば怪我や病気のときに訪れる保健室が、現代の学校においては心のケアの場として機能していることはもはや常識であろう。

保健室を彼女らの〈いつもの場所〉としているのは、主要登場人物の一人、篠田悠姫《しのだゆき》子《こ》だ。お姫様と形容するのにふさわしい、彫りの深い顔立ちに長いまつげ。菓奈が作ったケーキを食べただけで彼女の心理状態を見抜くほど洞察力に優れ、はっきりと物を言い、それでいてやさしさに満ちている。はっきり言って、僕の好きなタイプのキャラクターだ（小豆色《あずきいろ》の体操服なのに妙な気品と色気がある、なんてたまらない）。こんな、クラスでも確実に人気者になりそうな彼女がなぜ保健室登校をしているのか。僕にとってかなり大きな謎だったその答えが明らかになる「クッキーが開けられない」は苦々しくも鮮烈な印象を残し、全8話の中で最もお気に入りのエピソードである。

菓奈や悠姫子だけではなく、コンプレックスや傷を心に抱えた登場人物が、この作品には少なくない。そんな中で異彩を放つのが、真雪である。スイーツについて熱く語るという彼の存在は、単なる「カッコイイ男子」という枠をはみ出し、どこか超然的ですらある。少女たちとスイーツマニア男子。この関係性が本作の青春ミステリとしての肝なのだ。

思うに、友井羊にとって青春ミステリとは、目の前で起きた謎を解く、ということに止《とど》まらないものなのではないか。真の青春の謎とは、「私ってなんでこんななんだろう」とか、「ああいう人とどう接すればいいんだろう」とかという、自分でわからない自分自身のことなのである。それぞれの抱える謎とそれぞれが向き合い、仲間の中で答えを見つけていくという営み、これが青春ミステリである。

出会った答えは、必ずしも明るい結果をもたらしてくれるとは限らない。答えは時に残酷で、自分をもっと嫌いになってしまう場合もある。仲間に悪くて、また目をそむけたくなる。どこまでも深い穴に入り込んでいきたくなる。

ここで登場するのがスイーツだ。「どんなに苦しいことがあっても、甘いものを食べていれば前を向いていける」という真雪の性格は、「そんなこと気にするなよ」と背中を叩くような単純な励ましとは違う。かといって、そっとしておく、という消極的な優しさとも違う。

いくら自分が醜く、卑小に思えても、これからもそういう自分と付き合い続けていかなければならない。その一歩を、仲間と共に踏み出すためのスイーツ。その一口を、彼女たちはきっと忘れることがない。「涙とともにパンを食べたものでなければ人生の味はわからない」とは文豪ゲーテの言葉だが、悩みとともにスイーツを食べたものでなければ青春の味はわからないのだろう。

本作『スイーツレシピで謎解きを』が、ミステリ小説、スイーツ小説としてだけでなく、青春小説として優れた作品であることは間違いない。

悩み、傷つき、涙し、笑い、恋に落ち、……いったい彼女たちは大人になるまでに、あと何皿のスイーツを味わうことになるのだろう——。

＊

さて、最後に友井羊氏の他の作品について紹介しておく。

先述の通り、『スープ屋しずく』シリーズで人気を博している友井氏だが、「食べ物＋日常系ミステリ」を専門とする作家なのかというと、けしてそんなことはない。デビュー作『僕はお父さんを訴えます』（宝島社）が未成年による訴訟というテーマを扱っていることからもわかるとおり、本来、社会的なトピックをミステリに盛り込むことに長《た》けた作家なのだ。『スイーツレシピで謎解きを』に見られる、保健室登校やいじめ問題などもその一つであるし、『さえこ照ラス』（光文社）では、沖縄の法テラスを舞台に民事事件問題を扱っている。

そんな友井作品の中でぜひお勧めしたいのは何といっても『ボランティアバスで行こう！』（宝島社）だ。日本のとある地域で起こった大震災を受け、様々な立場の人の視点からボランティア活動の様子を描いたオムニバス形式の連作短編だが、最後に鳥肌が立つ。未来永劫《えいごう》、震災と向き合い続けなければならない日本人たちへのメッセージを、本格ミステリの手法でしか為《な》しえなかった書き方で完成させた、恐るべきミステリである。

もしあなたが友井作品を読み始めたばかりの読者なのだとしたら、ぜひ他作品も読んでその幅の広さを実感していただきたい。友井羊をお気に入りの作家に加える読者が一人でも増えることを、同年代の作家として願うばかりである。

（あおやぎ・あいと　作家）

本書は、以下に掲載された作品を加筆・修正したものに、書き下ろしの「おまけ マカロンが待ちきれない」を加えたオリジナル文庫です。

初出誌「小説すばる」
第1話 チョコレートが出てこない 二〇一三年一月号
第2話 カトルカールが見つからない 二〇一三年五月号
第3話 シュークリームが膨らまない 二〇一三年一〇月号
第4話 フルーツゼリーが冷たくない 二〇一四年九月号
第5話 バースデイケーキが思い出せない 二〇一五年二月号
第6話 クッキーが開けられない 二〇一四年六月号
最終話 コンヴェルサシオンはなくならない 二〇一五年四月号

集英社文庫

スイーツレシピで謎解《なぞと》きを　推理《すいり》が言《い》えない少女《しょうじょ》と保健室《ほけんしつ》の眠《ねむ》り姫《ひめ》

2016年10月25日　第1刷
2022年8月13日　第5刷

定価はカバーに表示してあります。

著　者　友井《ともい》　羊《ひつじ》

発行者　徳永　真

発行所　株式会社　集英社
東京都千代田区一ツ橋2-5-10　〒101-8050
電話　【編集部】03-3230-6095
【読者係】03-3230-6080
【販売部】03-3230-6393（書店専用）

印　刷　凸版印刷株式会社

製　本　凸版印刷株式会社

フォーマットデザイン　アリヤマデザインストア　　マークデザイン　居山浩二

ISBN978-4-08-745505-2 C0193